U0112515

后浪

姜丰

著

嘘托邦

贵州出版集团
贵州人民出版社

图书在版编目（ＣＩＰ）数据

嘘托邦 / 姜丰著. -- 贵阳 : 贵州人民出版社，
2023.4
ISBN 978-7-221-17477-2

Ⅰ. ①嘘… Ⅱ. ①姜… Ⅲ. ①长篇小说—中国—当代
Ⅳ. ①I247.5

中国版本图书馆CIP数据核字(2022)第213354号

嘘托邦
XUTUOBANG

著　　者：姜　丰
选题策划：后浪出版公司
出版统筹：吴兴元
编辑统筹：朱　岳　梅天明
责任编辑：徐小凤
特约编辑：赵　波
装帧设计：墨白空间·黄　海
出版发行：贵州出版集团　贵州人民出版社
地　　址：贵阳市观山湖区会展东路 SOHO 办公区 A 座
邮　　编：550081
印　　刷：天津中印联印务有限公司
版　　次：2023 年 4 月第 1 版
印　　次：2023 年 4 月第 1 次印刷
开　　本：880 毫米 × 1194 毫米　1/32
印　　张：11.75
字　　数：223 千字
书　　号：ISBN 978-7-221-17477-2
定　　价：55.00 元

贵州人民出版社微信

目 录

序　章

坚定的目光拥抱另一个他人的目光，

这目光在拥抱中窒息，

它终于逃走并从岸边看清

灵魂如何沉没并失去躯体

而且没有找到可以捕捉的眼睛……

这目光也邀我去死吗？

我们死或许只因为

没有人愿和我们同死，

没有人愿看我们的眼睛。

…………

今天我想起家中的死者。

在我前额上消失的面孔，

没有眼睛的面孔，坚定、空虚的眼睛，

难道我在从它们身上寻找自己的秘密，

那使我的血液流动的血的上帝，

冰的上帝，吞噬我的上帝？
他的沉默是我生命的镜子，
他的死在我的生命中延迟：
我是他过失中最后的过失。

…………

这个我，他抽象的眼色，
总是与另一个我（同一个）分享
愤怒、欲望及其各种各样的面具，
缓慢的侵蚀，被埋葬的蝰蛇，
等待，恐惧，行动
及其反面：在我身上顽固执迷，
要求饮从前拒绝给他们的水，
要求吃那面包、水果、躯体。

…………

街上的灯光已经熄灭
"蜘蛛，不要记仇，向太阳致敬"，
而我们半死不活地钻进床帐中。

世界是一个圆形的沙漠，
天庭已经关闭而地狱处处皆空。

——帕斯《中断的哀歌》（赵振江译）

假如问，这个世界上最被动无奈的事情是什么？

答案千千万万，有个朋友说，给人印象最深的一个是：

我们每天面对着不断逼近的、侵袭着呼吸的尘霾，明明就在面前，却无法有所行动去改变。

据说，真是据说，真理部的人曾说，尘霾的根子在沙漠。据说，还是据说，有个聪明人曾说，在霍拉沙漠上有个人每天深呼吸着无边的沙尘，在无物之阵里奋斗着，受着烈火与冰雪的侵袭，但是无法走出，因为那是一个循环时空，除非救世主看到他……

世界的道路看似千万条，实际上只有寥寥几条：

就像克尔凯郭尔的《非此即彼》："可悲的命运！你徒劳地像一个老娼妓那样浓妆艳抹你满是皱纹的面孔，你徒劳地摇响你的愚人之钟；你让我感到乏味；仍是同样的老调调，一场同样的同样。没有变换，总是炒冷饭。来吧，睡眠和死亡，你什么也不许诺，你履行一切。"

任何选择，都在"是"还是"否"当中耗尽人们精力，睡眠和死亡仿佛已然统治大地。

但是，我们总可以从看见浪漫的夕阳到看见永恒君临大地的黑暗——

这是一个超越"非此即彼"道路的故事。

丽塔化身无数的他她它……做过一个梦。

梦里，她抬眼是相似的街道，人影幢幢，所有人的脸孔有如半透明的瓷器，里面是幽深的神魔大踏步撤离人间的背影。

她抬头是遮天蔽日的飞行器，生命之盐幻成的巨手秘密主导人类历史之光，驱使每一个人加速奔行于天空，她虽有一根神奇手杖能使时空停止、岁月倒流，却也无法阻碍她看见一个个虚脱的英雄人物踽踽独行，日渐衰颓、疲倦、死去……她这才知道，没用的，无处遁形，她活在一幅幅巨画光气氤氲的阴影里。

但她终于相信：一旦你超越时间，就好像电影《黑客帝国》里面的尼欧担心自己是否能够躲过子弹时墨菲斯安慰他说的，"当你到一定程度的时候，就不用躲避子弹了"。那时候，你成了 Web 3.0 生命，你所需要的，只是滋养你的盐 ——生命之盐！它是活生生的，蕴藏于无尽之诗的言说。

到处都是盐，很多时候，生命之盐的呼吸却无迹可觅。

同样可以归为量子体的盐神们把守着一道一道的门、一个一个的关口，就像一个个看起来无比封闭但又是敞开着的 Web 3.0 空间，但是你可以一个一个去突破。

因为有石在，就有石在的盐，石在界的无所不至空间，越过石在界的已然抵达霍拉大沙漠的盐石。

其实，就算天塌下来了，女娲补天也不过需要一块五色石 ——盐石！

盐石又叫鹾（音古）石。

《诗经·小雅·杕杜》曰："王事靡盬，我心伤悲。卉木萋止，女心悲止，征夫归止！"

又《诗经·唐风·鸨羽》曰："王事靡盬，不能蓺稷黍，父母何怙？悠悠苍天！曷其有所？"

前者是说劳于王事，心中伤悲，看那花卉草木生长，心中悲伤，不知道征人什么时候回来，脑补春运时候有如动物大迁徙般归乡、返乡的农民工的有没有？

后者是说王事没有休止，不能种庄稼，不知父母谁能照顾，浩瀚苍天啊！这苦难哪里是止境时候？脑补农民工离开乡镇到大城市打工，造成无数鳏寡孤独困守空城，有没有？

盬有止义，诗者，止也！

有时候诗之兴观群怨的背后，要的只不过是"止"，超越"非此即彼"，要的也是"止"，止之后的世界是怎样的呢？

譬如，在 Web 3.0 的时空当中，也是有语言的，语言总要有的，生命之盐总要有的，幸福快乐和面包，总要有的。

寻找盬石——

象之篇

遇见图像，向"嘘托邦"

一切颜色，所有生命
在目光停驻的地方萌生

这个世界只是
一场看不见的大火的山脊

——菲利普·雅各泰《鸟、花和果实》（姜丹丹 译）

《云雾中的漫游者》

墙上挂着一幅画，画中近景是一座嶙峋山崖，崖上是一位挂着拐杖的欧洲青年的背影，他左腿略向崖外方向跨出，似乎在考虑去探索远方的茫茫群山和翻腾云气。中景是山峦，远景还是山峦，山与山之间，是仿佛永无休止的苍茫云海。

由于人们看不到青年的脸孔，所以对他的往昔和理想都似乎失却了想象，只能更多注意他的身体，他的身体是否患病，患着那时肆虐于艺术贵族们当中的肺结核，虚脱而高傲？他的身体是否正决然要向远方行去，无论浪漫的远方有怎样的危险？他的脚下是否已经是万丈深渊？

他的脸孔看不到，但那脸孔想必是尊严而冷峻的吧！没有人能看到他的眼睛，但仿佛整幅画都在青年的眼光笼罩之下，透露着萧瑟与沧桑之感……

那是德国浪漫派的一幅著名风景画，苦命天才弗里德里希的作品《云雾中的漫游者》。弗里德里希死于1840年，但作品从二十世纪初才逐渐为人推崇并成为最能代表德国浪漫派精神的画作。

吴远天看看这幅画，再看看这幅画旁边书架上大排大排有关弗里德里希及他伟大画作的艺术批评文集，仿佛聆听到历史深处传来巨大的回响，一个死了快一百年的艺术家终于被人接受了，这毕竟是一件使人想起来就不无荒诞感的事情。如果批评家那么识才，此君在世的时候他们在干什么？难道他们只能看得懂死人的作品？

嗯！看来这位主人是弗里德里希作品的超级粉丝，这里的书不少，居然很多是关于这位画家及其作品的……

"好了，你来了，现在你可以听我的故事了。"一个苍老沉雄的声音打断了吴远天的思绪，那是他来拜会的著名探险家尧远到了。

尧远已老，身体却散发着勃勃生机，并无老态，听他讲故事情趣横生。

尧远告诉他："我听过一个传说：在霍拉人沙漠里有一群神奇的魔鬼。他们会变化出各种海市蜃楼引诱迷路的旅人进去，然后把他们的身体和灵魂一并囚困在当中，让他们永远寻找出路而无果，无休无止，受尽折磨。只有经历最严酷的干旱才能收获最甘甜的泉水，那里，正是如此！"

"那遇到这种情况，我该怎么办呢？"他问。

讲故事的老人深深地望着他："据说你只要一直往下走就可以了，只要你有选择，就一直往下走。因为魔鬼们都是懂得土遁、五鬼搬运法的 —— 他们在大地上凭空造起海市蜃楼，用以困困贪心的旅人，但是毕竟也要动用大量的材料，这些材料都是来自大地的。所以，当你一直往下走的时候，就总能走出魔鬼的魔法范围，一直走出去。这就好像你在山间旅游的时候迷路，只要顺着水源走，就一定能走出山里，道理是一样的。"

"你说得太玄了！我只想知道我的知识的边界在哪里，这样我就可以趋吉避凶了。"

"人类最重要的知识部分，都属于秘传，怎么可能不玄呢？你说你想趋吉避凶，那么我给你起一卦如何？"尧远说。

"哈哈！听说你懂梅花易数，还真是！那么，起一卦吧！我会认真地对待你的卦象提醒。"

"是的！你很认真，但还缺一点虔诚，不过，看看吧！有了这个卦，你会更记得我的提醒。"

尧远真的起了卦，得到的是个困卦。"困卦是《易经》六十四卦的第四十七卦，这算个中上卦，谈的是君侯遭遇困境的卦。困卦虽'困'，但它却有令人'有言不信'的过程，虽然可能'尚口乃穷'，却也可能迎来远祸亨通，有利于'大人'出现、崛起的一面，泽水困，陷入困境，才智难以施展，仍坚守正道，自得其乐，必可成事，摆脱困境。哎！好自为之吧！"他盯着吴远天说。

"哈哈，哈哈哈哈，哈哈哈哈哈哈……"吴远天大笑起来，他很认真参与，但要他打心眼里相信尧远起卦就能提醒他远祸亨通，这总是存疑的。

"哈哈哈哈！"尧远也笑起来。

他们就这样笑着，好像"云雾中的漫游者"重回大地，化为两个黑色的凝视夕阳的背影，然后又消失在无涯的时间当中。

那正是弗里德里希的另一幅画《海岸边的背影》，透过画，画背后的人类的眼睛，大自然的眼睛，还有另外的眼睛看着这一切，这是一个关乎重新开端的故事，崭新的人类故事，人类人文精神之画的故事，将由吴远天开始探索。

浪漫的魔鬼还是浪漫的天使

他不相信。

他只是一个实实在在的探险家，他的工作当中并没有传说中的神奇浪漫，只需要走好踏实的一步一步。不必要的奇思妙想会使他在探险的旅程当中处于不利之境。

所以当听到这个老人的叮嘱时，吴远天轻飘飘地说："啊，我知道了。"他说归说，是不会往心里面去的。

直到很久之后，他在霍拉大沙漠中遇险，才发现姜还是老的辣，尧远的讲述原来有着如此真切的经验。

他就像德国神话传说中的圣尤斯塔斯不知道自己是怎么来到森林的中心地带，仿佛身边的一切都向自己挤压过来。突然，包围着他的黑暗被光点亮，他听到一个声音，一些正在说出的话音。

说话的人就在那里，那上了十字架的人，在牡鹿的两角之间，马上的圣尤斯塔斯两眼直视，目瞪口呆……当然，不同的是他去到的是沙漠，得到的不是十字架或十字架上的人，而是其他。人类从来都是换着舞台、身体，演着一出出相同的戏剧故事。

丢勒、皮耶罗、基弗等画家都画过圣尤斯塔斯故事的情景。

可惜，仅仅知道往下走远远不够，人们还需要知道更多，而他，终于愿以死亡告诉人们更多真相。

很多记忆他已遗忘。但他还记得临走的时候，尧远指着弗里德里希的画说："浪漫，是多么危险的事情……就像这幅画，人们永远无法知道画的是浪漫的魔鬼还是浪漫的天使，如果你要知道画的是魔鬼还是天使，一切在于你的选择，可是你怎能懂得什么是最好的选择呢？所以，其实最好的选择是不做选择，保持在那'几微'的感应中，就像《屯卦·六三》爻辞所说，'即鹿无虞，惟入于林中。君子几，不如舍。往吝。'打鹿追鹿没有熟悉山中形势的向导或虞官引导，只身进入山林追很危险，君子要见机行事，不如放弃所追野鹿，否则一力向前，可能遭逢不测。但只怕真当遇到需要你选择的时候你无法拒绝，因为……"

吴远天沉吟着打断了尧远的话："我只要最理性地选择就好，你知道，我们俩都过了浪漫的年龄了，哈哈！"

尧远苦笑。

他俩快乐地分手了，然后吴远天去那个大沙漠探险。

据说，美瓷国已经落入一位伟大的逝去父亲的统治当中。

是的！父亲早已死去，但他巨大的阴影还一直盘踞着江山大地。子民们用他的语言说话，用他的货币生活，用他的爱恨悲欢哭哭笑笑。从他无限阴森的墓穴中派发的文件，超越于任何法律。他的背影，还时时刻刻萦回在每一个美瓷国国民心怀中，从未停止。

传说的盬石存在于一片绝对干涸、荒芜、广袤、寂灭的大沙漠当中，只要找到它，美瓷国的人民就能找到自己的语言，而他们也就从父亲的阴影中挣脱出来了。

吴远天并不是一个特别高尚的人，不会为此特别去寻找盬石，但他听说盬石是一种无上的珍宝，甚至可以直接变化出你所能想象到的任何珍宝，甚至可以让人不朽、不死，或者，实现人的三个愿望……

传说很神奇，吴远天也只是听着，然后决定合适的时候也去找找。

他姓吴，"吴"字是一个会意字，从口从矢，古字里那个"矢"只是写成一个背影，如同一个人回身的样子。

他看着自己的姓氏，想起维米尔画中那回眸一笑的少女，笑了。他是男人，但是一种寻找什么的心绪与这幅画的意境是一样的，不经意地发现，不在乎地瞥见，偶然的一刻遭逢了永远。

吴远天没有想到，命运真要选择他去揭开石在界的秘密。

而石在界，据说盐石所在的地方，在一片片名为"之间"的嘘托邦空间。

在地球上，则是在一片漫漫黄沙似乎席卷过永劫与所有晨昏、黑夜的大沙漠，一个"之间"——霍拉沙漠！

幻象空奇的影在一体

半年之后的一天，吴远天带着妻子彩云到了美瓷国西北的大沙漠霍拉（khora），目标是考古，发现和发掘尘封在历史中的古城。

那天他一个人回营地的时候迷路了，联络器也由于卫星出离轨道周期而失效，只好尝试着认路走回去。

他已经在大沙漠中走了很久，已经疲倦到了极点，饥渴到了极限。当他几乎是连滚带爬地从一个高高的大沙丘上翻滚而下的时候，他几乎认为自己再也不会爬起来了，他就会给这灼灼烈日晒昏过去，然后迎来命定的死亡。

但是，当他好不容易重新站起来的时候，却忽然为这眼前的奇景而惊呆了。

他的眼前是一片苍苍茫茫的大海，不，这不是大海，只是看起来有海的形象，有海的波涛，但是实实在在不是大海，那带给他的首先是一种东方式的韵致，这种东方韵致很深很深。

当他凝视，似乎整个身心都在莫名翻腾着，要坠入这片无际的海波当中；当他闭眼，那韵致自己就好像在莫名翻腾着，在他的身体当中流转，荡尽了他长久跋涉以来的疲倦感，同时又使他有了一种秘密的期待。于是这又仿佛不是什么大海了，而是一幅画，一幅横亘在莽莽苍苍大地上的画，画面极有颗粒感，在炽热阳光中摇曳诡异的热风，半透明的、影子式存在的、辐射着无穷无尽神秘能量的粒子。

他知道的，在美瓷国西北部大片的沙漠底下是蕴藏着巨大水资源的，一大片的地下海，其蓄水量是北美洲五大湖总和的十倍。

但是，他在霍拉沙漠上怎能看到这地下海呢？

"我要不要进去呢？进去会有什么样的危险等待着我？"他想。他甚至又觉得自己是不是已经得了沙漠中迷途久久的人常患的黄热病，这只是他临死前看到的幻境。

这时候他的处境已经糟得不能再糟了，任何选择都不会更糟吧！

假如他没有看到这片貌似大海的"海波"，那么他很可能很快会死在大沙漠当中。可是现在他竟然看到了，而且，又在这无尽的观看当中恢复了体力，难道还能压抑住自己的好奇心，不进去看一看吗？

所以，他终于进去了。

当他踏足于这幅"画"的茫茫无际的"海波"，"海波"就像梦一样消退、消退、消退……无论他怎样走，那"海波"始终都离他有一点点距离，使他无法触及。

他好奇地凝视着"海波"，踏足探寻，速度越来越快，他的体力也在越来越快地恢复。

当他惊觉自己的身体忽然又充盈了力量，那力量大得好像可以直入大海的时候，"海波"彻底消失无踪，他看到自己走到了一座青葱翠绿的小山面前，山上有一座又大又高的宫殿，左近处又是一座高耸入云的大山。

他呼吸，仿佛呼吸着整个存在，影子式的存在，那是一种影在一体的韵致，那里似乎隐藏着一幅巨大的画，画的一丝一毫临在都与他的呼吸相感应，偏偏他看不到这幅画。

但是画的超级超级巨大的诱惑力存在，即使是一种影子式的虚存，也是实在，他努力向前走去……

乩字符与神道八通的西铭神宫

再走近，只见这宫殿带着悠悠的高古之意，使吴远天不禁想到，美瓷国从战国以来就盛行的依凭土台而建的高层建筑，这座宫殿正是如此。第一眼看去，它其实不算特别大，但就是给他一种亘古以来就在这里的印象，巍巍乎大气磅礴，使他有种说不出的亲切向往之意。

通向宫殿大门的台阶足足有几十道吧！

山并不高，宫殿却愈发给他高不可攀的样子。他陡然间心生畏惧，想不到这无边无际的大沙漠当中也会有这样一个梦幻神奇的地方。

他一步步走上台阶。

就在不久前，他还疲倦得要死，现在走上这台阶居然不费力。他懂得了，这不是源自于他忽然重振的残余体力，而是源自于他观看"海波"给他带来的力量，仅仅是"看"就给人力量，看与被看就可以有至高、至大、至多的能量交换，这很神奇。

当在深深的感受当中理解这份神奇的时候，他忽然对这宫殿有了几分莫名的亲近之意。

他本是一个几乎濒死在沙漠当中的旅人，这时候却有心情去数他一步一步踏出的台阶，他还真的数了，每道6750阶，共13500阶，比起世界最长的瑞士尼森峰11674级登山台阶还长（因为呈三角形，尼森峰被称为"瑞士金字塔"，台阶总长3.4千米，为帝国大厦高度的七倍），千真万确。

当攀上台阶，抬头仰视着这巍峨的宫殿时，他只觉这宫殿愈发高不可攀。宫殿散发着一片暗青色的光芒，一种幽幽的生气裹挟着不可见的光与气，笼罩着他。那是不可见的光与气，妙的是他又能第一时间感受到。

正是这光与气带他来到了这个宫殿的门口吧！

这时候吴远天感到了怪异，因为这宫殿看起来有点像一只大蜘蛛。宫殿在高山之下，小山之上，四望还有八条路可以通上来，那是"蜘蛛腿"，而他，现在即将进入蜘蛛身体。

而这蜘蛛身体，看起来就像一个巨大的"派"，散发着苹果派、草莓派、柠檬派、蛋黄派、南瓜派等派的味道。随着他向它走去，味道也随之改变。

宫殿门楣上刻着一个怪异的符号，红底白圆心中间嵌着黑色的钩十字，那是一个大大的卐字符，周围还有小的一圈圈的卐字符，他曾在博物馆的希腊藏品中看到过大量出现在瓷砖、罐子、花瓶和纺织品上的这种纹路，再远处还有饕餮纹、云雷纹、龙凤纹，如烟如雾，与暮色相融相汇着。

他定睛看时，只见一道宫门黑洞洞地半掩着。宫门上悬着四个金字——西铭神宫！而那卐字符一瞬间似乎看不见了，也不知道是暮色掩蔽了还是特殊材料所制，不同的角度可以看到不同的样子。

《被向下的向上体》

他最后向四边望了一下，发现这高高的宫殿远方是无穷无尽的大沙丘起伏绵延，霍拉沙漠吞天吐地，看起来这小山、这宫殿竟像是悬浮在空中一般，更远处没有花草树木，没有鸟兽虫鱼，但一切毕竟充满了无穷无尽的神奇诱惑。

是这份不知何所从来的生气带给他最后的勇气，他深深地吸了一口气，推开了一道咿呀呀的宫门，然后迎着一片摇曳的光色，踏足而进。

走了三五进宫阙，他愈发迷惑了，许多宫墙旁的道路本来比较宽大，抬眼看去却又密密匝匝的，在视野的尽头处消失为断头路。空间似乎扭曲为一个圆球，他被拥裹其中，想逃离，又忍不住想继续前进，一探这里有什么奥秘。

再前进一道宫门，他就看到地上坐着一个金色葫芦，葫芦小头朝上，大头朝下。旁边是回旋盘绕的如烟似岚状梯阶，以各种诡异的图符形状，挨着葫芦。

细看那葫芦，在上上下下许多图符组合中，所谓的"葫芦"只是曲折环绕的两行金字缠绕而成。一行字是，"气聚则有形而见形成万物"；还有一行字写的是，"气散则无形可见化为太虚"。

那两行字曲曲折折，闪着金光，一行以"气"字始"物"字终，一行以"气"字始"虚"字终，两行字都以"气"字始，分别终于"物"字、"虚"字，中间则都交于"形"字，那是"葫芦"的中间地带。

在这梯阶的拱卫中，也就是这葫芦形台阶的小与大的两个葫芦面上，分别有四个字，上边是"大道无形"，下边是"太虚即气"，旁边还有四个金字——"太虚之境"。

他走到了那个"形"字中，然后上上下下望着，不知道下一步该怎样动作。这时候，一个怪异戎装打扮的老人梦一样地闪身出来："你是要向上走吗？"

他不禁想，这个地方只是什么神奇传说里面的幽灵、鬼怪点化出来的？向上走是去哪里？向下走，又去向哪里？

但毕竟向下是跟大地更加接近的选择，假如真有魔鬼的话，那么不断向下、向下，他会终于回到原来的地方吗？他呆了一下："下。"

他想起了以前跟尧远的谈话，所以一口咬定："我要向下走，我想看看，这宫殿到底有什么样的秘密。"向下的台阶上浮动着"太虚即气"四个字，字体细腻宛如千雕万镂，那是葫芦的大头。

老人似乎很茫然的样子："以前遇到的人都是选择往上走，可是你却选择往下走，这使我感到茫然无措了。"

他追问："这下面到底都有些什么？"他好似步入了一个当代艺术装置作品《被向下的向上体》，下面，充满了无穷无尽的诱惑。

老人继续茫然地看着他，看了很久，然后说："是一个嘘托邦。气有聚散而无灭息无升腾，太虚浩荡，你想看一看？那就去看一看吧！我存在的唯一意义，就是问到这里的人是愿意向上走还是向下走。因为我们不会勉强任何人跟我们发生关系，所以现在我该离去。"

（是的，那是"嘘"托邦，而不是虚托邦，吴远天没有及早知道，他也没有深究尧远的叮嘱，没有干脆不做选择，而是回身别觅道路，这为他奠下了悲剧的命运。）老人转过身去，一步一步，向黑暗中走去，他的背影，很快变得模糊。

一念"之间"无限置换的身体

他大声问着："假如我向上走，到底会发生些什么？你就一点都不告诉我吗？"

"你的身体，你的灵魂，会被永远地囚困在那里。上不着天下不着地，就像困在无边无际宇宙的一颗尘埃，一直在地球上翻滚着，直到地球毁灭为止。"

"难道你们创造一座盛大的宫殿就是为了捉弄人吗？让他们的身体和灵魂在永远的徘徊当中受苦吗？"

"哎！任何事情都可能发生。你既然来到这里了，就要做出你的选择。尽管如此，往上走的人当中，也曾经有人逃脱过。"

老军头的身体已经模糊得几乎看不见了，他的声音幽幽远远地传来："你可以选择，可以选择，所有的选择权都在你那里，你只要来到这里就一定要选择，这本来就是一个充满选择的世界。有时候你可以选择得好，有时候你选择得不好，无论你选择得好还是不好，最后还会有新的选择，大不了你一直坠落到万丈深渊底下。祝你顺利！"

选择！选择！生命的一切不都在于选择吗？老军头的声音宛如模糊的叹息声，深不可测。

吴远天的身体冒出一阵大汗，他又犹豫了，到底是向上还是向下？如果真的向下的话，他居然有一种不甘了。向上就是"明知山有虎，偏向虎山行"，也是一种诱惑。

他对这一切越来越缺乏现实感，可与此同时他能够确信的是他现在经历的一切，比起以前他所经历的一切都更要真实，至少是感觉中更要真实。他不禁想：除了感觉的真实，还有什么真实是更真实的呢？就像真实在于感觉到或没有感觉到，而不在于有所谓真还是假。

吴远天最后鼓起力量问道："你们到底是什么样的人啊？你们到底对我施了什么样的魔法？居然可以让我在短暂的时间里恢复体力，走到这里？"

"你的身体感觉到疲倦或是振奋，这是一个幻觉，虽然这是一个很逼真的幻觉，但是幻觉始终是幻觉，我们是幻觉的主人。我，也不是我，我只是代替他在讲话，他，在天上……那大片的蓝色海波只是 Web 3.0 干涉海，那海里就有生命的所有秘密。让你恢复精力充沛有什么难的？我们甚至可以改变你的记忆组，改变你的身体结构，甚至直接为你置换身体，甚至让你的意识体倏忽万里，来到另外的时空、另外的星球，又在一具崭新的身体上恢复原状。"

世界无穷无尽的背影

老军头的身影已经梦一样彻底消失了，吴远天紧走几步，抬头，看到一级一级的阶梯向上、向上，那黑漆漆的楼道里到处是奇奇怪怪的象形文字，闪烁着、飞动着，凝视间那些文字充满了奇异的吸引力，他几乎要不假思索就朝它们走去。

那无尽盘旋的阶梯将人捉弄，会使人永劫不能翻身吗？那文字指引的不断向上的道路中，真的是魔鬼的陷阱吗？他向下面看去，下面还是阶梯，同样是黑漆漆的楼道，依然有盘旋的阶梯，但楼道间文字很少，多的是奇奇怪怪的头像。

上上下下的阶梯，就如同上上下下的命运，他终于还是不再考虑，决定向下面走去。

十变九凶，不听老人言，吃亏在眼前，他决定相信尧远，下去吧，下去！即使向下，他也要冒太大的风险，他已经是几乎要死在沙漠当中的一个人，难道不是魔鬼给了他力量吗？难道是魔鬼在故意引诱他来，剥削他、捉弄他吗？

或许这已经是不可逃避的事实，那么尽力降低可能遭遇的恐惧，降低可能遭遇的风险，总归还是好一些吧！所以，他打起了十二分的精神，向层层叠叠向下阴影的阶梯，下面的阶梯，走去。

他的脚步在盘旋向下的阶梯当中发出空洞的声音，使他深深恐惧，这份恐惧弥散到身体的每一个空间。但他格外警醒起来，发现自己毕竟是精力充沛的，甚至比起才进沙漠的时候，还富有对环境的觉察力。

这阶梯漫长而又漫长，他走来走去，一直走着，向下、向下……好像永远也走不完。

他好像是在一个梦里面，永远在原地鬼打转。

这官殿向下不知道还有多远，但是当他几乎是一错神的时候，就走到一层的转角处，看到了使他惊悚的一幕。

那其实是很平常的场景。只不过首先是一个人的背影，这个人的背影看起来跟刚刚的老军头也有几分相像，这是他第一眼看到就觉得惊悚的原因。

但是这还不是最根本的原因，使他打心眼里产生恐惧感的是，那人眼前有一幅画，那幅画里面也有一个远去的背影。

那人是背影，那幅画是背影，他自己在看到那幅画的同时，仿佛脊背发麻，他是不是也成为谁的背影了呢？背影、背影、背影，他的背影似乎是好多面相对的镜子中的背影，是这世界无穷无尽的背影之一，这背影是永恒之域中向着新生还是死亡的去路？

这幅画的画风——如果这真的仅仅是一幅画的话——与他刚刚步入的那幅"抽象画"画风很像。但问像在哪里，他一时间还不太能分辨出来。如果它们都是一个魔鬼的画作，那么，魔鬼又在哪里？

跟魔鬼做交易的人

那人感到有人来了，转过身："你是谁？你是怎么来的？"

那是一个很英武的青年，有高而直的鼻子，脸部轮廓似东方似西方，双眼蓝中带黑、黑中带蓝，闪着莹莹的光彩，他可能是一个混血儿，帅得一塌糊涂。

吴远天简略说了来到这里的经过，那人只是静静地听着，并不打断他，同时眼光时不时依然投向那幅画，似乎不舍得有须臾离开。

快说完的时候，吴远天提到了自己的疑惑："这到底是什么地方啊？我为什么会有这样的改变？"

青年听完之后就说："是的，疲倦是一个幻觉，来自于你身体的感觉，大多数身体的感觉都是幻觉。现在我是在跟你的灵魂面对面地交谈。你问我这里是什么地方？我也不知道，世界上有太多你根本一无所知的事情，在面临一无所知的事情时，你能做什么呢？哎！但这一无所知的事情无比紧迫地压迫着你的时候，你所能做的就是不断地努力努力努力，仅仅希望逃脱。比如像我现在，这是我每天从早到晚做的事情了。我甚至不能用眼神征服一幅画。"他看着那幅画，眼神忧愁，仿佛这是他一生中最最重要的事情。

"那么你又是怎么来到这里的呢？"吴远天问。

"我是一个被我父亲早早就卖给了魔鬼的人。他是一个跟魔鬼做了交易的人，魔鬼满足了他许许多多要求，他也把自己的灵魂卖了一半给他。但是他却没有想到，他卖了他的这一半灵魂之后，他的家人、朋友，还有生命中太多太多的事物，就从此被卖给了魔鬼。"

"那么，我们一起离开吧！这到底是什么鬼地方你不知道，我也不知道，我们唯一能做到的就是离开吧！"吴远天有点神经质地叫出来。

"可以离开倒好了，我现在需要的是凭着我的凝视，逼退魔鬼的诅咒，我要用眼光看着他，看着他，看着他，直到他的背影消失在画面当中，然后我，不！'我们'才能离开。"

"我不明白，我们要离开跟这幅画还有什么关系吗？"

"有的有的，这幅画里面的这个人一直睁眼看着我，看着很多被他奴役的人，他就这样一直看着，除非我们用眼光把他击退，让他消失，因为他就是用他的凝视操控着这片空间，还有这片空间当中的人。"

"我不明白。"

用凝视反抗魔鬼

青年人给吴远天详细讲了他的遭遇。

他的父亲把一半灵魂出卖给魔鬼之后，虽然逐渐大富大贵，但魔鬼一天天侵夺了他的家人、朋友的灵魂。于是有一天他父亲后悔了，无比地后悔，想赎回灵魂。就算赎不回自己的灵魂，也要赎回朋友的灵魂；就算赎不回朋友的灵魂，也要赎回家人的灵魂；就算赎不回家人的灵魂，也要赎回他独生儿子的灵魂。

魔鬼给了他的父亲一次后悔的机会，那就是他用自己的血涂满他的独生儿子身体的每一寸地方。

他的父亲毫不犹豫地照做了，几乎挤干了自己身体里的每一滴血，最后却还差一点点地方无法涂满，他的伤口冒着血泡，却已无血可流，无法完全赎回他的孩子，终于疼挛着蜷曲成一团，痛苦地死去了。

他的独生子终于还是成了魔鬼的人质，并且在这个魔鬼的宫殿里长大。正由于他的父亲曾付出那么多血的代价，魔鬼不能完全控制他，他渴望着出去、出去、出去。

他发现这幅魔鬼留下的魔画时，画中人面容还是微笑着朝着他的，但是在他猛厉眼光的凝视下，画中人的面容开始变得扭曲，渐渐转过头，扭过身，面部幻出恐惧、忧愁、伤感、猜疑、愤怒、仓皇、嫉妒、好奇、贪婪、痛苦……不知道多么丰富多端的情绪。

终于有一天，他明白了，这幅画就是开启魔宫与外面联系的唯一通道，他要用他的眼光击退画中人的凝视，不断不断地击退它，使它离去。等画中人彻底离开这个画面的时候，魔宫就会崩溃，而他也就得到自由了。

随着他以凝视逼迫这幅魔画中人改变，他发现他生活的空间开始变得愈益丰富起来，他吃住的地方越来越大了，活动空间也越来越多了，一些家具竟像蘑菇一样从宫殿的角角落落中长了出来。于是他知道了，他需要以他的凝视彻底征服这幅画，魔鬼就是以这幅画控制着他的。

而在他的继续凝视下，魔画中人不但不再敢跟他面对面，而且渐渐彻底转身，向着画面内部走去，于是他只能继续凝视着魔画中人的背影。他一开始还担心没有用，后来发现是有用的，魔画中人似乎非常怕他，一直在朝着画面深处走。

观看及其力量

"可是看起来你的工作做得并不算很成功。"

"是的是的，不算成功，我从小到大都在看画，可是这么多年的凝视他也只是背过了面孔。看起来，他还没有向画面的深处走几步。"

吴远天不再说话，陪着他朝画面深深地看去。看了一阵，不禁问他："如果魔鬼随时改变他的策略，譬如重新制造一幅画，或者加强法力，让画中人永远重新面对你，看着你，那你又怎么办呢？"

"唉，我的父亲做了那么一个愚蠢的决定，所以让我经历这么个巨人的考验。也许你说得对，但这既然是我的事，也只有不断努力，这就好像是一个魔鬼的闹钟，魔鬼按照这个闹钟来规划我的生活，安排我、打击我、摧毁我，也许有一天魔鬼忘了重新设置这个闹钟，那么这个闹钟的魔力就会终止，这个空间就会崩溃，我也就会自由了。所以，我所能做到的就是不断地努力用目光击败它，然后走出去——唉！我只能期待魔鬼忘了为闹钟上发条。"

"那么你就这样一直看着，一直看着，直到永远吗？如果不再有什么偶然的事情发生。你知道，时间并不是偶然的，时间充满了必然，如果这个魔鬼，居然能够掌控如此邪恶的时间的话。"

"是的！"

吴远天笑了，苦笑。"也许你需要的是一个伟大情人的帮助，在很多神话传说里，这样经过魔鬼诅咒的人要打破诅咒，需要的不是自己的努力，而是爱情。当一个伟大男人用他的血重新充满你的身体的时候，也许你就会逃出这悲惨的记忆。"

他这自然是开玩笑，虽然处在如此悲惨的境遇里，但他还是一个很有幽默感的人，说完自己也吐了吐舌头，一边偷笑，一边担心青年会不会很介意。

想不到青年也很幽默："神话传说里能遇到这种好事的人一般是被囚困的公主或者女神，我却是个男人，总不能让你来为我用血洗清魔鬼的诅咒吧！哈哈！我可不是 gay。"

吴远天也忍俊不禁："我也不是！哈哈！"

两个人这一笑，气氛轻松融洽了不少。青年忧郁的眼神、面容，这时候配上了笑容，愈发帅气和惹人爱怜，吴远天看得痴了。

吴远天不禁想，自己要是女子的话，还真的有可能爱上他，他是那么帅。

然后吴远天发觉自己会有这样的念头之后，愈发莞尔。是的！有时候笑比起哭要悲哀多了，但对现实完全徒劳的时候，笑一笑，可以隐藏更大悲哀，而悲哀的波涛也就愈发巨大，愈发深厚，因为悲哀有了愈发深厚的隐藏。

吴远天继续安慰他："你知道《西游记》里孙悟空的故事吗？大圣那么有本事，也曾有一次面对妖王无计可施，除了笑什么事也做不了。"

吴远天是个博览群书的探险家，于是给他讲《西游记》第五十一回《心猿空用千般计，水火无功难炼魔》的故事。

那一回里，孙悟空大战独角兕大王，种种失败，甚至被套走金箍棒，诸方神仙束手无策，后来连援军哪吒的兵器都被抢走，悟空在旁笑道："那厮神通也只如此，争奈那个圈子利害。不知是甚么宝贝，丢起来善套诸物。"哪吒恨道："这大圣甚不成人！我等折兵败阵，十分烦恼，都只为你，你反喜笑何也！"

哪吒恨他不会做人，孙悟空只道："你说烦恼，终然我老孙不烦恼？我如今没计奈何，哭不得，所以只得笑也。"

所幸，后来孙悟空毕竟是愈挫愈勇，直到请来十八罗汉、如来佛祖、太上老君，把独角兕大王彻底收拾了算数。

青年听了，愈发放松，微笑着说："是的！任何时候能够笑一笑总是好的！有了你，总算我不用一个人在这里天天傻笑了。"

吴远天伸出手掌，青年也伸出手掌，两人自然而然地"拊掌而笑"，颇有古风。他俩哈哈笑出了声，这笑声在这空荡的宫殿里发出回声，他们都打心底里感到了温暖。

陪伴加强凝视的力量

青年在笑的时候眼光离开了画面，与吴远天互看着，还是青年最先转过头去重新看画，这时他忽然惊呼起来："咦？看来这事情不难啊！怎么会这样？怎么会这样？"

青年惊呼起来，脸色潮红，双眼放光，好像贝尼尼的雕刀刻画的雕塑《圣特蕾莎的狂喜》的表情，那是看到了耶稣基督亲临尘世般亢奋的狂热："难道是你的凝视加强了我的力量，可以使魔鬼尽早地走出这画面吗？"

他俩齐齐地看着这幅画，只见那画中人越走越远，越走越远，已经走到了一个蒙古包的边沿，小得已经看不见，简直就要走出画面了。看来那魔鬼即使不走出画面，也会消失在画面深处。

青年喃喃着："魔鬼曾经告诉过我，他们活在一个可怕的艺术世界里，是用永恒的眼光凝视这个世界，从而统治和改变世界的。对于人们而言，他们的反抗首先也是通过视觉开始的，他们用他们的眼光击退魔鬼的统治，从而改变魔鬼充斥的世界秩序。看来仅仅是我一个人的眼光还不够，这下子加上你的眼光，所以产生了新的能量，能够击溃魔鬼的统治，我们可以不断地努力，当魔鬼消失的时候，我们就可以走出去了。"他兴高采烈地叫起来。

吴远天呆呆凝视着青年，不禁胡思乱想，如果说看画可以抵消、转化魔鬼的影响，那么直接看人呢？现在直接看着他，又能改变些什么？

吴远天脑中闪过卡拉瓦乔的《圣马太蒙召》。在圣诞节前夕，圣马太和他苦难的工友们在他家数着他们一年劳苦所挣来的苦工钱。正在这时，耶稣带着门徒西蒙彼得一起亲临他家。进门后，耶稣伸手召唤圣马太，请圣马太跟随他去，赐他幸福。在场的人又惊又喜，惊的是喜从天降，喜的是苦尽甘来。

但数钱的年轻工友正在聚精会神地数点他们一年劳苦所挣来的苦工钱，未注意耶稣的亲临。画面特别真实，令人感动！这是一幅表达劳动者只要勤劳一定会得到幸福的名作，物质的、精神的幸福，都会！就像眼前的青年辛辛苦苦致力的是什么，他的辛劳也会换来命定的幸福，无论那有怎样的"原罪"。

卡拉瓦乔这个巴洛克主义者啊！他怎样变生活为戏剧、化光影为变幻啊！在《圣马太蒙召》中，他画了一群人，画了耶稣，尤其画了耶稣走近时一缕光线照亮了圣马太和画面中间几个年轻人的脸，画面就此定格，只是一道耶稣的光就让罪人马太摇身一变，成为耶稣的使徒。

没有天使翱翔，没有云彩层叠，没有建筑恢宏，只是一束光，宛如神的创世之光，光的瞬恒陪伴，一切就都达成，他但愿他是这个青年的耶稣之光，也或者，青年还是他的耶稣之光。

吴远天看着他，看着他，就像看《圣马太蒙召》时观看者会不自觉脑补画中的人物对话："谁？我？对，就是你，马太……"是哪一个遥远的天神（还是魔神？）在被青年、他的凝视"击溃"了呢？"谁？我？对，就是你，一个无名者……"

太多的图像从脑海中遁去又升起，眼前的一幕竟跟《圣马太蒙召》产生莫名真切的吻合度，何需要税吏马太身边的朋友们、何需要阴影中袍服里密不透风的耶稣、何需要耶稣点化生命的手指，总有更多不可见的存在物更深地影响着当下，超出任何图像，而那背后的力量都在无尽目光交织当中。

吴远天只是陪伴着青年。

是陪伴，加强了凝视的力量，加强的是耶稣基督式的救赎或者魔鬼更新更大的捉弄吗？不得而知！他们只有等待着。据说，无论魔鬼还是天神，无论地狱还是天堂，所有生灵都一样痛苦的事情是什么呢？

是等待！

是——他们等待着！

但他们也在不断观看，不断行动，从未停止！

虚在粒子与《坚固的雾》

吴远天真的跟他一起更努力地看着这幅画。

但是很奇怪，这次他们看了很久，画面一点改变都没有，而且吴远天自己感到疲倦起来，口也非常渴，虽然还赶不上当时在沙漠里那种虚脱的疲乏感，却也很不好受。

青年也感受到了他的疲倦，于是让他到房间的一角拿一些食物填填肚子。"你吃点东西吧，看起来你的状态需要恢复。"

吴远天不自信起来："我这所谓的好状态也是魔鬼给的吧？我在沙漠里本来都要死了，却忽然有力气走到这里，而且还跟你一起跟魔鬼作对，这……这合情吗？"

"不！跟魔鬼无关，而是你无意涉入了空间转化的临界点，才会意外闯入了这里，并不是魔鬼给了你更多的能量。记得那沙漠中的大海吗？那些浪波……空间转化的时候生物能量会增强，当时你通过你的身体与那幅画建立了同频 Web 3.0 干涉，从而增强了体能，才能够坚持走到这里，而且能跟我一起对付这幅画。但是，现在这能量已经快用完了，所以你会感到疲倦，暂时无法再帮到我。你先在这里随便看看吧，这里有很多很多珍宝，如果我们能够出去的话，这些珍宝都是属于我们的。"

"那幅画？"

"是的！带你来到这里的，也是一幅画。你只是进入了画中，但是，你以为这里只有这一幅魔画吗？"

"这些画都是魔鬼的吗？"

"不一定，我更愿认为是上帝与魔鬼分别创作或一起创作的，他们都是靠着画操控着人类。就像一战前夕的未来主义画家鲁索洛创作的《雾的坚固性》,哎!虚在虚在,虚而且薄、薄且又虚,却是充盈了一切'之间'世界的物,或者,雾!虚在粒子化为雾状的块棱,竟如凶器般锋利,早已揭示了人类即将迎来巨大的灾难。"

吴远天不再问,因为这实在是无解的问题。

鲁索洛那幅画他是知道的,上面有着坚固实体化了的雾,尘霾重重,简直连太阳也封锁在内,而人群已经全部蜕化为背影,有如诸神与魔神都在大幅度地撤离人间,因为这里即将变成废墟,而诸神需要的是活在天堂。那么魔神呢?最高的魔神有一个神格面是华美的大天使,也不想活在这样空虚无谓,只有战乱、愚蠢、仇恨、丑恶、虚妄、残酷的世界,在这样彻底的废墟上,又能有什么呢?

抑或鲁索洛并非很突出,余如超现实主义达利那帮人应该更有代表性,早就在战争来临前揭示了人类的巨大绝望,他想着想着,不觉痴了……

吴远天吃了一点东西,又感到精神好了一点,但是始终无法恢复到开始的状态,听到青年说珍宝,心头又有一阵阵悸动,于是决定去探寻这巨大地宫里的一个个房间。

看到哈托尔的猫头鹰

那些房间都大得离谱,一个个都像是小型宫殿。

他在一个房间里看到层层叠叠的架子上堆满了夜明珠，个个都有鸽蛋到鸡蛋那么大，多得无法计数的夜明珠，愣是映得房中光芒四射，几乎要把他的眼睛都耀瞎。房间角落还有影影绰绰的光影，光感虚虚地映于半透明的石壁，如果那也是大块的陨石夜明珠或者夜明珠矿雕造的话，该价值几何……

他的脑中纷至沓来古籍中的记载，诸如秦始皇殉葬用夜明珠，陵墓中多到"以代膏烛"，汉光武皇后的弟弟郭况"悬明珠于四垂，昼视之如星，夜望之如月"等，他们墓穴所用的夜明珠只怕也没有眼前这么多，他几乎不敢想象魔鬼的收藏的价值。

随后，他又在另外一个房间里看到了层层叠叠的许多箱子，随便打开一个箱子就看到里面是很多很多钻石，圆形、椭圆形、榄尖形、心形、梨形、方形、三角形，光棱棱的，不一而足。除了常见的颜色之外，居然还有深绿色的，有很多绿钻、紫钻、彩钻，光芒璀璨幻美。钻石中最名贵的是红钻，他拈起一颗大如儿拳的红钻观察，它浑茫深厚的光华流转不已，叹为观止。

他抬头，只见一盏油灯在高处闪着点点幽光，那仅仅是油灯，他这时候心情激荡地看出去，简直感觉它像一颗旋转的钻石星球，目眩神迷。他不禁想，要是能从这里走出去，随便捡一颗红钻流通到珠宝市场上去，都一定会引起轰动。比较起来，那些人们推崇备至的南非之星、大莫卧儿、维多利亚光之山、神像之眼，都不知道算是什么。又想，物以稀为贵，深绿色钻石极少，更没有见过这么大颗的，如果带一颗到安特卫普去……他的心中思潮翻涌，不知道转瞬间有了多少想法。

终于，他又到了第三个房间。

房间里随处可见犹如垃圾般随便堆放、堆积如山的金银珠宝，他惊得咋舌难下。又见中间还有很多古董，不必细看也知道它们年代久远，十分名贵。

晃眼间吴远天也看不了这许多，一时间留意到脚边有个绘有五彩鱼藻纹的大罐，模样可亲。那是明嘉靖年代的官窑代表作，同类器物存世总量不过十例，且多为世界顶级博物馆收藏，他曾在美国旧金山亚洲艺术博物馆看到过，有点印象。

这罐子罐腹所绘鱼藻纹朴拙华美，看似池塘小景，实则意蕴无穷，是继元青花鱼藻纹大罐之后的工艺、艺术杰作。好玩的是，他能从这个罐子看出西方大画家克利的画风，鱼藻纹附近的许多点、线抽象形式，早已有了抽象派的意蕴，而且既如夏加尔、保罗·克利作品般充满童趣，又给人说不出的神圣庄严之意。他把玩了一阵罐子，爱不释手。

他亦看到墙上无数荧光浮动，上有字样："无有作好，遵王之道。无有作恶，遵王之路。无偏无党，王道荡荡。无党无偏，王道平平。无反无侧，王道正直，会其有极，归其有极"。那是《尚书·洪范》中的话，越看那话，越觉得话中有"画"，影影绰绰、欲显还露中，里面有像物之形震动如海，一种致命诱惑使他不敢再看，似乎看这文字、想这宝物都是最严重的犯罪。

终于，吴远天放下罐子，闭了阵眼，深吸了一口气退出房间，准备等阵再进去。要是马上进去，他担心自己会激动得晕过去。这时候他侧眼看到，在很深很深的宫殿深处，有一道幽光，那是一条巨大甬路的尽头，那里会有怎样的宝物呢？他好奇心顿起，决定先去看看那里。

当来到那道幽光底下之后，他仰头就看到那光源不是什么灯光，而是来自于一头巨大的石雕猫头鹰额间。

魔鬼或者神的独眼

那是一头雪白的猫头鹰，高踞在一个暗紫色檀木架子顶端。

架子乍一看是镂空的立体网格，散发着宛若虚空弥散的轻忽、透薄气息，形状像一个大石榴，上面镌着几个字，文字浮在网格当中微颤着，如在轻轻呼吸，不容逼视，越是仔细看去，越是看见文字在增多、在演化、在膨胀、在湮灭、在内内外外地生成，有如一枚巨大的榴实初绽，创口处带着一抹鲜红的诱惑，那正是文字生成之源。

吴远天仔细看这字形，不知是英文、德文、中文、法文，还是任何文，但是第一时间会感觉那是楔形文字，那文字究竟是怎样的其实一点也不重要，就像熟悉已久的文字映入眼帘自然就使人懂得含义。他一错神间，看出那是"哈托尔"的楔形文字，才感觉不对，什么时候自己懂得楔形文的呢？

他一动念时，就辨不出那字的意义，再看，却似融入了那字形散发的光中。哈托尔、哈托尔、哈托尔，他念叨着，毕竟马上又忘记了那字是怎样的语言文字所写，但心中反觉莫名宁馨。

猫头鹰散发的光似乎愈发强烈了，吴远天抬头，只见那猫头鹰白得有如一团蓬松的雪。猫头鹰的两眼闪着幽光，更奇的是它抖擞双眉间或许是镶着一块宝石，那是它的第三只眼吗？从不同的角度看，宝石有不同的光芒，红橙蓝绿紫，蓝绿青蓝紫，那光芒忽大忽小，细看如一只活眼在睁大变小。吴远天呆呆看了半天，就像飘到空中管窥彩虹的形象，看不出它蕴藏的光芒在怎样流动变幻。

这里有那么多的珠宝，却没有像这样一只猫头鹰在两眼之间隐藏珠宝的，这样的特别陈列是有什么特别的意义吗？

彩色钻石是世界上十分罕见的钻石，每出产十万颗宝石级钻石，其中才可能有一颗彩色钻石，出土概率仅为十万分之一。粉红色、绿色、红色、彩黄色等颜色的钻石都很珍贵稀有，譬如粉红钻全球只有澳大利亚才固定出产，而这颗彩钻居然给人目迷五色之感，愈发拥有致命的魔力，令人一见就会痴迷倾倒。"这是魔鬼在诱惑我？"他禁不住想。

是的，身体是一个幻觉，而他恍觉早已在不同世纪换了一个个生老病死的身体，走过这苍苍茫茫的就连其存在都难以确定的人世间。

一个声音仿佛凌空穿越而来，钉子一样的，带着极度的洞透之力："你已经看到了这比尘世间的珍珠宝石更尊贵难得的

'虚在'的动力，是它推动着你们爱恨悲欢、纠缠永世。"

"是你，眼睛，独眼巨人般的眼睛，在对我说话吗？"

"是的！"

吴远天知道，独眼巨人是希腊神话中西西里岛的巨人。它们只有一只长在额头上的独眼，它们强壮、固执、感情冲动，如法国最杰出的象征派画家奥迪隆·雷东所画的《独眼巨人》，画中的独眼巨人正从地下爬出来，用一只眼睛觊觎着深埋在地层里的一个裸体女子。

这个裸体女子是欢乐的象征，但她似乎还在沉睡。巨人的野蛮凶猛的心灵中也依然存在着欲望和欢乐的要求，巨人仿佛象征着生命原始欲望的巨大力量。

独眼巨人，甚至躺在绿意中的人类，更像是一种对美的"窥探"。画中的独眼巨人面目丑陋，却笑意盈盈，流露出迷人的柔情和忧郁的神色，那是象征主义形象的标志之一。

《独眼巨人》色彩绚丽，闪光的深调子或如半透明的帆一样布满画面，或如一簇簇剔透的珍珠点缀其间，构成空前丰富的明暗对比和天鹅绒般的质感，反映出画家高超的绘画技艺。正如雷东所说："让可视世界的逻辑为不可视的世界服务""用现实世界的逻辑表现幻觉世界"。事实上，他的作品占据了视觉和幻觉的一个中间地带，幻觉与现实互相援引、呼应，不断产生能量的流动。

吴远天似乎堕入了一幅画中，那正是《独眼巨人》……

他明白了，想起青年开始告诉他的，魔鬼是用眼光凝视这个世界，从而统治和改变世界的。

吴远天一意识到这点，马上深吸了一口气，倏地蹲下，一念之间似有万有创生或被规范，一念之间也似有巨大智慧或绝对救赎。他的眼光抬起，看向虚寂的虚空，双目茫茫无所见，心中却如看见立体电影图像般看透了这幅画所在的空间，看到《独眼巨人》忽然四分五裂，崩散为虚在的粒子，席卷而向远天。

"你，魔鬼，别想控制我，相反，我要做你的主人。"吴远天在心中说，那番话悠然而向苍茫的远天，激起隆隆的回响，也不知是在他的心内还是心外。

当他疑真疑幻的时候，独眼的声音传来："你的意志力让我钦佩！从来没有人能让我制造的幻境一瞬间灰飞烟灭的，但是你做到了。可是不用问心内还是心外，虚在的力量无所不在，那是亿万中微子一样穿透身体，是到来着的 Web 3.0 的时空，无从避免，等着吧！我还会对付你的！"

只有救世主才是图像的主人

吴远天不服气，想着："哼！何需要你对付我，我对付你不成吗？"

终于，吴远天向猫头鹰的架子攀去，想把那块宝石取下来，这时听到背后传来一声凄厉的大叫："不要！"不知何时，青年来到了他的身后："你离开后不久，我忽然想到你可能看到这只猫头鹰，所以赶来提醒你——千万不要取下哈托尔的钻石！它是这里的能量提供源，是这一切幻象的根据。如果你摘下它的话，宫殿就会消失，我和你会忽然出现在无边无尽的大沙漠当中，无助无望，饥渴而死。我需要的只是你配合我一起逼走画中的魔鬼，只有画中的魔鬼离开，我们才能活下去。但是，千万不能动猫头鹰。"

吴远天不由得问："说不定这是魔鬼欺骗你的呢？你怎能肯定切断这里的能量供应源会有更糟的后果呢？也许这一切的幻象消失的时候，你不会被抛弃在大沙漠里，而是会忽然回到你父母的身边，或者你爱的人的身边，跟他们从此过着幸福快乐的生活……"

青年急匆匆地打断他："这是不可能的。何况，他们早都死了。你说的这两种情况，就好比生存与死亡的区别那样大。魔鬼的影子消失我们将生存，即使我们是在昏迷和睡眠中生存。而猫头鹰的眼睛被挖走我们将死亡，即使我们是无比清醒毫无准备地置身于大沙漠中，也是迎来——死亡！""谁知道呢？或者迎来的是昏迷，或者沉睡，或者……""这差别太大了。要知道，死亡不是昏迷、睡眠。这里的死亡，你的灵魂将彻底离开身体。"青年说着，自己都不禁苦笑起来。吴远天倒很能理解他为什么苦笑，因为用这么"学术"的口气来说死亡，每个人都知道死亡是怎么回事，但是如果用"灵魂将彻底离开身体"一类话来讲，听的人要么不懂，要么不明觉厉。"我知道死亡是怎么回事。"青年继续说，"昏迷和睡眠的时候，你的灵魂好像也可以离开身体，但是跟死亡绝不一样，死亡就是死亡，当你死亡的时候，你就告别了，告别了这世界更大的希望、更多的可能。或许还有另外一个未知的世界对你敞开，但是，你眼睛所能看到的这个世界，是永永远远彻彻底底地失去了，也就失去了用目光改变一切的可能。挖掉猫头鹰的眼睛，你无法知道你会遭遇些什么，但是我能肯定的是你会遭遇视觉的绝对迷失、目光之死，那样的死是最彻底、最可怕的死，你会彻底告别这个在你眼皮底下的美好的充满了无比希望的世界，从今置身于永恒畏惧的黑暗当中。"青年一口气说下来。

"哎！我不动就是。"

"嗯，那就好。"青年好像想起了什么，忽然表情放松了许多，继续说道，"不过我想你也动不了，因为据魔神说，只有救世主才能摘下它。"

"啊？救世主？"

"是的！但是我劝你最好还是离哈托尔远点，我可不想陪你死，我……"他喋喋不休着。

吴远天无可无不可地听着。

吴远天动了不同的念头了，他不想再听尧远的叮嘱继续向下走了，而是不由自主想着：

谁知道青年和他是不是应该站在一条战线上？青年或者是早已被魔鬼的诅咒吓坏了，对自己来说肯定不是如此。也许自己拿走这颗神奇的宝石就能够逃出生天，这又有谁知道呢？说不定这块神奇的宝石正是这一切财宝中最珍贵的，管理着一切财宝，得到它等于一切？也许自己就是救世主，要不然怎会忽然看得懂楔形文字？

啊！也许它就像《指环王》里的指环一样。无穷无尽的宝藏，即使多如所罗门王宝藏，也赶不上那个指环珍贵。拥有指环可以让所有的财宝飞来为自己服务，予取予求。或者，这块宝石也可能有如阿拉丁的神灯，拥有一个神灯也超过所有魔神法师的法物、超过地下尘封千年的大宝藏，因为灯神会帮你运送一切，会带给你许多法力，甚至可以娶到公主……

许多神话传说里的故事分分钟逼入他的脑海，吴远天想到这些，连呼吸都转瞬间变得粗重。

吴远天忽问："假如它不断变化出魔画的幻境控制人，有什么后果？"声音不太自然。

"你在打什么歪主意？"

"没有啊！"他决定保留点秘密和实力，不说实话。

"真要它对付你，你就完了，因为还没有人能应付的。那样，你就会堕入极多图像的幻境并被奴役，再也逃脱不得，遭遇会比我还惨，因为它首先会如奥德修斯刺瞎独眼巨人的眼睛般刺瞎你的眼睛，器官的、心灵的眼睛都刺瞎，没有了视觉反抗，试问你还怎么逃出幻境呢？"

"这么可怕？"

"只会更可怕！"

"我怎么听起来跟你所说死亡之后的情形差不多呢？"

"差别很大，生之幻境毕竟是生，死之真实终归是死，我们渴求的是生之目光，不是死亡凝视。"

这话简直如那楔形文字还难明，吴远天听着却是明明白白的，偏偏他却另有打算，只说："好吧，你先回去。我在这附近逛一阵就好……"

青年满腹狐疑地看着他，最后决定相信他，又叮嘱了几句，忽又道："我其实很担心你的身体。时间魔神虽然让你的身体在这么短的时间恢复，但那毕竟是 Web 3.0 干涉海实现的能量转换，由你的目光激发出的潜能，不能支持长久，你的身体还需要一点补充。这样吧，我给你一棵长白野山参，嚼着它，你的身体会恢复得更快一些，等你身体再好一些，我们再一起来对付那幅画。"

幻美的宫殿永恒的废墟

青年从怀中拿出一株大概二指长的人参塞到他手里，那长白野山参细细长长、貌不惊人，但是看青年一脸认真的样子，好像那是比宫殿里所有宝物都还要重要的宝物。

吴远天颇有点不以为意，随手拿在怀中，却道："你走吧，你走吧，我还想再多逛一会儿。"

　　青年对那长白野山参看得很重，所以没有急着离开："如果你状态再不好就嚼一嚼吧，那也是我补充能量的圣物，自己也不多。我们根本不知道人参跟生命之间有怎样神奇的联系，但我们遇到危难的时候，人参常常比所有珍宝都要贵重多了。"

　　青年还不厌其烦地给他讲了一个故事：

　　许多人为了远离兵灾和饥荒逃难，需要流浪到一个大荒原，同行的许多人都费尽心思把自己的财产换了珍宝带在身边，唯有一个人把他所有的财产都拿去换了一棵长白野山参，此人得到了其他人一致的嘲笑。

　　但是当所有人进入蛮荒地带之后，无水、无食、风风雨雨的极端天气环境，一个一个带珍宝的人在艰难的自然环境当中痛苦死去，唯有这个人活了下来。因为每当他找不到食物、没有饮水的时候，他都会嚼着人参，艰难延续着生命。终于，同行的人一个个全部死光了，那些人的珍宝也都归他所有了。

　　吴远天唯唯诺诺地听着、应着，心里边根本没有把这当成一回事，只是傻笑。

　　好不容易等青年转身离去，吴远天就返回上一个房间取了那个嘉靖鱼藻纹大罐，一时间也根本懒得再去看其他的宫殿了，三步两步就奔了回去，蹿上了那祭坛上的架子，攀到白色猫头鹰旁边。架子剧烈震动，他手一抠就把那颗彩钻给抠了出来。

然后吴远天第一时间就揭开罐子盖，把那颗彩钻放了进去，倏地盖上盖子。

吴远天早就想自己对这颗彩钻的迷恋是不是受了魔鬼的诱惑，但是他毫无反抗力。

甚至他选择了这个大大的罐子，也是想说不定还能装点珍宝。至于装了珍宝之后怎么带出去，他连想都没有想。

那款鱼藻纹大罐圆滚滚的，有成年人前臂之长那么高，那猫头鹰眼睛在罐子里，似乎并不安分，竟像是有生命般左冲右撞的，有如心脏蹦跳着。

吴远天的心也怦怦怦怦地跳动着，简直比罐子里的猫头鹰眼睛跳动得还要厉害。正当他不知所措，忽然宫殿里发出一阵旷旷荡荡的风，那风平地而起，回旋盘绕，越来越大。

青年大叫着奔了过来："啊，你答应了我不动哈托尔的眼睛的。放回去……"

吴远天也不知如何是好，抱着罐子就朝反方向奔了出去，但是奔了没有几步，尘沙如梦一样从空中凭空生出，平地席卷，升腾扶摇，整个宫殿迎来了飓风。

风呼啸排荡着，把宫殿中触目可见的一切都裹挟入尘沙当中，那风本身就仿佛是由尘沙构成的，尘沙、尘沙，越来越多的尘沙，尘沙越卷越多，越卷越多，刮得人脸生疼。

废墟，废墟，废墟……一切在崩塌、在毁坏、在尘埃漫漶中归于虚寂。

吴远天偷到了哈托尔的眼睛，得到的是大片大片的废墟！

背影与虚空的搏斗

吴远天还想牢牢抱紧他怀中的大罐子，却发现自己越来越无力了，那种最初的疲倦又回来了。他又感觉到无比的口渴、无比的头疼、无比的饥饿，全身酸痛得没有一点力量，极度疲乏，再呼吸一口气也无比困难，好像只有死亡才是他最后的解脱。

他感觉自己就好像一个装满了水的皮袋被忽然扎破，所有的水都流出来，他的精力就这样自然消散得无影无踪了。

在呼啸的风沙当中，他用最后的一点力量把那支长白野山参放到了口中，用力嚼着。风沙越来越大，他跌跌撞撞地走着，终于倒在了地上。

那个嘉靖五彩鱼藻纹的大罐从他的怀中滚落出来，一道白光冲天而起，倏忽间化为满天虹彩，再化为一个轻忽如幽灵的背影。

霍拉沙漠中升起了一道奇特的海市蜃楼般的异景，一枚巨眼。人们惯常在海市蜃楼中看到楼宇、人烟、山峦、风云，但很少能看到一枚巨大的眼睛。

是的！那是一枚巨大的眼睛，眨动着灵活的睫毛，但是眨动着眨动着，就渐渐如疲倦的蝴蝶合上了翅膀，一动不动了。

眼睛底下是垂死的他，尘沙满面，大量基因记忆组幻入了他的幽深历史记忆。

他想起来了：拉神不仅是造物之主、众神之主，还教人类创造发明，为人类祛灾免邪，降福于人，因而深得人类的爱戴和颂扬，以至古埃及的法老们也纷纷以拉神自居。

相传拉神统治了宇宙千万年，终于年迈力衰了。于是有人开始对他的威信产生动摇，也有人嘲讽和诽谤他，这使拉神非常生气。

一天，他召集众神要求他们提出一个绝密计划来惩治人类。天空、天河的主宰阿图姆神提议让拉神的女儿哈托尔去灭绝人类。

哈托尔是凶残粗暴的嗜血女神，她一到人间便挑起战争，使大地尸骨成堆、血海一片。拉神目睹了这血腥的场面，对自己亲手造就的人类产生了同情，于是决定阻止哈托尔的疯狂行动。他派了健步如飞的使者赫尔墨斯去"菲莱岛"，取回一种睡眠果，这种果子颜色深红，它的果汁与人血的颜色一模一样。

然后，拉神命令把这些果汁送到太阳城，一个嘘托邦，让那里的妇女们将它与大麦酒混合，做得和人血一样。当夜幕降临，拉神让众使者把大麦酒倒到了人间的田地上，田野顿时变成一片血海。白天来临，嗜血女神又准备去杀灭人类。当来到田野时，她发现田里竟被血水淹没了，她狂笑起来，认为人类都被杀光了，所有的血都流了出来。

于是她忘形地奔到田间吸起血来，她拼命地吸呀、吸呀，大麦酒把她灌醉了，不久睡眠果汁也在她身上发生作用，嘘托邦刮起大风，嗜血女神哈托尔终于倒在地上。吴远天也同步倒下，似有群星落在他的身上，他的身体一瞬间吸引了千千万万群星的文字，那是他完全的名，诸神或者魔鬼创造万有的名，一如哈托尔的千千万万的名，所有的名，将他沉沉覆盖成一块盐石，他如天的背影倒下。

那眼睛投影万有的轮廓，投影这大沙漠，似乎眼睛根本不在天上，而是在地上，在这无际的霍拉大沙漠……若从天际看去，就可以看到吴远天的背影就趴在这只巨大的眼睛上，如趴在巨鲸的身上浮沉。

狂风越来越大，几乎要把那背影从眼睛上掀下去，但是虚、透、脆、薄的光气摇曳，内里似乎有无尽空间，那背影似乎融入了光气中的空间，任何狂风也吹刮不走了。

背影似乎在跟什么看不见的虚空中的力量搏斗，摇摇晃晃，四肢挥舞……

a 与 A 的死亡与新生

（一年以后，真正的救世主将看到：

这背影在这摇曳虚在光与气的阶梯，向上、向上、向上……等他好不容易来到那个眼睛睫毛最浓密的地方时，极目处，只见镇在眼皮上是九层高耸的巍塔，光曳万丈。背影本已无望，可是费力掀动那眼皮，竟掀开了，然后对着里面说："你是一个大傻瓜，就为了满足一点好奇心出卖了自己的灵魂。"

然后背影又在一根睫毛上绊了一跤，那眼睛似乎倏忽间变为了深谷，发出悠悠回响，仿佛是拉神的眼皮在战栗着说道："灵魂是最没有用的，但是所有的艺术家只为了灵魂而活……"

随后眼睛闭上，眼皮颤动，在无限广袤的天地之间颤动着，沙漠中幻影幢幢，幻出一头独眼的巨牛兀立于天地之间。

巨牛的独眼缓缓睨顾着、移动着、摇晃着，有如一个 a 撑直了身子，升入高空，伸下一条"腿"，渐渐变成一个 A，仿佛一只锐利的三角眼，它冷然地看着这似乎永恒空荡荡又充满无穷无尽生命力的霍拉沙漠。

那是另一个阿芙洛狄忒的诞生、维纳斯的诞生，是任何平行宇宙中第一文明的爱神的诞生，是古埃及神人共生的哈托尔，是美瓷国悠悠远古的炎帝姜榆冈，是……他们都是牛头人身诞生的。

所有的爱将在人类灵魂中合一，这却是最恐怖的事情。

是的，一个 A，宛如巨大的天空之神阿图姆的眼睛，那三角眼下是倒挂的闪电无休无止、无边无涯。）

是夜，霍拉沙漠的高天上星月同辉，月犯太白，残酷战争与艰难孕育的气息弥漫，仿佛有大不祥、大可能的新世界开启。

那伏在巨牛独眼眼皮上的背影还在呢喃着。最后背影掉下了巨牛眼皮，钻进了一个蛋形的飞行器，飞行器起飞，发出巨大的轰鸣声……

是的，那个背影就是吴远天。吴远天真的死了，无限深度般一寸寸死去，却又如埃及法老王一般一次次"复活"，复活于包括楔形文字在内的最早象形文字的神秘，那究竟是更真实的世界，另一个世界？抑或还是青年所说的幻境呢？无人可以回答。

吴远天更无从回答，他甚至在这一切发生过程中什么也没有听到。

直到彻底的 —— 死！

等吴远天恢复意识的时候，已经是在找到他的探险队帐篷里面了。他迷路之后，他的妻子和探险队的人一直在找他，所幸在一次大风沙的边缘地带找到了他。

正是由于他嚼着那支长白野山参，所以他还有一点点气力，才一直撑到被发现。

他挣扎着讲完了自己的经历，然后咳着血死去了。

逃出"嘘"托邦

没有人相信他的讲述，但是那个嘉靖五彩鱼藻纹的大罐还在他身边，总是真真实实的。

探险队发现他的时候，他还死死怀抱着罐子，罐子没有盖，里面除了沙，什么也没有。

他的尸体后来经过全面检查，发现他的所有器官功能早就衰竭了，五脏六腑中的血液早就凝聚成了血块，脏腑也都发生了病变，普通人应该是早就死了，他最后还能有段活着的时光，还能如一具干瘪的木乃伊讲话，本身就是奇迹。

很多人都相信他是胡言乱语。

有一些在沙漠中探险的人，由于高温、疾病、虚弱、感染黄热病病毒，最后都死于谵妄的疯狂当中，他肯定是在临死之前幻想出来的这么一些奇怪的事情吧？

只有他的妻子彩云相信他最后的讲述，后来也是彩云在发现他的附近找到了那个罐子盖。

音之篇

遇见声音，迎"虚托邦"

当万籁俱寂时，是谁在歌唱？是谁
用低沉而纯净的声音唱着那么优美的歌？
难道是在城外，在鲁滨逊，
在一个覆盖白雪的花园？或者就在附近
某个人没想到会有人在听？
不要迫不及待地想知道
因为白昼终归
会让那看不见的鸟引路。但让我们只是
静下来。一个声音升起，如同三月的风
从古老的树林带来力量，它笑着来到我们身旁，
没有泪水，更笑对死亡。
当我们的灯熄灭时，谁在那里歌唱？
无人知晓。但只有那颗心听得见
那颗既不求占有，也不求胜利的心。

——菲利普·雅各泰《声音》（姜丹丹 译）

环境险恶的余让镇

一年以后，美瓷国西南，在霍拉沙漠环绕的名叫"余让"的小镇。

沙漠附近一些小镇，近年来由于水道引流解决了镇民们的用水问题，渐渐热闹起来。胡杨林是牲畜天然的庇护所和栖息地，马、鹿、野骆驼、鹅喉羚、鹭鸶等百余种野生动物在林中繁衍生息，林中还长满了甘草、骆驼刺。

这个小镇——"余让"，蛮荒，缺乏绿树、动物、水源、喧嚣的人气，不缺的是风沙，险恶的环境。

在小镇紧邻的沙漠上，最多的是枯死千年依然死死戳向天空的胡杨树，是死寂与狂暴同在的沙尘漫漫不时席卷。

这么个看起来鸟不拉屎的地方，这些年也开始蓬勃发展起来，动植物越来越多，人烟稠密，不细看的话，也有几分江南富庶地的气象。

当然，稍稍远离小镇中心的地方，还是贫瘠而荒芜，人烟稀少，风沙漫漫的，但这里今天忽然热闹起来，好像所有的人都奔到远远的进小镇的那条尘土飞扬的小土路上，看一个刚刚开进村来的探险队了。

勇探沙漠古城的女探险家

她来了。

紧随她身后的，是马、骡子、骆驼聚集的大拨人马。

她坐在一匹枣红马上，一马当先，手挥马鞭，脚踏金镫，潇潇洒洒的样子，眼里盈着无比的光华，那光华原本是有如太阳灿烂夺目的，但是这些日子却有了几许憔悴、几点忧伤，这是一个只有她自己才知道的秘密。

探险队有二三十号人，她作为探险队队长，似乎感觉自己特别摆谱。因为以前在做探险队队长的时候，她总是尽量跟队员们打成一片，不嫌艰苦跟他们同吃同住同呼吸同进退，这样她才更有探险的乐趣，可是现在她比较"脱离群众"了，虽然看起来愈发魅力四射，只有她自己知道自己心里不好过。

"咳咳！进了小镇，咳咳！我们大概准备一周就可以出发去寻找那个湮没的古城，咳咳！"她对随行队员丽塔说。

她，虞美儿，正患着扁桃体炎，说话声音有点怪，时不时咳嗽。真不知道自己撞了什么鬼，她前段时间阑尾炎犯了，好好在医院疗养了一阵，这阵扁桃体炎又犯了，害她说话都不舒服，真不知道这平时没用的器官长在身体上有什么用，难道就是为了偶尔忽然犯病，让人痛苦难受的吗？奇怪的是，这病不会传染的，她却似乎是从丽塔那里"染"上的，前一阵丽塔犯扁桃体炎，苦不堪言！

她们身体中这些"多余"的器官，扁桃体啦！阑尾啦！甚至一颗又一颗的智齿，都错着时间地出现问题，像是有一种看不见的缘分将她们牢牢系在一起，仿佛她们是一对注定了茫茫人潮中会相遇的灵魂的双胞胎。

"我现在很矛盾，到底去还是不去？"虞美儿说着，眼角那抹忧伤似乎扩散了，这带给丽塔一些奇怪的感受。

虞美儿是世界上很少见的一位著名女探险家，说她是女强人似乎会忽略她心细如发、柔情万端、感情丰富的一面，但她也实实在在——强！够强！

在她的生命里似乎没有什么不可能。

没有克服不了的困难，没有打败不了的猛兽，没有无法勘测的地理，没有涉不过去的激流险滩。

她不是因为家穷才一门心思地想去寻找什么宝藏，探索什么古城，从而贴补家用。

或者她是小时候看了什么神奇的探险小说，或者她是为了满足奇怪的虚荣心，反正她从小就热爱考古，而且对一切历史上湮灭无踪的神奇事情都充满兴趣，这使得她的所有考古行动，都充满了一种浪漫狂热的理想情调。

前些年，常有人拿着不知道什么地方出现的海底宝藏图、沙漠藏宝图，或者不知道什么风景区、无名城堡废墟流传出的不知所云又煞有介事的宝藏图说服她去探索而从中取利。她有几次一不小心就中了招儿，组织人马去探索，最后一无所获，落得人人笑谈她的痴狂。

当有人讥讽她的时候，她还举出燕昭王千金市骨的故事，用以自勉自辩，说是想买千里马的人悬赏千金买千里马，就算是千里马的遗骨也在所不惜买下，那么千里马和千里马的主人早晚会找到的。

好在现在，她已经聪明很多了。自从成为世界著名的探险家之后，她就懂得了人的生命多么有限，可能探索到的人间胜境又是如此之多，所以一定要珍惜好分分秒秒的时间，只有有了可靠的线索，才该去全力探索。

这次探索的古城，据说是在小镇附近的大沙漠里面，很大，非常大，真不知道地球上怎么会有那么大的沙漠。她们即将探索的大沙漠的形状就像一只巨大的耳朵横亘在地球上，聆听着古往今来不知多少幽深的人类秘密。

地球上的海洋，已经是所有国家的面积总和（殖民地、争议土地统统计算在内）的 2.5 倍了。

沙漠没有海洋那么大，但也是同样的神秘，也许还可能更神秘，因为它埋藏的历史遗迹很多，仿佛永远搜寻不尽，沙漠的环境险恶却又是敞开、透明的，仿佛透过热风就可以一眼看到——无数财宝正静静等着人发现，这勾引了多少人类欲望啊！

譬如谁知道海洋的一万米以下有什么呢？人无法看清、抵达。

大海总有些地方是人类到不了的，譬如极深的海沟、海底火山口之类，可是人类理论上可以抵达沙漠的任何地方。这没有消减沙漠的神秘，反而使得沙漠的神秘、魅惑愈发加强了。

这座古城存在的资料和线索都很可靠，也有了详尽的发掘计划，其神秘性超过了楼兰古城。

无限逾越着的多重视觉

楼兰古城已经存在了千百年，其实早已经有其他探险家发现过它的踪迹，但是它的存在被广为传播、载入史册，还是需要有一个神奇的处于历史节点上的人物证明它存在，这个发现甚至不是由中国人做出来的，而是瑞典人斯文·赫定。

在她看来，现在她做的就是犹如斯文·赫定发现楼兰古城一样的事。找着找着，有一瞬她忽然感到：当一个人要去发现一个城的时候，从那时候开始，她似乎就已经变成了外国人，甚至外星人，她的呼吸，也似带上了旷古悲风和壮怀激烈的气息。

古时候民风古朴醇厚，许多人性情彪悍、粗蛮，逐水草而居，较能适应艰苦的生活。古有西域三十六国之说早已深入人心，而在秦汉以前，古西域的国家更多如牛毛，其中不乏有辉煌文明者，如蒲类国之类。《汉书·蒲类国传》就曾说："蒲类国，王治天山西疏榆谷。去长安八千三百六十里，户三百二十五，口二千三十二，胜兵七百九十九人。辅国侯、左右将、左右都尉各一人。西南至都护治所千三百八十七里。"

但是随着山河变迁、河流改道、部落迁徙，乃至于人类身体机能普遍趋于驯化式纤弱，近沙漠的人居就大历史长河的视野看，许多时候是趋于减少的。

除了楼兰古城，这里还埋葬着多少悠久的古文明、沉睡着怎样等待唤醒的废墟？

古城存在的证据是毋庸置疑的，因为发现的人——吴远天——早已付出了生命的代价来证明这一点。

想到这一点的时候，她的眼前就似乎又一次打开了另一种视觉——第二视觉，对她来说，那是梦的视觉，但是那梦幻泡影中的视觉却比任何眼睛一眼看到的事物都更真实。

虞美儿忽然问丽塔："你知道人类有多少种视觉吗？"

"咳咳！这个问题太笼统了。咳咳！有不同的划分、不同的人种、不同的观看世界的方式，不知道可以分出多少种来。但是我知道，常说的是三种。咳咳！"

"哦！你知道，是哪三种？"

"可见的，不可见的，受影响归根结底看见的。"

她反应过来，笑了："这是我们读大学时候那位夏老师的观点啊！你真是不动脑筋呢！只知道掉教授的书袋。"

丽塔却还执着地进一步解释："咳咳！我觉得夏老师说得很

有道理。人类视觉无非就这三种，看见的样子，想象中看见的样子，想象受到影响看见的样子，至于所看见的事物究竟是什么样子，只有神才知道，哈哈！"

只有神才知道……

这句话勾起了她对悠悠往事的回想了，那位夏老师是她和丽塔都很敬佩的老师，研究神学、当代艺术，做艺术批评，她们的成长经历颇有从夏老师那里受益之处，譬如夏老师常说："何谓艺术？是天性与自然的平等性。"

如果说艺术是人类所能做的最宏大的梦，那么这艺术感中看到的属于第二视觉吧！想想就悠然神往，这已根本是只有神才知道的事情。

又想，如果人类视觉中有这样一份"平等性"，那么人人可以从这样的视觉中各取所需又达成理解，无数图像空中对穿而过，到无数人手机屏幕、脑海，让他们看、看见，无遮无蔽、真实无讹，误会和纷争减到最少，从此人类进化的生命历程进入新时代了，多么好！如果不是视觉总是那么模棱两可、歧义重重的话……但是视觉总是比起语言真实得多，一幅画就算是色盲，不同色感、不同心境的人看都有所不同，但一幅画始终是一幅画，就放在那里，客观、真实、几乎不变（不同人眼中总有些不同的，譬如大画家莫奈由于白内障移除了晶状体之后，能看到紫外光，不自觉的画中就多了好些他幻视的蓝色），怪不得大哲学家海德格尔说这是个"图像化时代"呢！

嗯！我们现在放眼所见的最真实的，除了图像还有什么呢？世俗生活当中的图像已经是世俗的人们最可靠的交流媒介了，可是什么是图像的平等性呢？

是的，只有神才知道，但愿神知道，只能但愿……因为根据量子宇宙学原理，一样事物你看到的时候是这个样子，你不看的时候它又是什么样的呢？薛定谔的猫就是最佳的例子，人类无法看清眼前事物的生生死死流变，就像终究无法分辨黑色匣子里的猫是死是活一样。

于是，就是第三种视觉了……

平等视觉

虞美儿不知道想了多久，又跟丽塔谈论起吴远天的故事：

这位探险家在去往古城的时候迷路，遇到一阵怪风，风在沙漠中吹出了奇特的地貌，看起来有如一道道层层叠叠的波流层沙流动着，又如一幅抽象画，却与吴远天的身体产生奇特的Web 3.0共振。他走入画中，像一滴水融入海，一段程序化入另一段程序，莫名的信息能涌入身体。他恢复了体力，看到一座山丘上的巍峨宫殿……像是对存在真相的一次侦探式的探测。

虞美儿说："照我看来，吴远天看见那幅画进入宫殿的过程，还有吴远天仅仅以凝视就能帮助青年'逼迫'画中人背影远去，都说明这是第三种视觉，这种视觉才是最根本的，仅仅是'看'就可以改变好多好多了，可惜当年没有好好听夏老师的课，不太懂……"

丽塔笑了："咳咳！咳咳！估计夏老师自己也不太懂，因为，真正灵活的视觉是在于每一个人的时间，夏老师如果在的话，也会鼓励我们更多地去理解这些视觉的原理，而不是背教条吧！第一种视觉就弄不明白了，还第二、第三种……就譬如说第二种视觉吧！那是不是古人常说的人生如梦的大梦呢？如《易经·系辞》说：'天尊地卑，乾坤定矣。卑高以陈，贵贱位矣。'咳咳！

"当天地阴阳二气与高天厚土之间展开了一层层看视空间之后，原本只是一目了然的观看变化了，变成了有起伏、有褶皱、有光明与阴影的丰富层次。是的，那已经是不可见的，是平等的视觉，但正如佛教里的什么无等等智，绝对的平等中有不平等的可能……咳咳！就像有时候某些农庄里的猪都是平等的，但有些猪会比其他的猪更平等一点，而后者就是农庄的统治者。"

虞美儿不再接腔，脑海中自动浮现的是吴远天经历的一幕幕，那一幕幕就展开了一幅幅平等的视觉了，人类的第二种视觉，那视觉展开一维又一维的折叠空间。她好像看到了折叠空间中辽阔的古城，看到了神奇的宫殿，看到了那嵌在白色猫头鹰额间的第三只眼睛……她欲定定神，脑中又幻出一个声音，一个影子，一个不断远去的梦里背影，却一无所获，像是从一个辽远、曲折的梦中醒来，想看清、记忆，却什么都忘了。

这到底是为什么呢？她迷惑着。

在余让镇寻找外星人

而丽塔，一个志在寻找外星人的科学家，则在此刻抬望眼看向远天的时候，不觉想象着自己的身份、命运，一切……

人类虽然不知道有多少关于 UFO 的报道和跟外星人的所谓"亲密接触"，但总还没有百分之百坐实的，而丽塔早就有过多次关于寻找外星人的探险经验，虽然不能说一无所获，毕竟所获不多，那些收获也是耶非耶、如梦如幻，但有着真实的内核。譬如，丽塔在一段探险经历中确信，人类之所以一直不能肯定外星人存在是因为一旦谁看到外星人并为外星人所知，就会被外星人做彻底的身体改造，从而影响改变此人成为外星人，然后将其带往外星，这是地球人一直不能肯定外星人确实存在的原因。哎！这倒跟人类与死亡的关系相类，只有死亡才能明白死亡是怎么回事，但是死者却是再也不会说话了，颇为黑色幽默。

丽塔早就默默发誓，无论她要付出什么代价，也要找到外星人存在的确凿证据并公之于众，哪怕是付出身份改变的代价，她也在所不辞。不过话说回来，到底每个人究竟是怎样的身份呢？这又只有天知道！丽塔就不知道她稀里糊涂答应了虞美儿要到霍拉沙漠探险是为什么，她的身份究竟是什么，助手、跟班、探测师、翻译、好朋友……

虞美儿忽然道："我们大概会在余让镇待十天，你可以好好探寻你的身份。"

"哦！我有说我要在这里探寻我的身份吗？咳咳。"她竟也咳起来。

"我感觉得到。"虞美儿苦笑，仿佛那多余器官的疾病是一种无名诅咒，现在转回到丽塔身上，自己却开心不起来。

"你真是什么都知道。咳咳。"

巧遇照顾橘树的怪小孩

她们已经进入小镇了。

一群鸽子呼啦啦飞了来，在探险队上空翱翔着，似乎在翩翩起舞，随后不约而同在空中化为一道白虹，端端正正飞向丽塔，有的停在她的肩膀上，有的绕着她旋舞，有的组合成奇特的三角形、菱形、四方形、圆形……像是在跟她玩耍一般。

丽塔跃下马来，徒然地、无意识地挥手，那些鸽子又都化为白色翅膀般，随着她的手臂挥动而起伏抑扬着，像是丽塔忽然生了翅膀要凌空飞去。

探险队的人都看呆了，丽塔自己也不知所以，大概是所有的鸽子都跟她亲密接触过了之后，才见鸽群重又拔地飞起，化为一道翻翻滚滚的白虹，飞向远空。

虞美儿惊问："这是怎么回事啊？你，你，你……我从来不知道你有那么大的魅力。"

"我也不知道。或者鸽子跟我玩闹跟我无关，只是由于我的穿着、味道或者什么人在刻意安排……"丽塔张口结舌地道。

她们继续前进。

呼啦啦，她身边忽然蹿出一群打闹的孩童。其中一个头戴毡帽、身穿黑黄相间衣服和红裤子的小男孩，一下子几乎撞到了马腿旁。马儿长立起来，一声长嘶，吓得小孩子一屁股坐在地上。旁边一拥而上几个小孩，有的揪住了那小孩的脑袋猛敲，有的狠狠踹他，还有的抢过了他的帽子远远地跑了开去。

丽塔一下揪住了她的马缰，而她也第一时间跃了下来。

丽塔呵斥着其他的孩子们，将他们赶走，然后把脚旁的小孩子扶了起来。小孩子眼里泪汪汪的，但强忍不哭，看起来煞是可爱。

天书预言的救世主

丽塔端详着这个小孩子的样子，有几分莫名其妙的熟悉亲近之感，小孩子刚才被其他人欺负成那样也不曾哭出来。"哎呀！你受委屈了。告诉姐姐，他们为什么欺负你呢？姐姐帮你找回公道哦……咳咳！""我我我……"

这时丽塔看着他笑，细言软语地逗他乐，忽又道："我知道你受苦了，但是现在不会有人再敢欺负你。"小孩子也不知道是不是受了感动，反而哇的一声哭了出来。

丽塔有点不知所措，于是将他抱到怀里，让他哭个够。

远远来了一溜人马，那是来迎接的小镇镇长英武，老得满脸皱纹堆积，脸上沟沟壑壑的，简直能夹死苍蝇。

探险队一行被老镇长带到了早就准备好的客房里，小孩子一直跟着丽塔，看起来很依恋她的样子。

很巧！小孩子叫杨骄，就住在离他们不远的一座干净整饬的小院居室的院子。

英武爷爷听说了鸽子围绕丽塔飞舞的事情，向她笑吟吟地说道："人会说谎，鸽子是不会说谎的，它们是我训练的，只会绕着最尊贵的客人飞舞。今天早上我就看到鸽子们焦躁不安，笼子里的似乎要飞出笼子，笼子外的发出与平常不同的叫声，喧哗异常，原来是要迎接远客啊！我想，这是在一本神奇的书里早就写定了的故事，天书，那是天书，天书说的，注定你要在我们镇子遇到一些不平常的事情。"

这时候窗外传来喧腾之声，大家放眼一看，好家伙，只见许多大大小小的松鼠有如大大小小的绒球般四面八方涌来，不多久，有的盘踞了窗台，有的在门庭中沸反盈天，竟似在窃窃私语般。

许多人有惊诧之色，英武爷爷脸上却是乐开了花："看！我说得没错吧？这里本来很少有松鼠的。"

救世主与橘树

丽塔沉吟着："我是个再平常不过的女子，今天的事情，肯定别有蹊跷。"她话音刚落，就"哎呀"一声，原来是一只小松鼠蹿上了她的肩膀，吓得她禁不住要用手去拍，但当她的手快要拍到小松鼠的时候，只见它一副天真无邪的样子，滴溜溜的小眼睛睁得格外大，望着她一动不动，根本没有逃走的意思。丽塔这手也就拍不下去了，转而在小松鼠身上轻抚着，它喉咙里咕噜噜的，好像很享受的样子，一时间身边所有人都笑了。

英武爷爷轻轻出手抱走了小松鼠，如同梦呓般在它耳边说着："乖乖，不要再捣蛋了，不知道有多少小伙伴要欢迎我们尊贵的客人呢！慢慢来，你们有跟客人亲热的时候。"他的声音轻轻的，但是又刚巧能让身边人听到，听到的无不捂着嘴巴笑。但是说来也奇怪，英武爷爷说了这番话后，小松鼠蹿走了，窗台上的、门庭中的许多小松鼠也都如退潮的潮水般散去。

等丽塔换好了衣服，稍微安顿一下，就过去看杨骄。

当来到杨骄的小茅屋旁边，她就看到了奇异的一幕。

只见杨骄正在给一株橘树浇水，末了在橘树上扎针、挂起吊瓶。他那全神贯注精心照料的样子，带着富于韵律的节奏，宛如宗教仪式，一看就使人内心宁静。

在这片荒芜的沙漠地带，树都长得很矮小，多的是各式各样的胡杨，哪里有这样长得很可爱的橘树，而且挂满了金橘，十分少见。

丽塔眼前一亮，好奇心油然而生："咳咳！你怎么在这里种了一株橘树啊？"

杨骄嘘了一下，说："小声点，小声点，现在我心里边正跟橘树讲话呢！它它它……"杨骄好像有点犹豫，但是后来还是鼓足勇气说了出来："它，是，我的父亲。不！我父亲的灵魂就在这棵橘树里面。"

丽塔心里咯噔了一下，然后禁不住笑了起来，哇，这怎么可能啊！然后她可能又觉得这样是不是太无视杨骄的胡思乱想。于是又补充道："《聊斋》里面有一个故事，讲的倒是一棵活着的橘树的故事。"

杨骄听到她说的话，脸上神色明显不善，但是又听到了什么橘树故事，也产生了好奇心："你可以给我讲一讲这个故事吗？"

橘树里的灵魂

（这个故事许多中国人耳熟能详，不妨原文照录：陕西刘公为兴化令，有道士来献盆树，视之，则小橘，细裁如指，摈弗受。刘有幼女，时六七岁，适值初度。道士云："此不足供大人清玩，聊祝女公子福寿耳。"乃受之。女一见，不胜爱悦，置诸闺闼，朝夕护之惟恐伤。刘任满，橘盈把矣，是年初结实。简装将行，以橘重赘，谋弃之。女抱树娇啼。家人绐之曰："暂去，且将复来。"女信之，涕始止。又恐为大力者负之而去，立视家人移栽墀下，乃行。

女归，受庄氏聘。庄丙戌登进士，释褐为兴化令，夫人大喜。窃意十余年，橘不复存。及至，则橘已十围，实累累以千计。问之故役，皆云："刘公去后，橘甚茂而不实，此其初结也。"更奇之。庄任三年，繁实不懈；第四年，憔悴无少华。夫人曰："君任此不久矣。"至秋，果解任。

异史氏曰："橘其有夙缘于女与？何遇之巧也。其实也似感恩，其不华也似伤离。物犹如此，而况于人乎？"）

丽塔给杨骄讲完了这个《聊斋》故事，然后问："咳咳！关于这棵橘树，难道你也有你的故事吗？"

这样问的时候，她心里面多少有点滑稽之感，因为一个人的灵魂是不可能栖居在一棵橘树当中的，这肯定是杨骄的幻想。她尽量不去伤害杨骄的幻想，但这涉及杨骄的父亲，正常小孩子不会拿父亲开这种玩笑，杨骄莫非有点神经病？可爱的杨骄居然是个疯子？那可不妙！所以，她很小心地问。

尽管杨骄看在眼里，可当他认真思考了一下要回答时，眼睛先就泪汪汪的了，看起来勾起了他痛苦的记忆了。

艺术家与魔鬼的交易

从头说起，杨骄的父亲居然是一位艺术家，他原本不是生活在这个小镇上的，而是住在遥远的京城。

多年以前，杨骄的父亲听到一个来自沙漠的传说，说是沙漠里住着一位魔王，这个魔王可以满足人的愿望，代价是魔王需要人类的灵魂侍奉他。不知怎么的，杨骄的父亲居然相信了这么一个看起来无比滑稽的传说，于是打点行装，来到沙漠寻找魔王。

据说杨骄的父亲找到了魔王，然后真的在魔王的帮助下实现了他的梦想，不但在艺术上非常成功，而且后来还成为家财万贯的大富豪。

终于有一天，魔王向杨骄的父亲要求回报。

杨骄的父亲无以回报，最后家人一个一个死去，只剩下杨骄一个人。

"要是给我一个机会，我真想到沙漠当中亲自找到魔王问，为什么要害死我的父亲？我还想杀死魔王，为人类除害。"

丽塔想，杨骄肯定是从哪里听来的这个稀奇古怪的故事，所以马上问："这是谁告诉你的？"

杨骄回答："阿桑爷爷和英武爷爷都给我说过。他俩是我们家的两任管家呢！"

丽塔问："什么？两个管家？你有那么煊赫的出身竟也到了这个鸟不生蛋的地方？"

"我的父亲在沙漠里找到魔鬼做了交易，之后就回到了京城，等他功成名就的时候，魔鬼就来要求回报，这时候我们家已经有了庞大的家业，甚至还有了一位尽职尽责的老管家阿桑。

说起来阿桑跟我家竟是早有渊源的，他早前只是一个野外的牧羊人，但我父亲事业成功之后，就开始调查自家的家谱，才发现我家历代以来出过很多大官，是高官显宦世系，然后出发去寻找曾经老辈子人遗留下来的亲戚旧友，阿桑就是这样找到的，他是我曾祖父的拜把子兄弟。阿桑死了之后，他的弟弟英武继续照顾我，就是迎接你们的那位老镇长。"

丽塔闭上眼睛，想象着这样一个奇迹，一个一无所有的穷艺术家得到了魔王的帮助，飞黄腾达，自家艺术大成，名利双收，又找到了家族中曾经风流云散后裔中的出色人物，找到了不知道侍奉过哪一辈爷爷的老管家，最后在魔王追讨欠债的情形下，一切风流云散，很多人因此一个一个死去，最后只剩下一个孤零零的英武和杨骄回到沙漠边沿，重新过平静的生活。魔王到底要什么？它如此捉弄着人类。

想到这些的时候，丽塔有不信任的神色。杨骄非常敏感，他说："要不我带你去看样东西。""咳咳！好啊！"

死去的神奇法师留下天书

小镇虽小，却如麻雀五脏俱全，什么都有。该有的都有，还有不该有的。

譬如，这里居然有一个不大不小的禁区，故老相传的禁区，那是一个祭祀天神地祇的神庙。杨骄带她走了十来分钟，恍惚间就来到了小镇尽头，只见神庙建筑赫然在前，掩映在大片高低错落的松树林中。丽塔进入神庙前回首，见这里有起伏的山坡，草花处处，松涛阵阵，与小镇别处不类，竟像是到了另一个世界。

神庙分两进，前面供奉的是土地爷、土地婆，中间供奉的是天神地祇，后面供奉的是小镇先祖。丽塔不禁惊问："看看，什么都有了，这里居然有这样大一座神庙。"她定定神，开玩笑地说："当然，比起布达拉宫不算大，但是这么小的镇子有这样一座庙，无论如何算是很大的了。"

"这是我父亲重建过的。其实之前他们也祭祀，但是庙小很多，而且祭祀规格也差些。"

"差太多了。古时候天神地祇是只有皇帝才能祭祀的，看看，看看……"丽塔惊讶地吐着舌头。

"很多年前，我父亲就是在这里死的，死得很惨，也葬在这里。我们可见地上的神庙只属于我一个人，而余让镇的人只把这里当成一个大坟场。《北岳天书》里就有这里被魔鬼诅咒过的记载，加上我父亲的死，使得这里愈发不祥，所以这里成为禁区。我父亲的死使得这里被封禁，据说也都早被写在《北岳天书》里。"

"原来如此！但什么是《北岳天书》呢？"

"一本关于预兆的书，是曾为我父亲做禳解的一位神奇法师留下来的。神奇法师说他一生作法成功无数，但都在他能力范围内，只有为我父亲做襄解法事超出了他的能力，他虽勉力为之，但也付出了死亡的代价，并留下了这本写有关于镇里人事预兆的书。据说他的家乡在远远的北岳恒山附近，名字中有个'天'字，所以书名叫《北岳天书》，书中所载英武爷爷常常说好准，好多事情都应验了哦……"

"但是你父亲还是死了的哦！那法师还算成功？"

"所以，他的灵魂在这株橘树里嘛！要不然，他可以说是——形神俱灭！神奇法师临死前又说，说我有一天会遇到意想不到的变化，那时候……哎！他没有说完就死了。反正我想照顾好这株橘树没有错。"

"我不信。"

"我可没有说要你信。我信。"

艺术品中成长的男孩

神庙以前想必是香火旺盛的，但现在已经荒废了，到处是蜘蛛网和尘霾，使人愈益感到一种废墟感，感念它曾经的辉煌。

想不到在这么一个破败的神庙里，还有一个坐在香炉旁的军头。他已两鬓苍苍，眼目昏然，身体晃悠悠的，随之头就像鸡啄米一样点、点、点，像一个瞌睡虫，但看到他俩过来，还是勉力睁开眼睛，对他们笑了一下，然后又低着头似睡非睡地不再管他们了。

走啊走，走进两进门的中间，杨骄小心翼翼地关上了前门和后门，然后掀开了地上的一块木板，拨动了一块石头，离他们不远处的另外一块石头就呀呀地滑开了，下面是一个地洞。

杨骄说："做好心理准备，你一定会吃惊的。都是些了不起的艺术品。"

丽塔笑了，这里可能是杨骄家族埋藏什么特别物事的地方？他能够这样让她进来看，这使她心里非常感动，但她对看到什么倒是没有多大期待，她自己是艺术专业出身的博士，看过很多的艺术品，见过大场面。

但是等丽塔下到地下室的时候，还是吃了一惊，因为她看到这根本就像是一个陈列了许多许多艺术品的、非常非常精美的小小博物馆。

倏忽间，她的第一印象是她好像进入了一个小人国的艺术博物馆，只见这里陈列了很多仿佛是古希腊的雕塑，五颜六色的玻璃画、镶嵌画、版画，还有微缩版的哥特式建筑、巴洛克式建筑、洛可可式建筑、伊斯兰建筑、罗曼式建筑的城堡和教堂等，仿佛是为儿童成长准备的。

清醒走进"地堡"的梦

杨骄的声音听起来非常沧桑，跟他的年龄很不协调。他说："我现在只剩下英武爷爷，还有这个地下室了。事实上，只有英武爷爷和这里是完全属于我的，但是甚至连英武爷爷也不知道这里。"

丽塔很感动："想不到你这么信任我，把仅属于你一个人的隐蔽的地下城堡告诉我，可能很少有小伙伴来过这里吧！"

"是的，你是第一个到这里来的人。不！你是第一个到这里来的大人，因为我信任你。"杨骄又顿了一下说。

"你跟英武爷爷的关系很微妙，你很依恋他，爱他，可是你们又无法好好交流。他不理解你，不知道你的秘密，但是他默默关心着你。其实你也是默默关心着他，但是也走不进他的心，你们肯定在什么重大的问题上有分歧？"

"啊！你猜得好准。我我我……"杨骄显出惊喜，这惊喜带着感动，眼角又有泪花闪动，这孩子看来是很少有人能跟他交心谈话的。

"我可不是猜的哦！是从你的话里推理出来的。从你提到英武爷爷时的腔调、语气、声音和眼神，我都能够感觉到的。"

"……"

一个人的怪异孤单成长

丽塔想到这个平静的小镇看起来与世无争的样子，但是如果很多人知道了这个地方的话，那么以人性的贪婪程度来说，这无数心灵奇珍的所在肯定很快就会被洗劫一空了。"这里的安全应该是第一位的。真的没有别的人来过吗？我很想帮助你呢！"她说。

杨骄忸怩起来，半天才说："我父亲死前做了很多安排，从密室机关到人事，从我的成长受教育到未来这里的秘密揭蛊，他都有安排。我尽量小心翼翼一个人在这里生活，有时候从神庙走过来，有时候从地道过来，但是，从来是我一个人。嗯！是的，偶尔也有另外的人来过。譬如我最喜欢的小伙伴牛儿，我是那么对他交心，把他带来，他也发了誓不透露我的秘密的。可是他居然跟其他人说起，我勃然大怒，跟他狠狠地打了一架，想不到他居然又招了一大帮伙伴来打我，害我差一点跌到马蹄底下。"

丽塔总算明白为什么杨骄会被一大帮小孩殴打了，她牵起他的手："嗯！你告诉任何人都很冒险。知道这个地方的人是越少越好。"

杨骄轻轻说："这里是没有人知道的。自从阿桑爷爷死了之后，就连英武爷爷也不知道呢！现在，也根本没有别的人知道，除了你。"他深深地望着丽塔："但如果有一天你要背叛我，那我就没有办法了。"

"还有那个小朋友阿牛知道啊！"

"哼！我是用迷香把他迷昏了之后拖到这里来的。等交谈、吃饭、睡觉之后，我又把他迷昏了送回去的，他根本不知道是怎么来的这里，这里在什么地方。不过这样算的话，英武爷爷也这样来过，不过他只以为是梦游，哈哈！"

"啊！这样啊！怪不得他会给别的小朋友说可能有这个地下'城堡'存在。"丽塔自然用上了"城堡"一词，"他既然当那是梦，自然认为梦里的誓言不能当真的了。"

杨骄笑："想想这一层，所有人都被我蒙在鼓里，我是安全的，倒觉得好受点了。"

两人似乎心有灵犀，双手齐出，四掌相拍，丽塔说："我不会告诉任何人的，这是独属于我和你的秘密。当然，我也希望你的秘密有一天可以跟更多的人讲，让更多人知道这个神奇的地堡，只是现在还不是让更多人知道的时候。"

杨骄惊奇地问："这什么意思？"

丽塔微笑着说："很多秘密都是很美的，你的秘密尤其美好。之所以不能告诉别人，只因为这是一个还不能揭开的秘密，这个秘密还没有强大到足够告诉别人，于是始终还是一个秘密。但是你要相信，没有秘密是不可以告诉别人的，可以告诉别人的秘密还依然保持为一个秘密，才是真秘密，你的城堡就是这样的秘密之地。"

顿了顿，她似乎听到了"城堡"外面的松风悠然，于是自然道："当你像一棵小松树长成大松树，甚至长成一片大松林，一片松涛，一片松山层峦，一个包容了所有植物、动物、自然生命体的心灵宇宙的时候，你就可以向世界随时放射出你的任何秘密告白了。"

杨骄呆呆地望着她："你真的是一个很有趣的大人，很少有人能跟我讲这样的大道理，而我听起来又是这么入耳入心。"
他转身，眼中泪光闪烁，忽又抬首向丽塔傻笑道："我更喜欢
橘树。"

丽塔吐吐舌头："也许当你真的成长了，什么树都一样了。"

丽塔这里只是随口说说，想不到这句话后来"一语成谶"，
表过不提。

丽塔伸出双手，握住了他的肩膀，两个人心意相通，默契
于心。

吹笛子的男孩

良久，杨骄忽然说："我给你吹一曲笛子吧，这里也有秘密
的通风口，但是声音却很难传出去，因为声音的出口是在一株
大树树心里面，你可以静静地享受这曲子。"

"哈哈，这真是一个绝妙的设计。好啊！不过我听你说吹
笛子曲很奇怪，我现在想起来为什么我在第一时间看到你的时
候有熟悉之感，因为你很像某幅世界名画里面的一个人，就是
'吹笛子的男孩'。"

她脑中掠过印象派画家马奈的《吹笛子的男孩》，想起它才
出来的时候，对新古典主义画家们严谨、偏学院的画风产生了
意想不到的冲击力，虽然一时间不受待见，但是时间久了，却
成为印象派开宗立派鼻祖级重要作品，在美术史上有不可取代

的重要地位，她亲见过的。

"哈，你可以马上看到这部作品，跟我来吧！"

丽塔满腹狐疑地跟着他走了几步，就来到了一个扶梯的转角处。墙壁上挂着一样东西，哦！是一幅绒布布幔，杨骄轻轻地掀开，丽塔"啊"了一声，那确实是马奈的《吹笛子的男孩》。

丽塔仔细观察着，这幅画看起来跟奥赛博物馆的原作一模一样，而且效果好像越看越真，所以她由衷地答："啊，虽然是仿作，但是也是一件绝妙的艺术品！"

杨骄愣愣地看着她："谁说是仿作？这是不折不扣的真品。历史上有很多真画，其实早已是伪作，但是一些大博物馆维持着这个业界的秘密，从不揭穿，放任这种现象存在，反正人类需要记住的只是那件艺术品，真或者假，有那么重要吗？既然年深日久，谁也认不清楚，如果大家都把一件伪作当成真品的话，那么这件伪作也就是真品，再也不可取代。譬如，王维的《雪景图》就谁都没有见过真迹，不一样是中国雪景画的登峰造极之作、经典中的经典，影响了千千万万画家吗？"

是的！她知道有很多这一类的事，非正统、正统的美术史里都说过。但这总是一件说起就让人类听起来丢面子的事情，那么多经典、天价的艺术品居然也有假，不是说艺术是追求真实的事业吗？

丽塔的艺术史知识很丰富，所以她随口举了几张名画的例子。它们真真假假、孰真孰假的可能性一直存在，就在他们说话的当下也只怕还在专家的考证、争辩当中，但是却不包括《吹笛子的男孩》。聊了一阵，丽塔又说："你知道在博物馆里，这幅画能够在拍卖场里拍卖到多少钱吗？那是一个天价。你想也想不到的天价！"

无真无假的平常心

想不到杨骄用很平静的表情说："我知道，八亿到十二亿。而且是人类最高购买力的币值。"

丽塔的眼睛睁大了："啊？你还真知道啊，那你更知道这应该不可能是真品了吧？一幅价值八亿到十二亿的名画会在这个名不见经传的地方吗？如果真是的话，就算打个折卖掉，也够买好几个小镇了。"

杨骄却说："我看重的不是这幅画的流通价值、交流价值、金钱价值，而是它的美。还有，这幅画承载了很多关于我父亲的回忆。"

丽塔轻轻地把他推到一边，然后自己专注地望着这幅画，一边看他，一边看画，只见画中小男孩长得跟杨骄还真有几分相像，杨骄摔倒时穿的衣服就是仿照画中小男孩的制服做的。小男孩应该是拿破仑四世麾下的一个侍卫，小小侍卫官，会吹笛子的那种做宫廷侍应的儿童，嗯，那真是很简单很平常的一个小孩子，但是被画家画在了画布上，就值那么多钱，那是艺术创造的无数奇迹当中的一个。

丽塔还念念不忘这幅画的真伪，即真而假、即假而真，眼前画、眼前一切究竟是真是假？但转念一想，这么真实的一幅画摆在这里，没有任何流通价值，也就只是一幅画、木头与颜料堆积的一种物体，有什么大不了的意义呢？反倒是眼前这个谜团套着谜团的小孩子才神奇。

她还想问他的事，杨骄却似已丧失了继续谈的欲望，他说："这是一个太长太长的故事，我已懒得慢慢地告诉你。说了也没有什么意义，人类以真为假以假为真真真假假的纠结，但是真假又有什么区别呢？连艺术都可以作假，世界上还有什么不能是假的呢？你如果实在把它当成是一幅假画，那么你就把它当成假画吧，就像有很多在艺术上模仿的大师也是大师，你就当成你是尊重一个习惯模仿的蠢材大师吧！"他这话后半部分殊为难明，但是配合他忽然痴痴望着这画的表情，轻轻用手摩挲它的用心，似乎他不只把这幅画看成一幅画，而是简直将这幅画看成一个有生命的实体了，所以才用"一个习惯模仿的蠢材大师"来模拟这幅画。这幅画当年也真是被人诟病为原创力不足的，譬如它没有摆脱古典主义的具象传统，印象派的理念还很稚嫩之类，净是骂马奈的。

丽塔不自觉轻笑，这小孩子真是伶牙俐齿啊，说出来的话耐人寻味又让她很难驳斥，只好道："好吧，就算这幅画是真的吧！"

受奇怪教育长大的孩子

杨骄真的找到了一支笛子，悠悠地演奏起来，曲声清澈嘹亮，婉曲深沉，十分动人，富有穿透力。丽塔虽不大懂音乐，也觉得好听，尤其看他的眼神配上他的样子，真跟这幅马奈名画中的小孩一模一样，最有生气的就是眼睛了。

丽塔不禁想，人的身体难道只是一种皮相，人的衣装也只是文化的装饰，好像只能透过眼睛看到一点点真实，杨骄这时候的眼睛，就跟吹笛子小孩的眼睛一模一样，渐渐地画中人跟画外人似乎在他的眼睛中融为了一体。

丽塔不由得痴了，只觉她的心也似随着笛音越过大树树心撒播向天空，空阔自在，悠游快意。若不是那棵树，那棵中空的树真实而又虚无地朝向天空，其树洞深入更空阔、遥远的异域世界，她真担心这笛声能够穿透这厚重的地堡，让外面所有人全听到。

等杨骄一曲终了，两人都安静了一阵，似乎那笛声还缭绕在空气当中，让他们沉醉不已，还是杨骄第一个开口："刚开始我的父亲把我放到这里，让阿桑爷爷照顾我。可是阿桑爷爷嫌这里不吉利，很少到这里来，自从我长大之后，他就很少来这里了，直到他去世。我常常一个人吹笛子，你是实实在在我的第一个听众哦！"

丽塔感觉到杨骄跟阿桑感情虽然很好，但是却有一些莫名的隔阂，比跟英武爷爷的隔阂更大，这可能跟两代人的观念不同有关。她非常同情杨骄，轻轻握住了他的手臂，把她的友谊和爱传达到他的身上。

杨骄感受到了这份爱的温暖，忽道："我也许不需要那么多安慰。人并不需要廉价的安慰，而是需要自由，自由的心，自由自在的生活方式。"

"你是个很奇怪的小孩子哦！但是自由珍贵归珍贵，有多少人就有多少无法承担的自由，说人们爱逃避自由也许更真实……"丽塔由衷感叹，又不禁随口发挥，似乎在怪杨骄在逃避什么。她能感到杨骄很看重她的友谊，可是杨骄的话似乎表示他不在乎她的安慰，似乎他天然有种远离喧嚣、超尘绝俗的情愫，难怪他跟那些小伙伴们格格不入了。

"很小的时候，我就在这里受最好的教育，不时有蒙着面的世界上最好的老师被阿桑爷爷'请来'教我，督促我进修许多学科。这些人教会或督促我学习到一定程度后，又会被阿桑爷爷偷偷用麻醉剂麻翻偷送回去，他们醒来之后往往只当自己经历了南柯一梦。"

音乐是最不能说谎的，就像诗

"难怪你懂那么多！还用离奇的法子对付身边的小伙伴。"丽塔说。这过程的实现非常匪夷所思，想想就使人震动，一个穷乡僻壤的小孩子受着最好的教育，可是他的老师个个都是被绑架来的，像是一个个从天上掉下来的，这使得杨骄的成长过程既丰富又孤寂，种种知识和艺术品位有序形成，可是从没有一个彼此知根知底可以说心里话的朋友。这一切幽秘而传奇！或许每个人都过着幽秘而传奇的生活，因为没有谁知道自己的生命中会受到怎样的拘囿、局限和获得怎样意外的礼物……丽塔不禁想，只觉杨骄的成长历程实在太特殊了。

"阿桑爷爷死前教会了我好多，我怀念他。"

"现在你毕竟有了新朋友了。嗯！你的笛子也是跟阿桑爷爷学的吧？"

"对的！这是我学到的最有用的知识，最最有用。"

"排遣孤独感，没有比音乐更好的了吧？"

"不仅仅是哦！笛子曲是有生命的，阿桑爷爷常常说，只要我会吹笛子，就能穿透任何人类设置的迷宫。"

"唔！一种象征的说法，音乐是最不能说谎的，就像诗。你知道，叔本华曾经说，'音乐是意志的表象'？"

"我不是这个意思！我是说，音乐是一种祈祷、一种共振，一种微妙量子场能量的转移和调控，可以改变时间机器中的种种配置参数，从而使人获得走出迷宫的能力。无论怎么说，我们活在各自的圈子里，人的现实圈子就像 Web 3.0 的圈子，互联网量子时空决定的想象世界的圈子，你跟我，是在现实中还是想象世界？"他笑了，补充，"不知道。"

"哎呀！这个我更不懂了。你说得那么熟，一定是阿桑爷爷跟你说过的吧！"

"是啊！我见证过他的奇迹，现在也刚刚见证我的奇迹，将来也许还会见证更多的奇迹。"

丽塔愣了一会儿，在这个现实加魔幻的世界里，阿桑无疑是一个奇人，杨骄也够奇的，但好像没有看到他刚刚见证什么奇迹啊！

杨骄俏皮地望着她："奇迹就是我遇到了你，这是音乐的魔力造成的。你看，如果说我是生活在一座走不出的迷宫里的话，那么现在不是迈出第一步了吗？今早在我差点被马蹄踩死之前我才发了愿，如果阿牛他们追打我，但有谁无条件帮我、关心我，我就带这个人到这里来。那发愿词我是融在笛子曲里唱出来的，就是刚刚你听到的哦！是新曲！"

"啊！其实你相信什么，什么就是真的。"丽塔不禁想到心理学上的说法，顺口说出来，却又泛泛道，"人生中任何重要的相遇，冥冥中都有安排。"

诗人应该是民族的教师

杨骄转换话题："我很喜欢听你讲故事，如果你还有故事的话，再讲给我听哦！"

丽塔真的想起一个苏格兰民间故事，于是就讲给他听。

说是在乡村里老鼠肆虐成灾，给村民们的生活造成了极大不便，这时远方来了一个吹笛子的人，这个人跟村民说他可以负责把老鼠全部驱赶走，但是村民们要付出相应的代价，他们经过谈论之后确定了代价，然后吹笛子的人就吹起笛子，笛音非常动人。

老鼠一大群一大群跟随着笛音，从四面八方跑了出来，一直跟随吹笛人跑到河边，直至被诱入河里，全部淹死。

等老鼠都被淹死之后，吹笛人就开始向村民们要求他说好的报酬，可是村民们却开始赖账。吹笛人被激怒了，再次吹起笛子曲。于是，村子里的小孩子们一个一个都被美妙的笛音所迷惑，跟着笛音跑掉了。只剩下最后一个瘸了腿的小孩跑不动，远远落在后面，被村民们截下，成为这个村子最后的一个小孩，也是这个村子最后的希望。

杨骄听了，睁着圆溜溜的眼睛望着他："那么这个吹笛子的人也是一个小孩吗？他到底是天使还是魔鬼呀？"

"这个吹笛子的人可能是天使，也可能是魔鬼，可能是小孩，也可能是大人，谁也不知道他是怎样的身份，他有怎样的能力。他的身份成谜，而且就算一个人发挥出他的身份能力，人们也难以知道这个人会做出什么事情来应和这个人最终的身份，因为每个人都是孤独的——不同的孤独，也就是一个个无尽身份谜底的谜。"

"村里人为什么会拒绝付报酬给立下了大功的吹笛人呢？"

"他或者是要村里人最珍贵的宝藏，或者是要村里最美貌的少女，或者是要知道村里什么重大秘密，或者是要在村里面开设笛子学校，或者是要做村子的村长，或者干脆买下整个村子，传说的细节总是语焉不详的，由你加入不同的条件，就会从不同的角度重新编织故事。这故事大体意思是不变的，那就是一个人对另一些人做了益事而要求回报，这种回报或许并不是刻意的，但却是宇宙能量转化平衡的必需，如果这种转化的平衡和必需没有完成，那么宇宙会有另外的方式来达成平衡，所以那个吹笛子的人会把小孩子们都引诱走了。"

"嗯，你说得像是寓言或者童话了。"

"我想，寓言或者童话的创作者也是诗人，而诗人是民族的教师，为不断启蒙的民族创造新神话。神话必须变得富于哲理，以使民众理性，而哲学必须变得具有神话性，以使哲人感性。"

杨骄仰头认真地听着，忽然道："那看来我不太像那个吹笛子的人，而像是那个瘸腿的小男孩了，因为无法跟从吹笛子的人，所以反而剩在村里做一个永远见证。也许将来这个小男孩还会为村子做一些什么事，故事就能继续讲下去。你说得对，不同的线索还可以引起不同的故事发展，我们可以不断地加入新的线索、新的想法，然后在不同的情景当中去推进这个民间故事，多么好哇！还有，你最后那句话真棒！"

丽塔有点脸红："唯一的一句话是引用的，被你抓住了。那是荷尔德林《德国唯心主义的最早纲领》当中的一句话，'神话必须变得富于哲理，以使民众理性，而哲学必须变得具有神话性，以使哲人感性'。这一句，没有想到你这个小孩子还能喜欢那么枯燥乏味的话。"

"哈哈！"

于是他们真的想了更多新设定，重新去编织起新的故事情节，你一言我一语把这个故事讲得风生水起，讲了无数个新版本。

时间不知不觉过去，直到太阳落山他们才依依惜别。而他们临别时，丽塔竟发现她的心情大好，扁桃体炎也已经全好了，一点也没有不舒服，跟杨骄相处的时间里，从头到尾她根本没有感觉到扁桃体有任何不舒服。

没有人知道他是皇帝的皇帝

过了几天，丽塔跟杨骄已是很好很好的朋友了。

丽塔渐渐才发现，她知道的是一个多么大的秘密，杨骄根本就像是一个孤独生活在自己宫殿里的皇帝，偏偏除了这位皇帝自己，根本没有任何人知道他是皇帝，他有这样一座巨大皇宫，只偶尔有人如梦如幻来这，又如同梦游般游历这比任何深宫都更深的宫殿。说起来，杨骄有点像香港的"九龙皇帝"，自己当自己是皇帝并要如何如何，但是那全出于臆想。杨骄存在吗？他的梦幻地堡存在吗？那些名画、珍玩……唯有她，丽塔，可以随时去"宫殿"跟"皇帝"玩耍，见证这仿佛传自永恒笛声的"虚托邦"。

那一天，丽塔问杨骄："看得出来，你跟英武爷爷都很关心彼此，关系却总是疙疙瘩瘩，这不正常，为什么不也带英武爷爷来这里呢？"

"他来过啊！"

"那是你用迷香把他迷倒了偷偷运来的，这不妥啊！"

"反正他是来过了……而且，反正他也不相信有这样一个神奇的地方——我爸爸留给我的地方。"

"我想他是被你父亲当年死亡时候的惨景吓坏了，所以不再愿意跟那些神秘的事情发生联系，但是，他始终是非常非常爱你的。"

"或者是！我不信。"

"我又没有要你信。我信。"丽塔说。

"你比我对我有信心？""是这样的。"

基因语言的主人：救世主

又过了两天，丽塔想该有空找英武爷爷谈谈了。

正巧次日英武爷爷相请，说是讨论些关于探险计划的事宜，于是丽塔去找英武爷爷。

英武爷爷的会客室有个雅名——"雪浪居"！

门前有一副对联："造物精气视所屯，石中巨擘雪浪尊。"

横批："风棱石趣。"

她知道，戈壁滩、霍拉沙漠上是随处可见大片风棱石的，亿万年的吹拂使得石块堆积的形状千奇百怪，石身有光滑的棱面与棱角，棱线与常年风向一致，有经验的旅人可以据此判断风向，自有奇趣，这雪浪石亦是风棱石的一种，而那吹拂雪浪石幻化无尽的风又在哪里呢？苏轼有《雪浪石》诗："此身自幻孰非梦，故园山水聊心存。"英武爷爷就是活在这漫漶的风中，不知道风是在往哪一个方向吹，才对他身边杨骄的梦幻地堡近乎无知、视而不见吧！

丽塔闲看着，沉思着，手抚过石上山水花纹，有一种说不出的亲切之意。

当丽塔与英武爷爷谈天说地起来，渐渐说得入港，她说到她从小父亲早逝、家境贫寒，做缝纫小工、送快餐、当清洁工，最惨的时候还跟一帮大妈捡过几天垃圾，等等，虽然后来意外经济情况大好，开始学习艺术、考学、念书、做探险家，但是始终记得自己有几斤几两，绝不当自己是豪门淑女。说了半天，明显看到英武爷爷眉目耸动，眼中含泪，有惊诧之意，忽向她道："我还料不到你吃了很多苦。"

"哎！谁的成长都会吃苦，家里穷一点，大不了多吃一点，吃苦当吃补，也算不了什么。"

"但是你是救世主啊！是女王！是这个世界上最尊贵的人。"

"什么？"

"尊贵的女王陛下，你忠实的臣子英武向你请安了。"英武爷爷忽然一手向后，一手抚胸，双脚前后分立向她躬身行礼。

"你你你。"丽塔一时间退也不是，扶也不是，手足无措。

英武爷爷礼毕，从头说起："照我这些年的研究，人类是被基因左右的，每个人的染色体都不一样，面对的外境也都不一样，所以没有相同的两个人，但是基因及其语言大体上是一致的，譬如人类的基因中 80% 以上是破碎基因，是完全没有任何意义的，稀奇古怪、凌乱的，只有极少数人才多少能把握其根本规律，慢慢学会发挥它们的潜能，成为人类基因语言的真正主人。而你 ——"他顿了顿又说："就是这样的 ——主人！人类基因语言的主人！传说中的一切语言、话语之根盘石的主人，甚至也是万事万物真正的主人，一切的一切，都由你创生，就像万有被基因和基因的语言决定，你，又决定它们，是至高无上的女王。我，一直等待着女王出现，一年又一年，我以为我等不到的。可是，我等到了。"

"我不知道你是凭什么相信这点的，而且你说基因和基因语言的这一套，我根本不懂，甚至……"她吸气，深思着，缓缓吐气说，"也根本不信。"

你永远不知道你有一个怎样的身体

"我是俄罗斯莫斯科大学基因语言学专业的高才生呢！你

想不到吧?! 在杨骄父亲找到我之前，我就已经毕业，后来还学了营养学、细菌学专业，有两个博士头衔和不计其数的荣誉学位……人类的一切行为都脱离不了语言学框定的范围，你说话、你感受、你行动，哪一样不首先是有一套语言框定了前提和结果呢？而语言中的语言是诗，是基因语言的诗，而你，是所有基因语言的主人，一切一切语言的原初和可能性都在你这里汇集，你是一切诗，一切基因语言的诗写就的人，最伟大的人，只是你不知道。"

"这这这。"丽塔拍着脑袋，"可是我实实在在没有任何奇特的能力。我，也不相信自己是神、半神。不过，我倒真的姓诗，一个很生僻的姓，不是大文学家施耐庵的施，不是大音乐家师旷的师，而是诗歌的诗。据说诗姓'望出合浦'，古时也曾出过英雄豪杰、将相美女的，但是这个姓毕竟太生僻了，出过的人物并不在正史中知名。"

"真的啊？你居然姓诗，这更是一个伟大的预兆了。你就是神。"

"不可能。"

"当然你就是神，而且是至高无上的神。但是如果还有神跟你有关的话，那么，你总会不断成长的，神也会不断帮助你，你会不断发现你的超能力的。你知道吗？神也会时而转身修改神创造的这个不完美的大自然的……我相信。"

"哎！你当我是神，就为了那些鸽子、松鼠亲近我的奇怪行为?"

"你可不知道，这早就有预兆的喔！而且鸽子、松鼠不会说谎，它们只是感应你的基因语言而反应，因为鸽子是我早就刻意训练过的，专门用来寻找救世主的。而松鼠，我不知道怎会一下子冒出来那么多，但是早就在一本诗体写就的预兆之书里写到过。所以，这更进一步证明了，你，就是救世主，好似风一样飘飘荡荡到了这里。"他这最后一句竟像诗。

"我倒想起夏加尔的画来了。在他早期的画中，人们都是稳稳踏足大地之上的，但是随着他的梦幻加深，越来越多的人生大梦如同飓风一样吹拂，使他画笔下的人开始变形，如同风中吹得弯折或异世界生长的植物一样了。最后，所有人，尤其是他和他的爱人似乎飞上了天空，那似乎正是一种基因语言变异造成的结果呢！我忽然想，难道真的有人可以跟爱人一起飞上天空?"

"在人类的艺术中没有不可能……你可以把人类的任何语言想象成一种基因语言的投射，艺术语言也包括在内，因为你永远不知道你有一个怎样的神奇身体。"

无限逾越身体的背影

"哈哈！一个人有一个身体吗?"丽塔倒是想起那位夏老师讲授现象学的时候常提到的一个看起来玄玄的追问，问题是：

你，有一个身体吗？

是的，人有身体，动物有身体，植物有身体，万事万物乃至于四大元素都有身体，如果一切的一切都属于一个灵性的身体，都相关基因，那么，倒是都可以纳入基因语言的范畴里讨论的，万事万物生存与死亡的故事本就根本上由语言决定……只是，没有人、甚至没有计算机能够讨论的吧！因为涉及的生命体太大了，没有人有这样一个包罗万象的身体，尤其无法客观地理解生命，解说身体的奥秘。而现在的我们，是不是已经完全数码化，活在一个 Web 3.0 的计算器程序当中呢？我们，是否又根本仅仅是一段段程序代码，在这无限深空中互无干涉、对穿而过？

丽塔想着，悠然出神。

这想象有几分诗意回荡的美，但更多是无奈。她最近常常做梦，梦到被追杀，有时亦遭遇大场面的战场杀戮，真切看见太多无名战士的背影离她踽踽而去。他们被长长的绳索捆缚着，被投向巨大的泥坑，感觉类似于长平坑卒的场景。她努力去看清他们的脸，但是他们的脸孔永远是背向她。当她好不容易到了那些人面前的时候，那些人的脸孔自动跳转成后脑勺，她看到的永远是背影、背影、背影……

这真让她绝望，每次她都大汗淋漓地从梦中惊醒。她最近身体也不太好，先后罹患阑尾炎、扁桃体炎，与虞美儿去霍拉沙漠之前身体不适，尤其胆区疼痛，怀疑是胆囊炎，于是去医院检查，想不到检查结果是胆囊移位，却没有炎症，弄得她不胜其烦，只好随便抓点药就不管不顾跟着虞美儿出发了。

"照达尔文的说法，每一个生命体从出生之后就受彷徨变异的影响，这是受环境和文化影响的变异，而不是受时空变幻影响的变异。说白了，彷徨变异更多受生命体自造环境主导的变异方向，环境在许多限度上无法改变，但是人可以强有力影响、改变自己的身体及其环境。我想，当你一旦意识到你有怎样的一个身体，你就会尽可能多地懂得主导你的彷徨变异，成长为更好的自己。而你，是成长为救世主。"英武爷爷认真地说，声音铿锵。

"像夏加尔那样彷徨变异到后来，跟他的情人一起飞上天空，身体有如基因链相缠相绕亲吻着，直到永远，是不是？"丽塔若有所思说，有点开玩笑。又想现实生活中一个人再怎么"彷徨变异"，也不会变成那样超现实主义画作中的人物状貌的，那仅仅是夏加尔想象的情景。

但是英武爷爷更认真地道："小心你的发愿！你是救世主，你所说的一切都可能变成事实，变成一切一切事物中最真的真相。"

模仿的鹽与言

丽塔一边跟英武爷爷说着话，一边注意到英武爷爷的身前身后正是第二次世界大战以后德国最著名的新表现主义画家基弗的两幅画，名字都叫《起源》。

一幅画的中心是神圣八面体，另一幅画的中心则是神圣的语词，两幅画似乎有种反向凝视的力量压迫着她……那岂不都是"言"吗？他们是否都溶解在更广义的"言"当中、世界的"鹽"当中？

那一刻，丽塔忽觉她好像置身于无穷无尽的"鹽"的大海当中，但这大海不是苦涩的、翻腾的、痛苦的，而是小心地滋养和引导她转化的。这充满鹽的大海，这环抱着她的无穷无尽的存在，将把她的生命导向新的方向。

"我看你的会客室中这两幅基弗的画都是非同小可的哦！"她不禁想，别像杨骄一样，英武爷爷也巴巴地说明这画是真的。

"呵！那么贵，买不起。都是仿制的——连废墟都是仿制的，哈哈！"英武爷爷用自嘲的口气说。

"哈哈！"气氛融洽了许多。

察渊者不祥

闲谈间，丽塔提到了杨骄说的那本神奇法师留下的书，所谓的《北岳天书》。

英武爷爷真的翻出了那本《北岳天书》给她看，丽塔小心翼翼地翻阅着，上面一些奇奇怪怪的卜辞，半文半白、或文或白、文白夹杂、文白不一，时而清晰睿智，时而又像是著书人忽变傻瓜，头脑不清晰或神魂附体写的。照英武爷爷同步解说，那许多颠三倒四的文字，是一种秘写文，居然讲的是杨骄父亲死后镇子中发生的事情，桩桩件件，应验若神，甚至包括了丽塔会受到鸽子、松鼠的欢迎在内。怪不得英武爷爷肯定丽塔是救世主，是女王。

丽塔感觉到了眩晕，合上书："照你看，这书与我们传说中的袁天罡《推背图》、诸葛亮《马前课》、刘伯温《烧饼歌》、诺查丹玛斯大预言这些书差不多哦?！只不过它写的事情要小很多，只涉及这一个小镇和某些人的家族人事。"

"这谁知道？有可能袁天罡、诸葛亮、诺查丹玛斯他们也都是由于一些奇怪的因缘写下的。照我说，那是出离于他们预测能力之外的揭示天机，察渊者不祥，所以他们自己都讨不了好。"

写诗配图的"未来图像志"

"嗯！然则您老人家又为什么天天窝在房里研究《北岳天书》呢？"丽塔忽然出其不意问，同时对英武爷爷眨着眼睛。

丽塔这些天已经估到了英武爷爷和杨骄的关系是哪里出问题了，英武爷爷一直沉溺于研究《北岳天书》，所以一来二去，伴随杨骄成长与他好好相处的时机被错过了，隔阂既生，时日迁延，二人就再也没有机会打开胸怀相处了。

英武爷爷没有想到她有此一问，脱口而出："放在那里的知识怎能不去研究？"

"所以你反而放弃了研究眼前最重要的事实？"

"眼前有啥重要？"

"杨骄很想念你啊！"

"我有找人照顾他，不过这孩子总是不听话，长大了，自行一套，唉！"

"其实你也想念杨骄。"

"哎！正是。"

他们有过这番谈话之后，英武爷爷跟丽塔的关系拉近了不少，也对杨骄的观感大大改变。丽塔想到英武爷爷若是跟杨骄关系改善，那么或者也可以分享杨骄的秘密，心中也觉十分欣慰。

丽塔跟英武多拉了一阵家常，有意跟他扯到古代那些预言经典上去试探他对预言的看法。

他俩谈到了《推背图》。相传一千三百多年以前，唐朝贞观年间，唐太宗李世民命当时著名的天文学家、数学家、易学家李淳风和一代相学宗师袁天罡推算大唐的国运，二人推演入神，一个写诗，一个配图，然后对比、分高下。

不过人算不如天算，算到后来，李淳风和袁天罡不分上下，两人笑着罢手了，互相抚着背笑说，"算了算了，都有定数，走吧走吧"，所以叫《推背图》。

《推背图》一共有六十幅图像，每幅图像下面附有谶语和

"颂曰"绝句一首，从唐朝一直推演到了未来的大同世界，由于其推演得准确，世人称其为美瓷国第一预测书，诗文结合，是管窥未来的图像志。

推演发现胸中城府

丽塔忽道："这些是大多数人的解法，我却有不同解法。《推背图》之名很可能别有来历哦！李淳风和袁天罡都是道士，那么重要的一本书，怎可能书名的'背'字就是常见含义呢？多半另有道家修炼的寄寓在。《素问·脉要精微论》：'背者，胸中之府。'《说文》：'背，脊也。'又《诗经·卫风·伯兮》中有'焉得谖草，言树之背'的诗句，谖草令人忘忧；背，北堂也。就是说，哪里找得到忘忧草啊？据说是在母亲所住的北堂，树的背阴处，《推背图》书名有推演发现胸中城府之意，又寄过夹脊、闯三关，洞明天地之理，所以叫《推背图》。"

英武爷爷听了不由得击节赞叹："解得妙！我就从来没有想到过。"

"然则天机始终不可泄露，泄露的，能是天机吗？顶多是一个背影吧！"

"嗯！有理！听你的意思，我就不该研究《北岳天书》了？"英武爷爷很聪明，一下子就明白了她别有所指。

"不是说不去研究，而是说适可而止。你研究的冲动无非是想随时面向未来，但是为什么要弄这样玄玄的学问，我们不妨实际一点，嗯！你懂艺术？"丽塔忽又岔开了话题。

艺术与废墟

英武爷爷摇着头，忽又点着头，可见心思矛盾："当年杨骄爸爸还在的时候，我们跟着做了很多生意，这几幅基弗的画，就是那时候藏下的，是仿制品。其实照我看来，基弗是一个废墟画家，他画出了第二次世界大战之后人类的精神世界，包括他所挚爱的德意志文化意识形态、神话、童话……所有一切所处的废墟状态。既然画的是废墟，又何妨让我再废墟一遍，仿造一片废墟，并不难啊！这是我亲手做的复制品！"

"废墟也有废墟的好处啊！避免了无意义的文化的移情、想象，于是就连二战后的精神废墟居然也有一切重新开始的美……于一切人类文化失效的地方，人选择做一个傻瓜好像也没啥不好。我想，既然放眼看到的大都是废墟，那么也就没有了所谓风景的遮蔽。废墟也可以如斯美好，譬如当连废墟也能看透的话，我们会第一时间看到最重要的真相。"

"你说得极是！反正我是不像你们这些年轻人懂艺术的，但是我懂人文画就够了，那也是艺术啊！"

"是文人画吧？"

"不！是人文画。顶天立地诚孝格天之人，可见不可见之物化成之文。天地鸟兽虫鱼之迹与音声，都成乎人文，人文的概念比起文人的概念，差别可大可大了。人文画、人文化成之画、人文精神之画……我作的所有画，还有我喜欢的所有画，我都叫它们新人文画。"

"我想你是懂得艺术的！而人类作为生命物种、地球生命体的中心是从西方走出黑暗中世纪，开启人文主义运动之后开始的。艺术、艺术家的画、艺术画作激扬的人文主义解放人类的精神图景……啊！人文精神之画？我总觉得它是我们面对这个如梦如幻的外在世界时看到的一幅幅精神的图景，它在每一个人触目可及的视网膜上，同时又无限超出于它，与我们的精神和由精神产生的行动紧密相连。"丽塔沉吟道，"我们不妨把上帝也想象成一个艺术家，艺术家的本事是创造伟大的精神幻象，正如我们现在看到的这磅礴动荡的星云星空席卷的存在，这伟大的造物无时无刻不在我们身边，这精神幻象的一切无论如何逼真或者幻羊，始终是艺术家创造的，也就是上帝创造的。上帝创造的这一切幻境总有一个崩溃的点，循着这个点，幻境会崩溃，而上帝自然是不会让我们看到这个点的，除非一种情况……"

"什么情况？"

"魔鬼在跟上帝作对，刻意留下了幻境崩溃的线索，而当我们找到一个有疑问的点时，就会一步步揭开真相，发现上帝所有的安排。"

上帝也可以是一个贪玩的小男孩

"这么说来上帝是在捉弄人类了？"

"我倒没有这样想。倒不如说上帝也可以是一个贪玩的小男孩，他虽然做好了一切的安排，但始终无法克服淘气的魔鬼跟他捣蛋，于是索性让这些幻境崩溃的点存在，任由人类发现。这就像一个魔术大师玩出最炫最炫的魔术，除了让所有人神魂颠倒之外，若是偶尔有一个人揭穿了他魔术的奥秘，魔术大师不但不会生气反而格外开心，觉得好玩。"

英武爷爷笑了："如果真的是这样，魔术大师很快就会找不到工作了，每天看我们身边的上帝玩出的魔术已经够炫了，还可以参与到揭穿上帝秘密的解谜游戏当中，谁还愿意看魔术师那点自欺欺人的小把戏？不过想到这些多少有些让人沮丧，因为世界居然成了上帝玩出的一个漏洞百出的游戏了。"

丽塔的笑容是很甜的，却是苦笑："揭穿过千百遍的魔术人们还在演，说过千百次的谎言人类还在听，生生死死翻翻覆覆亿万次的疾病人类还在得，人类不断绵延……我忽然想，魔鬼存在的意义可能就是揭穿上帝的秘密，也许直到有一天就连魔鬼也厌倦了再跟上帝玩，而是彻底离开这个世界，那么我们才连揭穿上帝的魔术也没有办法，完全活在上帝造物的世界当中，无法自拔了。不过我忽然有个奇怪的想法，会不会有可能是魔鬼创造了这个充满欠缺、缺憾的世界，而上帝刻意留下了幻境崩溃的线索，带引我们从一个有疑问的点开始，一步步揭开真相，揭穿魔鬼的恶毒安排。魔鬼与上帝如何区分？忽然觉得好难……"

英武爷爷呆呆看着她，咽着口水："那么上帝与魔鬼像是一体的了……我想不明白。"

"或者是。但这始终也只是假设。或者，你天天研读的《北岳天书》就是这样一本揭穿上帝创造秘密的书。会吗？"丽塔眨眼看他的样子带着沉思。

"这个我还真没有想到，但是也无法印证啊！"

"你这样每天孜孜不倦地研究，这就是在印证啊！哈哈！"丽塔长吁一口气，像是吁出她身体里全然的理解。

做你自己，关心你身边最亲的人

"哎，也谈不上揭穿，因为每次都是在事情发生之后我才发现书中早有影射记载的。未来的事情发生前我就从书中明确知道，从未有过呢！最大的例外应该是：你知道吗？那些松鼠、鸽子欢迎你的一幕幕，我早就在梦里见过了。"

"啊——"

"就算你骂我迷信，这本书我还会研究！但是，似乎这本书该让我知道的，自会适时让我知道，不该让我知道的，我研究也没有用。唉！可是我就是忍不住要不断研究下去。"

"唔！你在做这件事情，这本身就是一种证明嘛！"

"唉！徒劳无功。"

"那么，就不要被上帝或者魔鬼的力量利用了，好好地做你自己，关心你身边最亲的人，譬如——杨骄。"丽塔用很轻很柔的腔调说。

英武爷爷露出似有所悟的样子，丽塔继续道："你就研究你的人文精神之画也比研究《北岳天书》强啊！烟云供养就很好，不必草蛇灰线找存在奥秘了。"

"你倒说得容易。"

"杨骄也很喜欢画的，你们有空好好聊聊。"

"嗯，也是。"

一个背影难分善与恶的预兆

这时候窗外传来一阵呜呜咽咽的哭声，惨不忍闻，二人都是一呆，却听那声音忽然转为凄恻，再转为咆哮，再转为狰狞，转圜之间竟连一点过渡都没有，偶尔听到有人在呼吼、在哭泣。

丽塔还没有问，英武爷爷叹了一口气："一年一度的灾难又发生了。我每年都在灾难发生之前做种种措施，预防工作无微不至，可是……"他难过地闭上眼，皱紧了眉头，这使得他本已极深的眉间纹愈益深入了，脸部皱纹多如诗人奥登"一脸皱巴巴的床单"，充满了忧患感。

"这是什么事情啊？"

英武爷爷说："很奇怪，每年镇里都会有一个孩子莫名其妙死于狂犬病，这是早就记载在《北岳天书》上的事情，唉！或者是宿命。我一直研究《北岳天书》，也想避免每年镇上的孩子意外死亡的。

"十年前杨骄父亲死的时候，神奇法师惭愧于他的禳法失效，引咎自尽，临死前他说，他已经将杨骄父亲的灵魂送到了就近的生命体身上，还有就是把他近一年来作法所获的预言书留给我们，那就是这本《北岳天书》。我当时问他这本书中到底写的是什么，他说他大多数也不知道，但是随着时间过去，书中的预言会实现。我不断追问他知道的事情，他就告诉了我，说每年村里会有一个小孩子由于狂犬病致死，那是魔王在追讨他的债，直到魔王认为够了之后，杨骄父亲的灵魂才能脱离尘世，至于杨骄父亲那时候是上天堂还是下地狱，就连他也不知道……"

英武爷爷忽然面目扭曲、声音尖尖学起神奇法师临死前说话的腔调来："那背影绝不会离去，灾难永无休止。这一切是不可改变的，除非……"

丽塔叹了口气："唉！"

英武爷爷惊讶道："你还真厉害，猜到了他最后说的是——爱！"

"啊！"丽塔忙不迭地想掩住嘴巴，她这叹气居然被误解为"爱"，倒也真是出乎她意料，"我刚才只是叹气。"

"老实说，我也闹不明白他临死的时候说的是'爱'还是一声叹息'唉',大概这根本是一回事。所罗门王就说：'生命无非是一声叹息。'但是他既然说了除非，那总还是有办法解除这诅咒吧！"

"但愿如此。但是，爱什么呢？"

"爱是一种能量，不知道从哪里来，到哪里去，千百年来人们都在说爱，但是谁也不懂得爱，只能经验爱，经验爱的过程中，又是谁在经验，在经验谁？"

"我们不要参禅了。"

"好的，说不明白的事情就不说或少说，但是，但是，又是但是，总要解决村子宿命的狂犬病问题。"

防不胜防的生命瘟疫

"嗯！我感觉有点不通哦！既然知道是狂犬病，那么预先赶走镇子里的狗，那么不就没有事情了吗？可能还是你每年的工作没有做好？"

"每年都赶狗啊！早通知说本镇不许养狗，如果发现一律重惩，而且也早早免费为镇子里的小孩子打了狂犬病疫苗，但是在下半年的时候，往往忽然哪里就冒出一个养狗家庭里的小孩被狗咬伤，死于不治，就算孩子是打过疫苗的也没有用。你知道，医学上说，狂犬病疫苗是不能百分百实现免疫的，就算搭配狂犬病病毒免疫疫血清和免疫球蛋白都不是百分之百有用，总有例外发生。只是，这'例外'年年在余让镇发生，还能叫'例外'？无语。"

"那么说，真是杨骄爸爸的罪过哦？"

"不知道。"

"但是你还是没有完全做好工作嘛！假如真的没有狗，那么何来狂犬病？何况这都十年了，镇里再有多少狗也都清理干净了。"

"没办法！这狗就像是地里的蘑菇一样，是可能随时自动长出来的，防不胜防。"

哈！哈哈！啊啊啊啊……丽塔想笑，却又笑不出来，因为英武爷爷说这话的时候样子就像是在哭。

于是丽塔说："也不用太悲观了，总有原因的。要不，也可能是意外？去看看！"

"每一年出现同样的意外?！唉！好吧，去看看，总要去看看的。"

于是丽塔跟英武爷爷出门去看了，还真有一个小孩子在那里狂呼乱叫的。他有时口吐白沫，大叫"水水水"，有时全身发冷，有时又热得冒汗，舌头耷拉出来……很多人摁也摁不住。

"这孩子是怎么回事？"英武爷爷问。

"唉！忽然间就这样子了。"一个中年人看起来是孩子父亲，愁眉苦脸地说。

"看起来是狂犬病，他被狗咬过吗？"

"每一年镇里都在赶狗，哪里有狗啊？"

"可是这明明是狂犬病。"

孩子刚才在一阵剧烈的身体颤抖后晕厥了过去，这时候悠悠醒转，短暂清醒的时候，他听到了这话，回道："半年前，我在街上被一只蹿出的野狗咬了一口，等我找了棍子去追打的时候，它跑着跑着，居然不翼而飞。"

丽塔听愣了，还待追问细节，英武爷爷只是盯着她苦笑："看看！最近几年都是这样的，无从查起，是不是？"

艺术家的身份确立

他们又回到了英武爷爷的会客室里，继续讨论《北岳天书》。由于这本书预言奇准，所以英武爷爷做了影印本，丽塔随意翻阅着，忽然翻到一句话："你是一个大傻瓜，就为了满足一点好奇心出卖了自己的灵魂。"

丽塔似有所触，合上书默默想象着，这很像是神奇法师在评说杨骄父亲的悲剧命运，这句话的前面后面都是一些乱码式的文字，可见神奇法师写作时陷入谵妄，所有话音都是神神道道的，但这句话还算清晰，不知道有什么深意？

杨骄的父亲是一位极有艺术家气质的人，但她似乎并不是很清楚他的身份，不知道他是怎样与魔鬼打上交道的。丽塔浮想联翩，想起传说中很多人与上帝、魔鬼的故事，那些故事无不与主人翁的身份确立过程有关，杨骄的父亲是怎样的身份？

她开口，问出的却是："我真想知道，在我们的相遇里，我到底扮演的是怎样的一种角色身份？"

英武爷爷道："或者我们的相遇只因为我们本质上都是艺术家。"

"广义来说，人人都是艺术家，这是博伊斯的名言，那个抱着兔子问怎样向兔子解释艺术的家伙的话。但是艺术还是有不同的意义在的，否则人们为什么还要有艺术？"

"我只是艺术爱好者。"

"沾上了艺术就都是艺术家了。每个人灵魂里都有一个艺术家，每个人的身体都是艺术的家，身体之'家'里不知道有多少东西？"丽塔苦笑，用力挥动着手臂。

身份。身份。身份

这时候丽塔是坐着的，她这一挥，挥到了桌上的水杯，水洒了，顿时浸入了英武爷爷那本原版书中，二人都不禁惊叫起来。

本来是金贵那本书才做影印本的，想不到越关心越惹祸，被丽塔拿在手里的翻版书反而没有事。

他俩小心翼翼摊开书想将它先晾干，却都不由自主咦了一声，因为看到就在那句"你是一个大傻瓜，就为了满足一点好奇心出卖了自己的灵魂"之后的几行空白处，出现了隐隐约约的字迹。

"我看我们应该看看《北岳天书》还写了些什么。"丽塔脸儿红了，"世界的秘密总是在意外中揭穿。"

他俩念及，古代军旅传递秘密讯息、宫中预立太子写隐书都这么干，譬如用白矾写就、遇水才现。于是抖掉多余的水，用棉花签小心翼翼蘸上水涂抹那一段，发现真是另一句完整的话 —— "灵魂是最没有用的，但是所有的艺术家只为了灵魂而活……"

这句话倒像是丽塔的话，那句"艺术还是有不同的意义在的，否则人们为什么还要有艺术？"的回答，他俩都看呆了。丽塔道："给我一点时间，看看还能不能找出新的话来。"

他俩花了两个多小时，再小心地拿水把整本书都涂抹了一遍，却没有找到新的语言，那句话就像是一句创世的话音，如陨石陡然飞天而来，似乎带着隐隐的智慧启迪，他们想追寻更多，却徒劳。

于是他们又不禁讨论起各种神话传说中的主人翁身份问题来。

丽塔道："我想知道我真正的身份。嗯，知道在这里的身份就好。"

"严格来说，没有人知道自己的身份，即使只是在一个地方的身份。一个人怎么来的，怎么去的，这才是归根结底的身份，可有谁知道吗？"

"这倒有理，但是能够探索得到几分是几分，生命就是无穷无尽探索的旅程。"

英武忽道："实在找不到什么了，不如我来起个卦如何？"

"你老人家还懂起卦啊？"

"当然！从杨骄父亲去世后，我就喜欢研究《易经》了，唉！"他叹气，"起卦虽然未必总能趋吉避凶，但可以顺服天道，指引下一步最好的行动，试一试吧！"

"好吧！一时间好像也没有更好的法子了。"

英武爷爷真的起卦了，是金钱卦，得了个豫卦六二，他呆了半晌。"六二爻辞是'介于石，不终日，贞吉'。虞翻解释说：'介，纤也。与四为艮，艮为石，故介于石。'这卦象是说如能在消息极为闭塞的情况下得到助力，也能迅速掌握有用的资料。"

丽塔摇着头："这是什么意思呢？"

英武爷爷的表情严肃而虔敬，伸缓缓地说，"照卦象看，这是说你需要助力。或者，我可以帮助你。你知道吗？整个世界，都是由于语言而出现的，当世界出现原初的词语，就会出现原初的生命，出现原初生命意志的繁衍生息，出现原初无穷无尽能量之网编织生成的一切。而这所谓原初的词语，就像金属一样是凝结在各种各样的鹽当中的。鹽，就是言！空中看不见的言，思想与诗的种子。我们家族里就拥有一块这样的鹽，现在，我把它溶解在水中，水、水、水、水，在这世界上至高无上又如此平易的元素，浩瀚无垠而又清澈宁静的水元素当中，你就可以看到你真正的身份了。"他的声音由高而低，变得舒缓，然后又抑扬顿挫起来，直到有一点尖锐的呼啸，然后缓缓地结束，他好像已经开始在进行神圣的宗教仪式了。

当英武爷爷说话的时候，丽塔愈发注意到他身前身后那新表现主义画家基弗的两幅画——《起源》。

悠久的人类宗教式情感与伟大的艺术精神融为一体，带给她怅惘不知所之之感。

可以揭示世界最大秘密的鹽石

那一刻，丽塔有一定程度的神思恍惚，但还是第一时间道："是这样的，是这样的。那么，言，或者是鹽，又是由于怎样的原初话音的启示，揭示一个人的身份的呢？"

英武爷爷说："我也不知道，但原初的词语早就在那里，就好像原初的宇宙早就在那里，谁能知道它们是从哪里来的呢？《北岳天书》里有几句隐约提到：'有人，意外，进入镇子，女子，丽质于吉，饰外扬质，世界的鹽。而太初之门即将开启，太初有言，太初有道，太初有德，太初有一，太初有意，太初有你，太初有塔……'语言缭乱，不知所云。我一直认为这个'塔'是错别字，应为'他'或者'她'，但现在我相信我错了，这个'塔'就是指的你——丽塔。杨骄父亲临死的时候，曾把据他说可以揭示世界最大秘密的鹽石给我，说这本是配合神奇法师作禳法拯救他的灵魂的，神奇法师也是看在他有鹽石才帮助他的，但如果还是失败的话，就把鹽石收藏起来，现在，既然得了这个卦，我把它转赠给你。"他翻着书中内容给丽塔看。

然后，英武爷爷真的带丽塔去了另外一间房，那是个密室，里面有个八宝装饰的檀木匣子，取来匣子打开，丽塔就看到了匣子里的那块鹽，那是鹽石、岩石、眼石、颜石还是言石，甚至只是眼屎……她缭乱地想着，没有人知道。

英武爷爷道："我把这块鹽送给你。"

"为什么？"

"因为《北岳天书》说要送给你。"

"我看不出来啊！"

"'女子，丽质于吉，饰外扬质，世界的鹽。'这不是说要送给你吗？我虽然从来不能事前肯定《北岳天书》说的一句话，任何一句，但是这一次，这些文字可以说是事后显示的，因为你'饰外扬质'，无意中发现了书中的新语句。"

"我真的看不出来。"

"我也看不出来。"

"那你还信？"

"当你完全盲目的时候，唯一能做到的就是相信。"

"我不能要！"

"这是神启，我大概是在做梦，刚才我真的做梦一样听到有人在我耳边说要送给你呢!"英武爷爷狡黠地眨眼。

丽塔头上冒汗:"好诡异!"

"收下吧!"

"这,好吧!"

盐石外面包着一层膜,有如橡皮泥松软可塑。

霍拉沙漠应该是很少雪浪石的,雪浪石也不该那么柔软,而该是与这里常见的风棱石一样线条丰富而又坚实的。丽塔把那块盐石略微揉了下,就装进了随身戴的一块心形项坠的拼接空间里,那是跟她的一段情感有关的纪念品,这时候装进去刚刚好,竟如定做的一般。

英武爷爷道:"看!这一放如此契合,说明盐石跟你有缘。苏东坡有诗:'画师争摹雪浪势,天工不见雷斧痕。'据说盐石是一块雪浪石哦!它善于变化,可以极小,也可以极大,不知道谁创造的它,唯有缘者得之,才会发挥功效,我拿着没用。看!你配上它,倒挺合适漂亮啊!"

丽塔只好傻笑:"或者是!谢谢了。不过,我可不相信你送我盐石跟你算卦的卦象有关系,这不过是你一厢情愿的解释罢了。"

英武爷爷正色道:"我也是个不错的相士哦!虽然比不上曾经为杨骄父亲作禳法的那位神奇法师,但也还算不错!要不这样吧,我为你再算一卦?看看你佩戴上盐石之后的运势。"

丽塔微笑摇头:"反正算得准与不准,你都可以自圆其说,不算不算。"

英武爷爷看着她，不动声色，脸上的皱纹更深了，半天缓缓道："好吧！我不跟你算，因为你的心不诚。但是，改变的日子到了，一天天地改变，谁也无法维持原状，我们总可以略微窥测一下先机的。不算卦，我们一起玩玩笔仙如何？天书说跟救世主一起玩笔仙，可以窥见一个凝固当下中透视的未来。"

"好啊好啊！"丽塔正好借坡下驴。

"当你的命运已经跟未来连接在一起的时候，已经无所谓相信不相信了，无论你做怎样的选择，你的命运都会跟你的未来越来越深地连为一体，这是一个新游戏。"英武爷爷热切地说。

笔仙罩会写下当下的秘密

英武爷爷转身进了内房，半晌搬出一个大箱子，然后从中取出一个倒扣的、不大不小金光灿灿的锅来，上面有 Thoth 字样，绘着拿笔和卷轴的红鹭、狒狒，是古埃及发明文字的神祇托特的象征。

丽塔看着好玩，这锅上居然一边还有两个小口，可以伸手进去。

英武爷爷笑着说："这些年我研究了很多玄学，但是玄学不玄。当你学得越多你就越会发现，有时候你只是在研究一些更前沿的知识。这就好像雷声轰隆，人们古时候一直当成玄学去研究，但是当科学昌明起来之后，我们就知道，研究雷声只是在研究电学、大气环流、风雨预报等，一点也不玄了。像美瓷国的周易八卦学问也正是如此，懂的人其实不多，很多是混饭吃的，真正懂的人大隐隐于市或者真人不露相，这就使得易学愈发显得神奇，但它是可能存在的。现在我们不算卦了，只是请笔仙告诉我们下一步的神意解释，用笔仙罩试一试。这是那位神奇法师留下来的法物之一，听说法师早年触犯神灵，所以被罚在一个笔仙罩中写出无尽未来，那是某一个凝固时间揭示的未来，等我们留下这个时间的存在痕迹，就可以通过适当观察它，预见未来了……"

丽塔吐了吐舌头："这也等于是算卦啊，只是把你的算卦用金钱换成了一支笔。如果真要占卦，须遵守'三不占'的原则，就是：不诚不占，不义不占，不疑不占。你觉得我们都很诚吗？别迷信了。"

英武爷爷怔了下，一点也没有不悦的意思："没关系啦，你既然能这么说，就说明你跟发生的怪事有缘，因为你总有疑问。宇宙一体，万事万物都归于时间魔神的统治，而时间魔神最大的能量集中是在当下，在一个个流动的瞬间。依心理学家荣格所说，占卦所根据的是共时性原理，就是说同时发生的事情之间，应该也有相互的关联。为什么一个人在此时此地想要占卦？为什么一个人要问的正好是某个问题？这些看似偶然的状况，其实可以用一个词形容，就是'触机'。我们认为的偶然并非真的偶然，而《易经》占卦正有从偶然到必然的预兆功能。对一个事物不知道本源而按主观意识迷迷糊糊地非常信或者坚决不信的状态皆可称之为迷信，但我们的心深深处已经有了连接了，可以探索深一层的宇宙奥秘。来吧！笔仙是不会撒谎的，就好像诗歌不会撒谎，它会告诉你什么是真实。来吧！让笔仙告诉我们真理。你相信吗？既然你已经说了卦象，要看到卦象，那么笔仙就会告诉你卦象，直接揭示真理。”

在英武爷爷的带引下，两人分别把手伸进了笔仙罩的两个掀开的小口，里面有一支笔，他们互相把着手，拽着笔。英武爷爷说：“放松放松，让神意指引我们吧……我们各自在心里面问一个问题，答案只能是‘是’或‘否’。我们的心里边默默想着这句问话，然后让笔仙画出卦象，给我们答案。”

“可是我始终存疑哦！默想着的‘问’不就是新变量吗？”

英武爷爷说：“你的存疑与否也是在神的计算当中的，你已无法逃脱……信还是不信都不重要了，只要用心去做就好。人们相信的要比知道的多，知道的又比说出的多，所以不要那么在乎你默想着的问什么吧，上帝知道你知道的是什么，你相信的是什么。然后在这个片刻尽管你有怀疑，但是笔仙还是会给你答案，无比正确的答案，无比肯定的答案。”

于是丽塔也就放松了心情，只是在心中不断地想着一个问题：“啊，十天之内，在我面前的这位可爱的英武爷爷，是不是会跟杨骄的关系完全改善呢？”她想着想着，却又不断地恍惚出神。当手中的笔动起来，她看着英武爷爷，英武爷爷紧张地问：

"你在动吗?""我没有啊,是你在动吗?!因为你的脸红起来了。""我当然没有动,我还以为是你在动呢。"那么看来真的是笔仙动了,而且已经在沙盘上画卦象了。"别错神,别分神,我们继续努力地想着这个问题,笔仙会把答案呈现给我们的。"

丽塔愈发澄心静虑,想着这个问题,但心始终无法彻底平静,于是莫名其妙地漂移出去,想到了:"我是不是能找到外星人?我是不是能找到外星人?然后忽然间又转回来,十天内,英武爷爷会不会知道杨家的秘密呢?十天之内,英武爷爷会不会知道杨家的秘密呢?"

由于时间比较久,所以她的杂念可能还不止这一点,因为她忽然不肯定她和虞美儿真的会在这里停留十天吗?还有,这问题本身不是很荒谬吗?她虽然一直在寻找外星人,但是,她到霍拉沙漠来,这一次却不是为了寻找外星人啊,难道笔仙能够洞悉她更深层次的心理动机,也给出回答吗?她缭乱地想着。

他俩的手在笔仙罩里不断地跳宕、起伏、颤动,终于,墙上的壁钟叮的一声响,请笔仙的过程结束。在这一刻,丽塔的意念却是她到底能不能找到外星人,自己都觉得好笑。

光色摇曳的高能流转的虚空

英武爷爷神态安详,好像虔诚的宗教教徒刚刚领受了圣礼,一点也没有疑虑的样子，第一时间就说："我要让村子里再也不会有小孩被疯狗咬死的事情发生，也……不要再受任何恶魔骚扰……这一切我要在十天之内实现它，可以吗？我一直想着。"

"为什么是十天呢?! 即使神满足你的这个要求，你也不能马上证明，因为明年还没有到。哎! 我的好爷爷，你的问题本身就有问题啊!"

英武爷爷居然回答："因为你们十天之后就要开拔呀，我昨天从《北岳天书》中得到的那个信息是你们可以帮我，既然你们可以帮我，那肯定是十天以内就能解决问题了。"

丽塔晕了："你还真看得起我们啊，但是我们自身难保，每个人都有一大堆烦心事，仅仅凭着我们的出现和心愿，就可以帮到你啊?"

"宇宙总是慷慨的，它一定会给你意想不到的礼物，只是你自己不知道。就像你们十天以内如果帮我解决了这个问题，我也不会第一时间知道，但是它一定会发生。"

丽塔听着听着，他的信任似乎唤起了她心中神秘的力量。不知不觉地，她与英武爷爷的手再一次越过金光灿灿的笔仙罩握在了一起，但是他们感觉到彼此的距离越来越远，他们的眼前是无穷无尽的远空，在远空中有飞动的石头，有涌动的沙砾、尘霾等，时时处处埋藏着光色摇曳的高能流转的虚空，这些比起他们两个人微妙的存在，不知道要真实多少、庞大多少。

丽塔很细心，她对英武爷爷没有迷信，对任何事情都没有迷信，所以她还是硬着头皮问："难道你的脑中就真的只有这一个念头吗？"

英武爷爷很老实："当然不是，一个至为纯净的片刻无杂念的人可能还没有在地球上生出来过。我也有其他的杂念，譬如我就老是想着一个人……跟一个人的关系，还有我关心的村里边人的种种福利，这些不必一一告诉你的吧?!"

骰子一掷永远摆脱不了偶然

丽塔笑："当然，不必！我只是想宇宙虽然只能听得懂是或者否，但却不知道我们在每一个微妙的片刻，脑袋里面装的是怎样的事。许多书把人类的心灵比喻成大海，却不知人类的心灵比起大海丰富深厚广大神秘了不知道多少，也许，大于宇宙……宇宙不会说谎，不会让人失望，但我们永远不知道宇宙怎样满足我们，也许在我们的愿望落定的那一刻，宇宙却看得更深，而且都要满足你，甚至愈发慷慨地满足了你更深层次的动机，或者什么杂念的愿望，这有可能吗？"

英武爷爷答："是的，有可能的，宇宙肯定会满足我们，满足我们任何荒唐的念头，问题是宇宙只能听得懂或者否，我们在一个片刻的脑袋里有多么清明澄澈、有多么凝神专注、有多么充满力量、有多么把意念统统集中在所想要的事物上，宇宙就会用最合理的方式来满足我们。但是不幸的是，我们在这样思考的时候无法不用到语言，而语言，更多时候是一种遮蔽。我们在语言的遮蔽下，可能在问着另外的问题，这谁知道呢？神有时候就好像一个调皮的小男孩，你不知道他会怎样捉弄你的爱，因为我们跟神的关系，有时候也像情人跟情人之间的关系一样，完全无从琢磨。"

"让我们看看笔仙罩里都写了些什么。"

"不管是怎样荒谬的念头和祈祷的过程，神总会满足你并给出结果，既然这一段时间已经过去了，结果已经在这里了，我们又何必急着去看它呢？看它，或者会改变什么哦！我们要在最好的状态下看，才能看到。"他的头不由自主地仰高，好像可以一直望穿房屋的天花板，望到苍茫无际的宇宙深处的秘密。

"听你这么说，这倒有点像物理学里面的量子叠加态。当你观察它的时候，它是一个样子；当你没有观察它的时候，不知道它是什么样子；反正当你观察它的时候，一定会给你一种样子，而你观察的视角、眼光、态度，乃至于你存在的状态，都会影响观察的效果，所以观察的效果完全出离于我们的掌控。好吧！等我们都有更好的状态的时候再看。"

信任！他者时间将验证神迹

"但是神谕总是已经写下了，定了，无从更改。"

"或者……"

"现在我会把这个卦象好好保存起来，等有一天我们来看，一定能看到更确定的真相。"

"假如真的有的话……我刚才状态不佳，不够虔诚，我甚至不敢肯定写下的这些文字能够成为什么卦象，或者这只是一些杂乱的线条，那也很有可能啊！"

"但是现在这里面的卦象肯定是已经确定了的，会的会的，一定是一个卦象，我相信，我也不知道为什么相信，但是，相信。当你心深深处什么也无法肯定的时候，唯一能做到的，就是相信，我的状态也未必很好，但是，相信。"

于是，他们真的把笔仙罩搬到了那个箱子里面封存起来。

接下来的几天里，丽塔还不时来找英武爷爷谈天说地，对玄学也产生越来越多兴趣。英武爷爷就教了她一些医卜星象奇门遁甲的玩意儿，丽塔学得挺轻松容易，学到兴起时她似乎有点"艺高人胆大"了，居然又想打开箱子看看。但是当她略略一提，英武爷爷马上板着脸说："那当然是不可能的，我们已经说定了不看，而且早有那段时间天空的神灵作证……"

看英武爷爷说得严重，她也只好一笑而过，不再追究。

但是丽塔总会不断午夜梦回里想着，这笔仙罩里究竟写下了什么？

虞美儿的烦恼

这天丽塔回到所住的地方，只听虞美儿的房间里传来了一阵唏嘘的声音，居然像是呜咽，不禁大吃一惊。不对啊，虞美儿是一个不折不扣的大女人，活得自我，甚至霸气，什么样的事情会让她哭泣呢？队友们都见惯了她决断明快发号施令的样子，什么时候看过她像小儿女那样呜咽地哭泣呢！

丽塔踱到门外，半晌，准备转身离去。这时候门开了，虞美儿就站在门口："我知道你在。进来吧，我有话跟你说。"

丽塔故意开玩笑："看来你像是恋爱了，现在正在遭受另一半带来的烦恼吗？"

虞美儿苦笑，脸上的笑却比哭还要难看："或者是，我倒真希望我是在恋爱。"

丽塔傻笑着："这是什么意思啊？'爱就是爱，没有爱就是没有爱，没有中间地带'，你现在在为什么事情烦恼？"丽塔知道跟她说话不用拐弯抹角，于是继续问，而所引的话，倒也是虞美儿自己闲时说过的。

"你愿意多待一会儿吗？我想从头到尾告诉你一些事情，然后听听你的意见，还有一件事情让你去做。"

虞美儿绝不是一个纤纤弱质的女子。她的思考和行事往往都有强烈的目的性，她的目的性即使不是为了冒险、不是为了做事，也自然存在，因为在她看来，一个人不可能做没有目的的事情。照《圣经》说，即使是一只麻雀从树上掉到地上，也是有目的的，那是神的安排，一个人做事怎么可能没有目的呢？

虞美儿在强调她的目的性了，她的脸上罩上了一层神性的光辉，仿佛她马上要说她生命中最重要的事情。

丽塔预想她会听到一个很长的感情故事，于是深深地吁了一口气，找了一个最舒服的地方坐下，双手抱膝，望着她："好吧，我耐心听！"

"我们为什么要来这片大沙漠探险呢？"虞美儿轻轻问。

"嗯，寻找一个早已湮灭的古城。"

"我再跟你细细地讲一讲吴远天的故事吧，"于是虞美儿又一次从头到尾给她讲吴远天在古城的诡异经历，大多数细节丽塔是知道的，虞美儿只是补充一些内容，"你知道，吴远天的遗孀带着鱼藻纹罐子寻找买家，找到了我，我不仅想买下这个罐子，还想去探索古城。你知道，吴远天的遗孀彩云跟吴远天非常相爱，他们那次名为探险，实则是做一次轻松的旅游，可是吴远天却在古城死于非命。于是吴远天死后，彩云很想再去探索古城奥秘，找到古城，向世人证明丈夫并不是死前说胡话，而是实有其事。毕竟，这么珍贵的罐子凭空出现绝对是个奇迹。彩云正是由于将它捐到国家博物馆才得到政府支持她继续探险的。她想一方面查明吴远天到底是怎么死的，另一方面，若顺带能在文化古迹上有点发现，那可以说是告慰吴远天在天之灵的最好礼物了。"然后，虞美儿给丽塔看那个鱼藻纹罐子的照片，介绍它的珍贵。

丽塔不禁问："鱼藻纹罐子是明代的出品，本不可能是更悠古古城里面的古物啊！这太荒谬了。"

"这并不出奇，宝藏之所以称之为宝藏，就是因为那里有源源不断的珍宝，有出离于人类时间线性的珍宝。宝藏，可能在任何时间线里存在。"

"我一直认为你是一个非常务实的探险家。"

虞美儿苦笑："我同时也是一个非常具有想象力的探险家。在我看来，宝藏之为宝藏，就因为那里的财宝是取之不尽的。你知道在神话里有许许多多财宝取之不尽的地方，那种地方才叫宝藏，如果那里的东西几下就取完了，那能叫宝藏吗？我想这宝藏非时间性地存在于人类历史的任何地方，是超越时间的、神话一样的存在。"

"听你的话，我倒想起一个关于秘密的笑话。一个人对另外一个人说：'我告诉你一个秘密，千万不要给别人说。'然后那个人答应并听了这个人的秘密，但很快就告诉了更多人。第一个人责问他：'你怎么把我的秘密告诉了其他人呢？'第二个人就说：'你自己都保守不了秘密告诉我，那还叫秘密吗？秘密就是只有一个人知道的才叫秘密，你告诉了我，那就已经不是秘密了。'于是这是一个关于'秘密'的文字游戏。你这么解释宝藏，也好像是在玩一个文字游戏。如果说只有源源不断取之不尽用之不竭的财宝产出的地方才叫宝藏的话，那么，这只能是一个文学上的修辞，而不会是事实，我也不相信有'超越时间的、神话一样的存在'。"

神话和现实交织的地方

虞美儿认真地看着她："但是我们要去的，就真真切切是一个神话和现实交织的地方，也只有这样的地方才会有这样的宫殿，才会有这样的宝藏。这个空间是地球上的一个异次元空间，由于那幅画的原因会定时打开，吴远天不小心涉入了这个异界，才有了那些特殊的经历，而在那个异界空间里边就有无穷无尽的宝藏，因为那些宝藏就是严格意义上的宝藏，是取之不尽用之不竭，可以随时自动补充的宝藏，所以那里会出现——明代的古董！

"但是那是一个嘘托邦，就像所罗门王说的，'整个世界会消失在一声叹息声中'。那是嘘托邦，叹息的嘘托邦，不是虚托邦，不是包括中微子在内的无尽微观粒子、虚在粒子故乡所在的虚托邦。但是，它也有它的意义，一个巨大的失败，足够巨大的失败本身就是成功。"

"你确信嘘托邦，一个完完全全属于叹息的嘘托邦里，也有宝藏？"

虞美儿摊摊手："我确信！"

丽塔叹气："这毕竟是玄之又玄的事情，你怎能如此肯定呢？"

"因为我相信他！"虞美儿没头没脑地说，忽又道，"我原本以为那是一条迷失的丝绸之路的古道，但是后来发现不是。才开始跟吴远天遗孀接触的时候，我只想找到古城，但是当我下决心去探寻的时候发现，一切比我所想的要复杂得多，因为因为……"虞美儿喘息着，脸上流露出一种既快乐又痛苦的表情。

虞美儿继续说，原来从半个月前她决定组队探索古城的第二天晚上，她就梦到了一个人，一个无比无比神奇的人："我爱他！"

（照丽塔想来，能成为虞美儿的爱人，那该是怎样的一个英武雄壮甚至彪悍的大汉呢，或者说，会是队里面的某一个人吗？丽塔的脑袋里不断地演绎。）

虞美儿苦笑着："我甚至不能肯定这是不是一个人，他是一个声音，一个影子，一个不断远去的梦里背影，因为我看到他的时候是在梦里。在梦里边，我从来不能完整地看清楚他，我看清楚他的眼睛，总是忘记他的鼻子，看清楚他的嘴唇，又总是忘记他的眼睛，看清楚他的眼睛和鼻子了，却又会忘记他的嘴唇。我好像堕入割裂了的第一视觉当中，这个视觉永远不是完整的，但是有好多无穷无尽的空间，尽管这些空间如同 Web 3.0 的空间一样受着各种所有权限制。当我细细地端详，又总是能看清楚好多好多的细节，他说话的表情带着销魂的感受，你无法想象他说话的声音有多么好听，多么委婉动人，多么轻轻松松就能够走到你的心里面去，好像在你的心里面筑了一个巢，那里面是无边无际的温暖，深不见底的爱意……"她真的在讲述一段浪漫的情史了。

看，看见

丽塔坐正了一点："你尽情说吧！我能接受任何不可思议的事情。但是瞬间移动、视物模糊、感觉不连贯，这本身就是梦境的基本表现，你真能把梦境当中的一个人当成了现实的一个人来爱吗？不过我想你这番话说明你是在从第一视觉转向第二视觉了，无数诗人都说人生如梦，梦，白日梦、夜梦，梦见的事物有时候更真实——那是夏老师说的第二视觉。"

虞美儿恍若未闻，真像已堕入梦境。

"我越是想看明白，越是看不明白，越是看不明白，就越是想细细辨析。我在梦里反反复复地看着他，永远也看不腻的样子，所以他说的话也格外容易走到我心里面去，可是我却必须要违背他说的话，我从头道来。

"那天，他第一次出现，不知是声音还是形象……总之那是一种不可把捉的实体，做过梦的人应该可以想象……那实体是从一棵树旁边传出来的，悠悠荡荡，如钟似磬，我第一眼只能看到他模模糊糊的面容，终于再看到他的眼睛，那是多么深邃的眼睛，黑亮灿烂，当你一望，就好像直接掉进了天空，天空里是无尽的群星、无边的热望，连黑夜都泛着黑亮亮的光泽。

"等我好不容易从看他眼睛的那种震撼当中收回心神的时候，我发现我无法看清楚这一个梦中到来的男人。就像我刚才说的，眼睛、鼻子、嘴巴、耳朵，甚至他脸上肌肤的一寸一寸，他身体的每一个部分都好像是完全独立的，我观察一个部分总是会忘记更多更多的部分，但是他本人就是置身于一个无穷无尽的广大空间当中，这空间由于我不得不对它的凝视而显得无穷无尽地扩大了，就好像贾科梅蒂谈到的他画女人的经验。他画一个女人的背影，他反复地观看，他深入的凝视发掘和夸大了那个女人身体或者身体部分的细节，同时把那个女人的形象置于一个越来越广大的视觉空间——是的！就像我们听过夏老师的课上讲到的贾科梅蒂，大画家贾科梅蒂所说的画素描或者做雕塑的视觉经验比喻，或者可以使你明白我看到这个男人的时候的视觉经验。"

贾科梅蒂式视觉经验

虞美儿这么一说，丽塔倒真比较明白她讲的视觉经验是怎么一回事了。

这正是当年她和虞美儿在大学里听夏老师讲课的时候听到的：西方著名画家、雕塑家贾科梅蒂的视觉经验，他的身体素描、雕塑似乎在不断削落无谓的空间的脂肪，同时又要赋予人无穷无尽的空间感，这使得他画的、雕塑的人物的一些身体细节部分特别突出，长手长脚长鼻子的造型不少……

身体瘦给人坚硬实在之感，而雕塑呢，除了保留这些特征之外，所有的身体都好像被强辐射熔化了，金属的质感覆盖了所有的雕塑，那些贾科梅蒂的人体雕塑似乎才经过一次强辐射，熔化不朽冠冕的金属，消尽了巨大身体的脂肪，唯留下纯粹的精神意志的枯瘦之人还在坚强地迈步行走，或者痴痴地凝望远方或者活着、活着、活着，走着、走着、走着……

这是贾科梅蒂艺术带给人的奇特的艺术震撼，他的绘画和雕塑表现了第二次世界大战之后人类面对的集体无意识文化困境当中的绝望、挣扎、痛苦，还有绝对的生命意志不断探索的精神。在贾科梅蒂的背后站着存在主义哲学家萨特，贾科梅蒂与萨特的存在主义哲学一起表现了战后最重要的公共知识分子的基本立场和状态。要知道，很多重大的存在主义哲学观念和超出任何哲学观念的生命意志，以及普遍的人的基本存在状态、处境的揭示和表现，都在贾科梅蒂的艺术中得到了很好的体现。

丽塔和虞美儿当年在夏老师的课上时，都曾听过有关贾科梅蒂的专题课程。虞美儿这一说，丽塔似乎明白了她的视觉感受。这种视觉感受是与空间的扩展、转化、跳跃联系在一起的，虽然贾科梅蒂的画和雕塑并不好看，就连贾科梅蒂的妈妈也说："虽然他是成功了，但是他这一辈子确实是没有画出什么好看的画来。"

当年在教室里，她和虞美儿都曾经讨论过贾科梅蒂的浪漫情结问题：

贾科梅蒂好像是一个很浪漫的人，他能够把浪漫精神鼓舞的、膨胀的人的形体如此处理，把雕塑的质感如此处理，而最终出来的效果还是让人感觉很美，非常美，虽然并不好看。这种美是一种危险的美，有点邪恶，有点残缺，有着深沉的不安，但是却又最好照见了时代的本质真相，一个废墟上的视觉世界、一个核战争威胁的身体世界。

虞美儿不断说着，全身似乎散发着热力，那分明是一种源自恋爱的热力："你知道吗？那居然是很美的，非常非常美，本来贾科梅蒂的艺术不可能是美的，就像他的艺术不可能给我们自然视觉的快感，但是我在梦里看到的他，带来的却是如贾科梅蒂式很美的画与雕塑的精神，如斯之美！他的艺术是链接第一视觉与第二视觉的介体，同时有一眼照见的活泼泼的生命力——是美！完美希腊式身体是美，而残缺、变形、遗忘、痛苦和召唤而来的广袤空间，那又是不是美呢？他给我以快活的感觉，他也这么美，美到让我只想随着他的美沉沦。"

是的！那小伙子的形象是长手长脚、配着瘦削身材的，然后很快变成一个最自然、正常、健康不过的帅气小伙子出现在虞美儿面前，虽然她其实从来不曾看清楚过他的脸。

他对虞美儿说："你不要去那个沙漠，你不要去那个沙漠，在那里，你不会找到任何有价值的东西，还会把你的生命抛掷在那里。"

"'为什么呢？'我问他。他却说：'我只是奉命来告诉你不能去的，我没有权力告诉你为什么不能去，但是你真的不能去。'他说话的声音太好听了，哪怕仅仅是因为他说话的声音好听，我也可以一点不生气，反而缠着他反复追问：'你到底是从哪里来的啊？你，是我的守护神吗？'"

他说："我从你要探索的地方来，到你永远不能探索的地方去，但是我却不是你的守护神，虽然我很想做你的守护神，如果你有守护神的话，那应该是你的家神。"

贯通平行宇宙的"虚在"

虞美儿笑了，在梦中笑了，想必她在梦中笑的时候，那笑容也是甜美而动人的吧，带着英气勃勃的笑。悠悠美瓷文化的传说里，一个人如果有他的守护神的话，这个守护神应该是家神，每个人都有他的家神，无论这个家是残破还是完整，是贫穷还是富饶。梦中的她对他说："哎呀，你说你不是我的守护神，但是你为什么又想做我的守护神呢？"她忽然间显出了小儿女的心情，追问不休。

这个帅帅的小伙儿也笑，在她的眼里，他的笑容格外饱满而深厚。因为虞美儿就只能看见这笑，其他细节都消失无踪，他的笑温温暖暖的，好像是笼罩在生命激扬的光与气当中，轻灵虚透而带着薄薄光棱，有着无穷无尽的层面。

虞美儿身处其间，就像一枚电池忽然被充了电一样，感受到无穷无尽的能量在汇聚、在氤氲、在激荡。

帅气小伙子说："我不想骗你，我只想说看到你，我就有一种亲切之意，好像我和你已经相遇过无穷无尽的世纪，而现在只是一次温暖的偶然的相逢。这次相逢之后，我又要永远地离去。但是，但是……奇怪的是，我也不是多么珍惜，你还是去寻找你的家人吧，我只是一个过客，我冷，始终冷着，我的身体里好像缺乏一种热力，缺乏一种让我去爱任何人任何事的热力，我只是到这里来看着你，然后不断叮嘱你，千万千万，不要到沙漠里去，不要不要不要……"

"嗯！那么你叫什么名字呢！"

"我叫洪范，洪范九畴的洪范，洪水滔天的洪，万世垂范的范。"声音竟如此轰鸣。

士一庙，庶人祭于寝

虞美儿认真地为他考虑："那只是由于你缺乏一个家的缘故，无家就无法祭祀祖先，无法跟随你心灵的祈祷，所以你无法拥有你身边的爱人，无法拥有爱你的亲人和你爱的亲人，你只是一个过客漂泊在沙漠。你是不是被魔鬼追逐的灵魂啊？所以你才代替他来跟我见面，跟我说这样一些奇怪的事情。"

洪范沉吟着，好像被她的话打动了，但他没有回答她的问题，而是说："你知道吗？祭祀是不能随便的。就譬如祭祀家神吧！祭祖就是祭祀家神，而祭祀的规格和等级从古到今都是有严格规定的，正如《礼记》里的古话：'天子七庙，三昭三穆，与大祖之庙而七。诸侯五庙，二昭二穆，与大祖之庙而五。大夫三庙，一昭一穆，与大祖之庙而三。士一庙，庶人祭于寝。'我曾经是一个王子，我曾经是一个天子，我曾经是宇宙的主人——假如宇宙真的有主人……但是现在，我却被困居在一个无穷无尽的走不出的空间，一个虚拟的格子空间里面，只能祭祀自己所住的小小的房间。"

"如果你是被魔鬼困住了，我是可以帮你的，那我就更要找到这座古城，"虞美儿马上利落地说，"一定要！"

"我甚至不知道是我还是魔鬼借着我在对你说话，提醒你不要寻找这座古城，不要不要，为了你的生命，因为当你找到古城的时候，魔鬼绝不会放过你，这是我所能告诉你的全部了。你能想象人类遭遇外星人吗？霍金先生就提醒过人类，不要拼命去寻找外星人，当外星人看到人类的时候，就意味着人类的灾难。你能想象人类面对着他可以随时处理小动物的生存还是死亡时的那种随意吗？外星人看到人类的时候也是一样，在绝对高等的生物与绝对低等的生物之间，没有和平共处可言，一方会利用、盘剥、消灭另一方，所以不要去刻意地寻找，那是自寻烦恼。我不需要任何帮助，因为我只想自己走出自己的困境，不想连累任何人。"

"但是这样，我就看不到你了，你，还会常常到我的梦里面来吗？"虞美儿知道自己是在做梦，魂牵梦萦一个不存在的爱的对象的人的绝不止虞美儿一个，但是这样的梦往往都是又浅薄，又破碎，又没有意义。偏偏虞美儿感到这个梦特别特别华美，这是一个关于梦的梦，如果整个世界都是一个大梦的话，那么这全世界的梦都汇集在一个人身上了，那是他！是他！每晚她睡在床上，就遭逢这个梦境，这大千世界中唯一的梦境，一个巨大的独属于她的整个世界的折射，完美集中，深刻幽邃，充满了无穷无尽的启示，当然最美妙的是里面有他，洪范完全能够明白她的心绪，当然也不是完全明白，但是如雾里看花水中望月，他们都看着彼此。在这镜花水月般的、一切万有都似连接的幻美世界，她几乎怀疑是大脑接入了芯片而产生的游弋于Web 3.0 产生的幻象了。

与此同时，洪范的脑中自动有更多声音翻腾，好似大海里翻起的浪花：人类目前比以往任何时候都应该站在统一战线上。我们面临严峻的气候挑战：气候变化、粮食危机、人口过剩、战争、物种灭绝、流行病盛行、海洋酸化。它们共同提醒着我们，人类发展处于生死存亡的关键时刻。我们现在拥有毁灭地球的能力，却没有逃离地球的技术。或许不多久后，我们能在星际间建立殖民地。但现在，我们赖以生存的只有地球一个，保护地球是全人类共同的职责……

这些话，传自霍拉沙漠一个金灿灿的人面口中（虞美儿看洪范总是金光覆体的，尤其他的面孔似乎融于无尽落日夕光中，光华灿射），又与虞美儿口中无意识发出的声音合一——嗡嗡啊啊……在虞美儿的脑中自动出现，她仔细觉察，感到沙砾翻滚的声音，当中却又有一种沉静，似乎大海一望无际的睡眠，也不知道洪范是否也听到，听到这金灿灿的人面口颂之声并不是反对接触高等生命，反对的只是人类的贪欲，哪怕是好奇心的贪欲，让每个人归于整体意识的感觉中心。但是她在此过程中感到了洪范的深深吸引，于是想去找他，这也算是贪欲吗？如果听到，洪范又为什么不辩驳？

洪范说："你和我这样的相遇非常非常美，关于语言的语言，关于梦的梦，关于现实的现实，关于'现实的梦'的'现实的梦'，关于'梦的现实'的'梦的现实'，一切都交织起来了，甚至可以到达第三视觉，又安住于这么一个圆，一个圆……"

虞美儿还在疑惑是怎么样的一个圆，洪范向她伸出了手臂，手臂就像贾科梅蒂"美丽"雕塑中的人物一样，那手臂长长地伸展开来，瘦瘦长长，伸向她，放着金属的光泽，带着流淌的有如黑夜的混沌，将她拥抱。

虞美儿也伸出了手臂跟洪范拥抱，她和他的脸始终有着不可能穷尽的距离，他的手却温暖而有力。他似乎是在一个深沉的夜的庇护当中，直到他们相拥，拥抱在宇宙空间无穷无尽的黑暗当中，·个黑漆漆的无尽夜晚合拢的圆，圆的当中他们彼此心思安静，像是印象派那些伟大画家们的画作通通集中在一起，色光四溢、光华流转、与日永恒，又用圆形将一切幻变的几何体统摄为一，而她安居于中，又感应着更深心底凌厉的力。

寻找还是放弃？这是个问题

从那以后，洪范常常来到虞美儿的梦里，她听到了古往今来很多奇奇怪怪的事情，再平常的事情经过洪范一讲，就像经过了点金石碰触，立刻熠熠生辉……

他们甚至可以谈论艺术，但是洪范每次临走的时候都会提醒她："记得，不要组织这次探险啦，那只会给你带来死亡、苦痛和无尽的懊悔……"

虞美儿感觉自己已经深深地爱上了洪范，但是日常准备探险的事情一刻也没有落下。

在虞美儿一厢情愿的想象当中——洪范也爱上了自己。但是事实上，洪范正如他自己所说的，他的整个人早就被抽尽了热力，抽尽了热情，抽尽了向往，他的身体已交付于魔鬼，他的爱无法点燃，只能像一个枯瘦影子在虞美儿的梦里出没，伸长他那长长的贾科梅蒂雕塑似的修长手臂拥抱她，或者以空洞的嘴唇吻着她。她始终无法看清楚他，所以洪范简直不像是个实体，但是她却越来越无法离开他了，因为她爱他，这世上最莫名其妙的爱的力量已经缠上了她，她无法摆脱。

虞美儿向丽塔说："他在反复劝阻我不要去霍拉沙漠，我到底是去还是不去呢？如果我不去的话，那么他的声音会很快消失，因为他没有再跟我联系的必要。如果我去的话，他肯定还会不断地劝阻我，那么我就可以不断地聆听到他的声音。"

（丽塔不禁想，如果虞美儿不去，那是满足了神的要求，神对人从来是一无所求的。如果虞美儿去，那是满足了魔鬼的要求，魔鬼从来与诱惑同在。去还是不去？这真是个大问题。）

虞美儿始终看不清洪范，但努力感觉洪范的存在，她感觉他的身体里有两股力量在永远地冲撞、斗争、搏杀："那是魔鬼和神的力量，他有时候在用神的口气跟我说话，有时候在用魔鬼的口气跟我说话，无论是哪个他都不是完整的他，但是我又觉得我爱上的是一个完整的他，因为他就是魔鬼，就是神，就是一切。"

生命量子场探测仪

这两天，洪范没有出现，虞美儿的表情带着深深的哀伤和痛悔："他真的不再出现了！我下定了决心，一定要去探索这失落的古城。因为只要我遭遇险境，他一定还会出现，支持我。如果可能，他肯定还会出现提醒我的，而我如果不再去的话，他就会彻彻底底地消失。"

丽塔的嘴巴渐渐鼓成了两枚鸡蛋样大："啊，你居然为了这么一个虚无缥缈的人组织这场探险。"

"我不是为了人，是为了爱。这个人，对我来说就是完完全全的爱。虽然我好像从未曾真正看清楚他的脸，虽然我不敢肯定他是神，是魔鬼，还是什么，或者什么都不是。"

丽塔道："可是我们都知道，虚拟恋爱很多时候都是见光死的，也许当你真的见到了这个人的时候，你就再也不会觉得他跟爱有任何的关系。难道不是吗？你自己的身边看到过很多闺蜜，不也是这样的爱情逻辑？"

"爱情是这个世界上最难以预先估计的事情，没有人能懂爱情，这是人类一种完全虚无缥缈的感情，但是有的人愿意付出一切。我爱的那个男人也许活在一种怪异、痛苦的情境里面，他的灵性是被魔鬼封闭了，但是他还是这么可爱，我必须要解救他出来。"

丽塔问："他也爱上你了吗？"

虞美儿叹气，流露出不肯定的表情："可是他最后离开的时候却这么说：'我们的父亲创造了这个王国，在这无边无际的大花园般的王国里面，力量和勇气直到永远。'他的话像一首歌，飘散，又无尽化入我身心，哪怕是一阵嘘声，也是动人的。啊——他需要我，我需要他，我们一起享受无边的尊享和祝福……

"但是很可能，他早已深深地认同了魔鬼，他的心是跟魔鬼在一起的，魔鬼已经是他的父亲。我好难好难把他抢夺过来，但是我很怀疑这并不是他真正的声音，因为他的身体常常会被魔鬼占据，说着根本不属于他的生硬的话音。

"那次在梦中，我狠狠地托起他的头，把他的身体推到了树上，好似这样就可以撞出他身体里的魔鬼。对了，我发现那是一棵橘树。他的头在橘树上撞坏了，起了一个大包，他说：'你好像让我记起了一些全新的事情，我一直待在一个走不出的房间里。啊！我的父亲用他所有的血，也没有将我的罪洗净，所以我还在那里，我要用我的眼光击退那魔鬼的影。不不，这不是我……'

"不久之后，我很详细地聆听了彩云说的她丈夫吴远天的事，了解了关于吴远天的一切，然后跟洪范的事情联系了起来。我推测，洪范就是那个魔鬼城堡里被永恒囚困的青年，一定是。

"你知道吗？沙漠里有很多事情是你无法想象的，那次之所以彩云能够第一时间找到吴远天，是由于他们在第一时间得到了一个生命探测仪，这不是常见的顶多能搜索到五百米之内生命存在踪迹的生命探测仪，而是……"

虞美儿顿了一顿："而是，生命量子场探测仪，不知道什么人制造的生命量子场探测仪，不知道领先人类现在的生命科技多少年……这么说吧，你可以把常见的生命探测仪比喻成一双眼睛，一双具备第一、第二视觉的眼睛，它可以'看到'五百米以内的不同生命体的心脏搏动频率，而且通常来说，人类目前的生命探测仪只能探测到人类生命的存在，它们在制造的时候就已经制造成只能对人类的心脏搏动频率发生感应，对于其他生命体通常检测不出来。当然也有可以探测到其他生命体，诸如猪马牛羊等存在的生命探测仪，但是那更高级，我们探险队里面没有。但是，这个生命量子场探测仪却能够探索到五百公里以内的不同生命体存在，并精确定位，让操纵者轻易从

Web 3.0 区域找到失联者。"

Web 3.0 同时性的寻找

吴远天他们那天就是从余让镇出发的，吴远天在沙漠中迷路之后，他的妻子彩云一直在焦灼地寻找。

在一阵沙漠中的大风沙过去后，彩云与队友们分开，正打着圈子以蜜蜂搜索法绕着吴远天可能的失踪地寻找，忽然间，就看到一个骑着双峰骆驼的客商打扮的中年男子转过一个沙丘，快速奔到了她的身前跃下。他一手牵着骆驼，一手托着黑漆漆的盒子说："我知道你要去找一个人，这个东西可以帮到你。"

彩云问："你是谁？你怎么知道我们在找人呢？"

那人抬头看她，眼睛苍苍茫茫，好像对她视而不见的样子，又用梦一样的声音："不是我在说话，是有人在借着我说话，你很快就会明白了，现在，拿过它——量子场生命探测仪，好好调试一下，你会找到你的丈夫的。"

彩云拿过那个盒子掀开一看，啊，它像一个陈旧的、半坏的闹钟，钟面是一个虚无得似乎不存在的"虚在"气息的阴阳太极图，半透明的"钟"体表面没有指针，外边有一些奇奇怪怪的散落零件，乍一看那些零件只是一些金属片，同时金属片中有一些蓍草，好似那些本是闹钟内的部分零件，不知为何没有完全组装到闹钟当中。

那人说:"这是一个量子场生命探测仪,流传很久了,但是从来没有人完全发挥过它的功能,只能将它的功能发挥一部分,但是也已经很可观了。是的!五百公里以内你找谁都没有问题,只要你可以好好想着他,他的位置就会在探测仪中指示。除了找人,它还有更多其他功能,只要你能够发现,还会有意想不到的收获。"

"你的好意?"彩云已经在调试着这量子场生命探测仪了,但嘴上也没停着问。

"我已经说过了,不是我在帮你,是另外的人在帮你,"那人指着天,"他来自天上。我实话告诉你,运用探测仪不需要借助任何可见的事物,而是你的心,你只要认真地想着你要找的人,认真地想,平静而认真地想,你就可以找到他。"彩云把量子场生命探测仪放到沙地上,还想稍微拼凑下零件,但不知从何着手。

"现在只要把手放在上面,想着他,想着……它的更多用途现在跟你无关。"

彩云这时候心乱如麻,但是想到用它找吴远天必须专注、放松,只好勉力为之,慢慢地居然也就真的放松身体了,心灵随之进入一种澄澈境界,仿佛身外的风沙也变得不那么刺耳,连鼻中的呼吸也变得均匀,只是把思念吴远天的注意力放到探测仪上。

终于,她的心境越来越澄澈宁静,呼吸越来越深远有力,几乎忘记了自己的存在。有一瞬间,她仿佛完全抽离了这个风声呼呼的霍拉沙漠，只有对吴远天形象的深切思念。直到"叮"的一声，她听到了来自量子场生命探测仪的声音提醒。

随之她看出去，那量子场生命探测仪上面的一对阴阳鱼开始在八卦环绕中旋转，越转越快，渐渐成为立体，那八卦形不再是二维，而是一个弯曲曲面上的三元形状，像是扬雄、周敦颐图绘过的三元太极图，而那阴阳鱼上的圆球转了半天，黑色的阴阳鱼那一面指向了西方，黑莹莹的鱼体上的白色小圆圈嘤嘤叫着，一个"兑"字闪闪发光，好像是催促着她去寻找。

那个牵骆驼的人以一种冷漠的声音说："去吧，去找你的丈夫吧！"

设置空间迷宫的量子场生命探测仪

彩云赶紧召集人，与那男子一路随行。走出去约三四百米，她就看到半埋在滚滚沙砾当中的吴远天。

随行的男子冷冷跟随，一直没有说话。

忽然，男子全身一个激灵如梦初醒，露出奇怪的表情，然后对周围的人一个个探问："这是在哪里啊？我怎么会在这里的？"好似他所指的那个天上的人刚刚带走了他的灵魂。

这时候，远远的一处沙尘大起，很快有一帮沙漠土著奔了过来，为首一个人头插鸟羽，颈部绘浅浅白垩，怪的是，此人看起来虽有常见土人的怪异形象，却神威凛凛、精气内蕴，尤其他眼光炯炯，自带说不出的理性睿智之意。

这帮沙漠土著据说是叫大风族，他们模样彪悍，脸涂油彩，头上捆着大把的草叶，身上几乎不着衣裳，只点缀着不知哪里找来的鸵鸟羽毛和鲜花。他们呱呱说话，语音很多单音节，铿锵铿锵的，本来听不懂，好在他们的头儿巴珠说的话听得懂，原来巴珠是到沙漠外面上过学的。

这帮土人席卷而至，几个人发一声喊，看起来是要抢探测仪，巴珠赶忙喝止，说道："这是我们大风族的圣物，是被人偷走的，你们必须还给我们！"

彩云吃了一惊："这是一个怪人刚刚送给我的啊！"然后她讲述了刚才那个牵骆驼男人的事情，但是那帮土人却不依不饶起来，大呼小叫着，群情激奋。

那个男子则呆呆站在一旁，转着眼睛，一副无辜羔羊的样子，竟是什么都不明白。

彩云想到吴远天的失踪肯定有更隐秘的内情，想留下量子场生命探测仪研究，便说："但是我也不能肯定这是你们的东西啊！"

巴珠叹了一口气："这是我们大风族世代相传的圣物，一直供奉在神庙里。它是我们大风族占卜、祈祷、祈福，乃至于族人婚丧嫁娶时都要用的圣物。那个人骑着一匹骆驼就奔进了我们的神庙将它取走，发现的人告诉了我，我们才追了过来的。"

彩云口中嗤嗤，在她看来这所谓的圣物，尽管帮她找到了丈夫，但她宁愿相信那只是哪个考古队留下的神秘高科技，就算她好像真是心诚则灵才找到丈夫，她也宁愿相信那是一个误会、一个心理暗示或者魔术障眼法，所以说："反正我不信！"

巴珠只好道："你不信就算了，但它只响应我们的祈祷，你如果带走了，它会变化出一个迷宫，把你们都困死，到时候只怕你后悔莫及。"

彩云听他说得可怕："你知道更多关于这玩意儿的用途？"

"哎！让你带走是害你。你若是真的不信，我们把它放到前面的沙丘上，待我们祈祷、祷告、行礼如仪后，你走过去拿，如果能够拿走，就算你的了，怎么样？"

"哈……这可是你说的，不许赖。我跟你一起过去。"

巴珠眨了阵眼睛，也就答应了，真的跟彩云一起走出去百步左右，将那物事放到一个沙丘上。彩云眼睁睁看着这帮土人围成一圈，念着古老的经文、排着千年流传的阵法祈祷。良久，巴珠说："好了！"

彩云志得意满向那个量子场生命探测仪走去。

奇怪！走出去不多久她就感觉空间似乎分裂了，前面的一切景物都摇摇晃晃，分成不同的块面，她努力前行，走了半天，又回到了原地，这才无比惊骇。她定定神，继续走，但是她就像是一个靠近乒乓球桌的擦边球，晕眩中坠落，怎么走都只能走到那球桌般的沙丘边沿，再集中意识走就回到原地。

巴珠终于走了过来，将她拽回去："现在你相信这是我们的东西了吧！诸神以祈祷为食，是不吃你局外人自行想象的一套的。不属于你的东西你若拿走了只会徒招祸患。"

"这……"彩云为这超现实的一幕所震骇，只好愿赌服输。她把这量子场生命探测仪交还给他们，又问："我倒想知道，你们对这圣物防卫森严，怪人是怎么从你们这里盗走它的呢！"

"或许是魔鬼的力量！"巴珠说。

那幅画打开一个嘘在的空间

彩云捧着那个鱼藻纹罐子回到了她生活的城市，这件事情从头到尾如梦如幻，可是她的丈夫是实实在在地失去了，而这个好像是忽然撞见、天外飞仙般出现在霍拉沙漠里面的名贵罐子，成为这场事件唯一的见证。

虞美儿跟洪范有过那么多天的对话，她已深深知道，那个有如魔宫的西铭神宫是不会无缘无故出现的，需要那幅画出现，打开一个嘘在的空间，然后人才能走进去。

而即使出现了那样的空间，她走进去之后也未必能够到达魔宫，更难保证可以见到洪范了。这里有无限的原因与结果回环无尽，重点在于这幅 —— 画，无数声音、图像交织的画。

虞美儿深深地看着丽塔，像是看着她双生火焰的亲姊妹。"我需要你去帮我找到那个量子场生命探测仪，是在……"她说出了一个经纬度，"而且这个地方并不远，你可以从容而行。"

丽塔很好奇："你是怎么知道这个地方的？"

虞美儿说："事后彩云曾到霍拉沙漠土著所住的地方探寻事情原委。她了解到土人们形成了一个逐水草而居的村落，村落里供奉量子场生命探测仪的地方是一个小庙。因为所有的村民都对圣物无比崇敬，所以也根本不会想到有谁会去破坏它甚至弄走它。想不到那天有一帮客商经过附近，当中有一个人不知怎么离开了商队，直接就奔到了庙里将圣物带走。村里面人人都极度崇拜圣物，根本想不到会发生这种事情，当天又适土人节日，值守者外出狂欢不觉，直到有见过商队者发现圣物被偷走，才叫上了巴珠，一起召集人去追，一直追到彩云那里，把量子场生命探测仪找了回去。当然，土人不会叫这个圣物为量子场生命探测仪，如果将土人用名翻译过来，意思是'迷宫'。彩云再去的时候送了很多礼物，与巴珠和他们的族长关系都还好，这里有一封彩云为我们写的引荐信，你带上它去找他们会比较顺利，去吧！"

然后，虞美儿把那封信交给了丽塔。

聆听孤独小孩的内在

丽塔接受了任务，就自然想起了杨骄，想起了他那如梦如幻的人与地堡，还有他那仿佛能穿透任何感觉迷宫的清清亮亮的笛音……

如果约上他一起去找那量子场生命探测仪，说不定更容易达到目的。

多日后，丽塔再看到杨骄的时候，第一眼就看到了他眼中愈发闪烁的光芒，她知道，一定是英武爷爷跟他的关系改善了。

果不其然，杨骄说："谢谢你，英武爷爷主动找我了，我俩谈得非常好，我甚至考虑要不要告诉他我的秘密呢！"

"顺其自然就好！"

"我也这样想。"

"但是你对姐姐一直那么好，所有秘密都告诉姐姐，毫无保留。"

"我看到你就觉得亲切。"

丽塔心中有一股暖流流过，她想起了英武爷爷给她那个据说可以揭示任何秘密的鹽石，奇怪英武爷爷自己拥有鹽石却无法懂得身边最亲的人的秘密，可见这鹽石没有什么用了。但是当她这样想的时候，感觉脖子下的心形项坠在发烫，那是鹽石在提醒她什么吗？

她于是惊觉，每当她感应到身边人的正面情绪的时候，鹽石都会发出一股似有若无的热力，清新、温暖，透体而入，使她心堕沉静空灵，有如心怀水晶鹽灯，连带话音也愈发亲切、温暖、动人，原来鹽石有这个用途。"其实你也可以这样对待英武爷爷哦！"她说。

"这还是难！"

"这些天你们关系不错，但我说句老实话，你们只是在补偿以前没有好好沟通的'损失'，根本没有实质性的进展。这个就像'逆水行舟，不进则退'，时间久了，你们又可能堕入旧的沟通模式里，这不好。要不然这样，我再介绍英武爷爷来跟你好好谈一次？"

"这个……好！但是……"

"但是如果英武爷爷有一天知道他能够到这里，完全是由于你迷昏了他之后才带他来的，来这个莫名其妙的虚托邦的话，那么他不会生你的气吗？——嗯！虚托邦，用这个词形容你这个小天地真是精准！"

"是的，这太伤他老人家自尊心了。我颇费了番手脚才让他相信，相信他曾来过这里的经历是一场梦，如果一下子推翻了，他会开心才怪。"

"所以，你就用一个谎言遮蔽另一个谎言，直到自己越来越活在自己孤独的小天地里，无路可去？"

梦魇会透露任何心灵的秘密

丽塔把手搭在他的肩膀上："杨骄，现在到了该改变的时候了。你父亲或者希望你像一个神秘、高贵的王子那样长大，但绝不会希望你一直活在孤单寂寞当中。"说话的时候，丽塔的心脏在孤寂搏动，她同时能感受到杨骄的心脏也在跳动，更能感受到胸前的鹽石项坠格外炽热了，那光辐射出来将他们融为一体，这时刻他们似乎格外感到生命的力量。

"我真佩服你的眼光。是的，我……"

"你的父亲不想再让更多人遭遇魔鬼，更不想让你最终被魔鬼控制，所以他留下这个地下城堡给你，让它作为你的秘密花园和修行道场，原谅我用'道场'这样宗教化的词语。你心里其实也害怕，害怕你身上尚未被你父亲赎尽的魔鬼的气息感染到更多人，尤其不想感染到英武爷爷，他是继阿桑爷爷之后最照顾你的人，就像你的亲人一样。但是英武爷爷显然不这样想，他是嘴巴硬心软，如果他了解你的苦衷，一定会毫不犹豫做任何事，把你从魔鬼那里彻底赎回来。"

"那他也许会拆了这座地堡。"

"照你说，这是魔鬼制造的地堡。但是别忘了，你的父亲用了他全身大半的鲜血涂抹在你的身上，已经将你从魔鬼那里赎回来一大半，这个地堡肯定不全是魔鬼制造的，里面也有你父亲的很多心血，所以魔鬼无法控制你。"

杨骄睁大眼，全身颤抖："你真是鬼机灵，你怎么知道我父亲用鲜血……啊！不不，这只是一个传说，不是我的事情。"

丽塔微笑，看向外面的丽日、晴天，一切真实、万象历历，英武爷爷认准了她是救世主才什么都告诉她，加上她对杨骄的了解，许多朦胧的印象拼凑成必然的认知、情境。她这时候似乎真有救世主的感觉，苦笑道："是的，肯定是你的事情。这原因你听来可能很奇怪、唐突，但在我而言是真实的——这些天我们常在一起，你很放松，你甚至在我面前安详地午睡了，睡时有两次大叫地哭着说出：'父亲把一半灵魂出卖给魔鬼之后，逐渐大富大贵，但魔鬼一天天侵夺了他的家人、朋友的灵魂。于是有一天他后悔了，无比地后悔，想赎回灵魂。就算赎不回自己的灵魂，也要赎回朋友的灵魂；就算赎不回朋友的灵魂，也要赎回家人的灵魂；就算赎不回家人的灵魂，也要赎回他独生儿子的灵魂；魔鬼给他一次后悔的机会，那就是让他用自己的鲜血涂满他的独生儿子身体的每一寸地方。父亲毫不犹豫地照做了，几乎挤干了自己身体里的每一滴鲜血，最后却还差一点点地方无法涂满，他的伤口冒着血泡，却已无血可流，无法完全赎回他的孩子，终于痉挛着蜷曲成一团，痛苦地死去了。他的独生子，我，终于还是成了魔鬼的人质，并且在这个魔鬼的宫殿里长大。正由于父亲曾付出那么多血的代价，魔鬼不能完全控制我，我渴望着出去、出去、出去。一定。'"丽塔一边说，一边摇撼着杨骄的肩膀："看看，你把那么多人带进你真实的地堡，他们都以为是梦，而你在梦里，却说出了最可怕的真实，你需要的是走出去，真实的你和梦幻的你，一起走出去，走出这个辉煌灿烂的一个人的地下宫殿。你知道吗？梦魇会透露任何心灵的秘密，梦的真实会自然揭穿一切。当你走出幻梦，世界会给你公平、正义，赎回一切原属于你的。无论那有多么不美好，那都是一个真实的世界。"

"你……"杨骄虽然小，但已学会了用嘴角微笑，也学会了以冷漠的表情和话音对待别人，但是，他这个嗳喘的"你"字却是滚热的，一个字出口，他的眼泪就吧嗒吧嗒落下来，"真奇怪，好讨厌，我怎么老是在你面前哭？"

醒梦一如的改变

丽塔不好意思地摊摊手，递给他纸巾："没关系。如果想哭就哭个痛快，或许这是由于我们都迎来了新的改变。"然后她还给他讲了个《列子》里的《郑人失鹿》的故事，说的是：

郑国有位樵夫在山野砍柴，意外猎到一头受伤的鹿。他怕别人瞧见抢，就慌慌张张把死鹿藏在干涸的壕沟里，又用蕉叶盖上，于是兴高采烈回家。路上他高兴得不得了，就一边走一边唱着山歌述说这件事。唱道他梦到打到一头鹿，又将死鹿藏在何处。更糟的是他唱着唱着，竟把这事真当成了一个梦。

回家路上，樵夫的一个邻人听到了樵夫所唱的，相信了歌中所唱而去寻找。他将死鹿拖回家，得意地跟妻子说："刚才一个砍柴的人唱歌说梦到打死一头鹿，藏在壕沟里，我现在去找到了它，那个人做的梦竟是真的呢！好开心！"

妻子说："天下哪有这样的好事？我估计你是真打到的鹿吧？如果真有樵夫打死了鹿藏起来，怎会编成歌让你听了去找鹿？"

这人跟妻子辩了一阵之后自己也迷惑了，先是说："反正我得到了这只鹿，还管什么是他做梦还是我做梦呢？"后来又觉得肯定是自己本事大才能得到一头鹿，应该是自己先打到了鹿藏起来，然后才在梦中听到樵夫唱歌？于是始自释然，也编了一首歌快乐地讲述其事，开开心心地唱起来。

再说樵夫回到家里，夜里梦见他藏鹿的地方被人发现，将鹿拿走。又听到邻人唱歌说获鹿之事，赶紧回去找自己"梦中猎到的鹿"，没找到，于是去邻人家看，看到邻人家的死鹿毛色根本就是自己前日打死的，就跟邻人大吵起来。两个人为争鹿闹到了法官那里，各诉前情。

法官听了大觉可笑，对樵夫说："你猎鹿，唱鹿梦；再梦鹿，想得鹿。"又对邻人说："你得鹿，唱梦鹿；而你妻子偏说你猎鹿，该得鹿——一塌糊涂。"最后说："干脆你们两家平分这鹿吧。"

这个案子上报给郑庄公，庄公对宰相大笑："哈哈！真一半、梦一半，法官是真还是梦给人分鹿？"宰相说："真还是梦，无法辨别。重要的是公义，而这只有找黄帝与孔子。现在没有黄帝与孔子，谁还能辨别清楚呢？就照法官的判决就行了。"

杨骄听完故事，苦笑着说："你是在劝我耐心，等待法官裁判般等待一个可能到来的公平、正义、真实的世界吗？我不是等待者，而是活在当下者，在我身上发生的奇事比起这故事曲折离奇多了。但是现在，就让我在这个虚托邦先看看英武爷爷吧！我们只要相见，我不知道这会是怎样的相见，仅仅是 ——
见！一切皆会不同。"

盬石是量子武器制造原料

这天杨骄留在地堡深处的一处静室清修，丽塔想好了一套
说辞，准备把英武爷爷邀来了。

丽塔在去见英武爷爷之前要为杨骄带点东西回虚托邦（她
已经心心念念将杨骄的余让堡说成"虚托邦"了），所以去了趟
杨骄余让镇的房间。当她收拾日用品返回虚托邦时，惊讶地在
余让堡边缘看到，被杨骄视为父亲灵魂寓居之所的那株橘树开
出了淡色花朵，香氛缭绕，她不禁犹豫，是先去告诉杨骄这个
异象还是先去见英武爷爷呢？

又一想，还是先去见英武爷爷的好，反正这棵树放在这里
又不会跑，杨骄迟早会看到，他看到时还不知是喜是忧呢！

英武爷爷不在，据说是出去采草药了。

丽塔胸前的盬石忽冷忽热，正如她这时候的心情，并不很
情愿去做这件事情。

这盬石像是有生命似的，但它除了用温度变化感应佩戴者
的情绪之外，目前看来没什么用。

小镇虽小，亦有讲究处，譬如英武爷爷房前甚至有一座人
工湖，湖中有临水渐台，台旁有个小小池塘，在这里堪称奢

佻，池塘边又有亭子、草棚。丽塔杂七杂八想着最近的事，不觉在亭中一个条栏椅上坐下，放眼看着风景，倦意上涌，不觉睡着了。

恍恍惚惚最后堕入睡乡的时候，丽塔不自觉想到了盐石："你身上蕴藏着世界的秘密，从最大的到最小的秘密，你可不可以告诉我，我该怎样做，才能让英武爷爷和杨骄的关系亲密无间……"

她忽然想起来了，英武爷爷说过，盐石是制造量子武器的原料，还说了很多，难道语言蕴含的能量也能是一种"原料"？可以制造量子武器？

那能量是否在无尽局域、细化的时空中徘徊？是否像受困于 Web 3.0 的另一个世界？

她想着，迷惑着。记忆的语句掠过脑际，她似乎听到了亘古时空当中的回响，轰鸣着、召唤着，那是创世纪的回响吗？

梵高的靴子

人在渐台，心在何方？

当丽塔起念看看她在哪里时，恍然发现自己站在一个十字交叉的高速路路口。

车来车往中，她左看右看，怅惘不知所之，一动也不敢乱动。忽然，一辆大房车向她迎面撞来，吓得她赶紧侧挪了几步，却不料斜刺里一辆吉普车又猛地撞过来。

丽塔发出"啊"的惊叫。可是她似乎睡得太沉了，所以根本没有醒来的意思，而她在那一刻也似乎确信了，其实她是活在无比的真实当中，比所有的真实加起来再多一万倍真实的真实，心眼所见的真实，无比真实的一辆巨大军用吉普车，"唰"地越过了她的身体。

丽塔这一怔，手抚向自己的手臂、身体……那一切都是无比真实的实体。然而许多车又风驰电掣地驶来了，一直驶过了她的身体，在这里没有人能够看到她。而好玩的是，她也并不会被任何车辆撞伤。车流滚滚，一辆辆车越过了她的身体，但是她能感觉到她既是身体也是眼睛，是目光，终归是透明的目光，是一个没有外境可以伤害的透明人。

一开始丽塔还有点害怕，慢慢就感到好玩了，开始主动走进车流，仔细打量那一辆辆疾驶而过的车。

天空中落下一滴雨，这似乎是秋天，秋天的第一滴雨，稳稳地滴到了她的嘴唇。

丽塔伸出舌头舔着雨水，忽觉天色愈发暗下来了，然后那车流奔涌似乎有了实体的感应，没有车可以撞伤她，但是疾驶的车有如大风席卷而过，而她的身体是山谷，感应着风声发出轰鸣。

天空中传来隐约的雷声。丽塔感到了害怕，停住脚步。这时她看到街中有双红靴子，一种说不出的冲动使她奔过去，三两下就穿上了红靴子。那是很美的红靴子，绝不是梵高画的田野中农民穿的据说是可以"如罗马喷泉般开端希腊文明精神"的靴子，但是功能是一样的，融入它，或者"穿"上它，她就可以抵达怎么也想象不到的远方。

雷声越来越大了，丽塔还待奔逃，就见雷电轰鸣将近旁一座大厦迎头劈中，大火腾腾而起。丽塔意念才动，身体已经到了那大厦之巅。她好想让天风狂雨浇向大厦、扑灭大火，但是这番又无能为力，只能眼睁睁看着大火越烧越旺。

丽塔心中焦急，仰面向天，只见天空裂开一个巨大的黑色巨洞，洞口疾速旋转着。她又一闪念："这洞里有什么?"她身子一下子冉冉升起，随后就看到了怎样也想象不到的异景。

那是过去的一切，□□□□□□□□□（关于这过去完成时的经历，此处省去两万字）。

丽塔在经历过这一切之后，又将一切全都忘记了，而她，毕竟是活在现在时当中的，于是过去完成时的事情只是一个个豁开的口子，充满魅惑，由人设想。

我们只知道，丽塔进入黑色巨洞之后，游历了古往今来的好多历史场景，唯一没有去到的就是未来。在过去的一幕幕历史场景中，她亲身见证了曾经在书本上、想象中"看"见过的一切，第一视觉的一切。

第一视觉只是真实感的，是直接作用于视网膜的，就像杜尚将他之前的艺术定义成视网膜上的艺术，而他的艺术则是

"后视网膜的艺术"，那毕竟还是关涉视网膜的，这一个人／人类的视网膜所见的一切，就是丽塔所见的。

穿上艺术的红靴子游历历史时钟

丽塔根本无从想象，人类中一员的她，视野可以如此辽阔，所见的点点滴滴又是如此清晰。她看到了从秦皇汉武到唐宋元明清的市井生活，也看到了从宇宙洪荒到她置身的大地宁谧的当下，这一切的一切，真是从何说起。

于是，从起源说起，从历史时间的顺序说起吧：丽塔，在一座巨大的时钟底下，经历了所有，这一切只能最简略地说起。

设想宇宙大爆炸中地球诞生至今的五十亿年，简单按比例压缩成一年。用这样的标度一星期相当于实际中的一亿年，一秒钟相当于一百六十年。

从宇宙大爆炸起到太阳系诞生，已经过去了大约两年时间。地球是在第三年的一月份中形成的。

三四月份出现了蓝绿藻类这种古老单细胞生物。之后，生命在缓慢而不停顿地进化。九月份地球上出现了第一批有细胞核的大细胞，十月下旬有了多细胞生物。

到十一月底，植物和动物接管了大部分陆地，地球变得活跃起来。十二月十八日，恐龙出现了，这些不可一世的庞然大物仅仅在地球上称霸了一个星期。

除夕晚上十一时，北京人问世了。子夜前十分钟，尼安德特人出现在除夕的晚会上。现代人只是在新年到来前的五分钟才得以露面，而人类有文字记载的历史则开始于子夜前的三十秒钟。近代生活中的重大事件在旧年的最后数秒钟内一个接一个加快出现，子夜来临前的最后一秒钟内地球上的人口便增加了两倍。

地球诞生后大部分时间一直在抚育着生命，生命的诞生如斯厚重，而这厚重生命中很短一部分时间里的生命才具有高级生物的形式。

丽塔只是徘徊在这一秒钟内的最后一毫秒内，她看到了整个银河系的一千亿颗左右的恒星，而整个宇宙大约有一千亿个左右的银河系。这一毫秒所在的空间是无穷无尽的，一切端赖于她观看的视点，她不知道她是以怎样的身体在看，这红靴子带她去往无比遥远的远方，她的身体已与万事万物深深融为了一体。

假设出现生命体的概率是万亿分之一，那么依然会有百亿个行星上会有生命体出现，她穿着红靴子奔走在不同的星球上，可是，居然没有看到外星人……她顶多看到许多长得像最正常不过的地球人那样的人类走来走去。

丽塔看累了，看疲了，蹲下身子，只是凝神看着这双神奇的红靴子，忽然想把它脱下来。

但是请神容易送神难，丽塔费了九牛二虎之力，根本无力脱下靴子，直脱得眼冒金星，随后眼前直闪现出种种炫美而又单调的色块，当中是豁开的"拉链"——这是后现代主义画家纽曼的画，西方抽象表现主义之后的一位代表画家的古怪大作。

她不断地改变意念，然后不断地在不同历史时间的现场穿梭来去。那红靴子慢慢地似乎有了它自己的生命，当她对它发出命令的时候，有时候要越来越用力，越来越恶狠狠，仿佛不如此红靴子就不对她乖乖听命一般。

她明白了，就算她跑到世界的尽头，眼前也还是人类艺术的眼光辐射，她是被一个完全艺术化了的世界完完全全统治着的……而这红靴子，岂不是一个套牢在她脚上的诅咒吗？

"不行不行，不管这红靴子可以带我看到多么多的人间美景、异域风情、历史过往，我始终要活回我自己。"丽塔不管不顾地想着。

不知道费了多少工夫，当丽塔几乎差点要找一把斧头把红靴子砍下来之时，她"趁其不备"忽然用力，把一只红靴子脱了下来（说是趁其不备，是因为红靴子似乎也在暗中跟她角力，似乎有它的生命，而这生命，执着地不愿意离开她。她忽然发力，才脱下靴子，就像她被人抓住了脚，只能趁人家分神、没用力的时候，一下子蹬开别人）。

这时候，丽塔才发现，自己又回到了那个十字路口，依然是车来车往，而她置身其间，热闹无比，又孤寂无比，身边是那两个诡异的闪着幽光的红靴子。

想必梵高那双据海德格尔说是能够开端人类辉煌历史喷泉的烂靴子，也不过如此了吧！如此艺术，如此遥远，如此深沉，如此幻美，可见或者不可见的美，总之是美。她忽然又觉得那双红靴子毕竟是好美好美的，于是再一次呆呆望着它。

有鹽无鹽有言无言

"啊！我们终于见面了，我的主人。"空中飘起一阵熏风，花雨翩翩，高天上亮光闪闪，一个身着白纱的女子冉冉而落，"我是鹽石女神，你的守护神，听候你的差遣。"

丽塔看着这位女神："啊！鹽石女神，女神，神，你是个神啊！"

"是啊！我被囚困在鹽石当中一万年了，与人类出现在地球上的时间相等。"

"拜托！据说有人发现过几十万年前的人类化石好不好，作为神，你这个也不知道吗？"

"是的，一代代的地球人，一代代的毁灭与重生，还有几十亿年前的地球人呢！但是那太遥远了，一万年尚且太久，只争如此这般的朝夕，这无比无比真实的朝朝夕夕，这一个个朝夕连缀而成的一万年。懂了这一万年，你就懂得了亿万年。"

"你是一个外星人？"丽塔第一时间想起了自己的探索使命，

毫不迟疑就问出来。

"随着时间流逝，你会慢慢发现我是不是外星人。别忘了，鹽石女神是最神秘的女神，掌管着世间所有的秘密，秘密之为秘密，就是即使告诉了你，那也是秘密，你要是懂得了秘密，那秘密还是秘密吗？"

"我不要听玄而又玄的道理。告诉我，你为什么忽然出现见我。"

鹽石女神降落到了丽塔面前，她的模样是极美的，又带着一点俊极而雅的意味，多看几眼恍惚会感到她不是女人，但也不像男人，女人没有那么俊，男人没有那么雅，而那种俊雅又带着一种空灵至极的气息，让人一方面观之无厌，一方面越看越生虚无之情。

鹽石女神娓娓讲述起来："你是第一个能够脱下红靴子的人，你是一个勇士，我佩服勇士。

"一万年前，我在诸神之战中失败，被天神和魔神联手制服镇入了地球上的石头当中，化为一块凝聚所有石头能量的鹽石。每一千年内必须有人唤醒我，我才能延续生命。我发誓，将来谁把我唤醒，彻底唤醒，我就做他的仆人，为他做任何事情，这样过了两千年。但是一直没有人唤醒我，于是在接下来的两千年我发誓，谁把我唤醒，我就把他彻底毁灭，将他的身体、灵魂全部碾碎，永世不得重生。两千年很快过去，我又失望了，我重新发誓，要是谁唤醒我，我就把他复制到整个地球上去，让所有人都是他，他又是所有人，让他彻底统治地球。这两千年我依然失望了，于是在接下来的两千年我发誓，有谁将我唤醒，我将把这个人培养成神，与我一起对抗天神和魔神，直到打败所有的神，统治地球、统治宇宙。但是我还是失望，于是在又一个两千年我发誓，依然是——将来谁把我唤醒，我就做他的仆人，为他做任何事情。但是，我要拿走他身体里的一个秘密——因为人实在是最高贵、蕴藏无穷无尽秘密潜能的。你，是最后一个两千年内唤醒我的人。所以，我是你的仆人。"

丽塔呆呆望着她："什么叫拿走我身体里的一个秘密呢？我知道阑尾是秘密，扁桃体是秘密，它们都是身体的秘密器官，如同灵肉一体中多余的赘肉，没有什么用，但是对身体又都有着秘密的影响，譬如偶尔会痛那么一下，让你不胜其烦。你说的是什么秘密？"

"哈哈！你说话很有趣，看来由你唤醒我是一件幸事哦！我可不想拿走你的阑尾、扁桃体，只需要拿走你灵魂深处的一个秘密。或者你未来会知道这是什么秘密，或者永远不知道，那又有什么所谓？"

"好吧！我不再追问你这是什么秘密，但是你既然是我的仆人，那么我总是可以任意召唤你了，现在让我看看你的法力如何？"

"我有很多法力，譬如在你的视网膜上折叠时空，移山倒海、芥纳须弥，在任何一个时间点上主导平行宇宙的诞生与消亡，你看——"

丽塔只见鹽石女神的手中多了根手杖，只一指，她们置身的空间一下子"停顿"，所有的车辆都如电影银幕上的画面忽然定格。丽塔好奇地绕到不同车辆旁，拍拍这辆，敲敲那辆，忽又问："不对不对，这么多年就没有谁唤醒你，那么你是怎么一直存活的呢？"她对鹽石女神毫不客气，倒像是问小动物"存活"一般，这第一视觉真的极大开启了她的眼界。

唤醒生命之盐

"唤醒我的人每一千年都有，还常常不止一个，但是从来没有一个人能够抵御红靴子的诱惑——那是通向无尽未来的诱惑，最后还把它脱下来，而你做到了，所以，你是唯一彻底唤醒我的人。你要是能一直通过考验，我会把红靴子送给你，你就可以拥有金刚石一样看透一切的视觉。"

"这样啊……"丽塔暗想，看来鹽石女神自己也有问题，才会依赖于唤醒者的勇气。又想，何为知识？何为智慧？何为美丽？她很美，简直像美的化身拥有无尽诸神赋予的力量，像一个完全成长了的女性——女性的成长不是退行、退回到母神意识阶段，而是重整、超越父神意识，纠正其脱离完整性而与灵魂、精神隔离的方式。因为就算天神也是从具有母性／女性特质的大圆中诞生出来的，所以不能仅仅满足于让男人成为助手、帮手，而是要从母神意识处跃升、整合父神意识，干脆让女性成为文明的中心。鹽石女神需要的是智慧，直觉的智慧，基于爱而产生的智慧。这将是意识发展阶段更高的存有，从而扩展到更大的她我。她是这样，自己又何尝不是这样？

鹽石女神忽问："你在想什么？"

"你是神，难道不知道我在想什么？"

"不能，这世上再没有比人类的心灵更幽深神秘的了，我虽然是秘密女神，但总有我窥探不到的事情。尤其，你是个心灵力量很强大的女子，我更无法窥探到什么。"

丽塔在这凝固了的时空当中漫步，忽道："到底有多少种视觉？"

"大致来说，四种。"

"什么？我最多只听说过三种。而且我的头好痛，几乎想不起来有什么经历，但是我知道我经历了太多太多，那一定包括了四种视觉吧？！我要把每一种都记起来，还要把它们的关系理得清清楚楚。"

"是！但几乎都可以归结为第一种。而且相信我，任何一种都足够你耗费一生也无法明白，更别说四种视觉的关系了，就像第四类接触，你能懂吗？"

丽塔笑了，她一直搜寻外星人的存在，自然知道。能看见UFO，并且能被不同的人所证实，这种外星人的入侵叫作第一类接触。如果能有一些照片或者是视频、音频的证据，则被称作第二类接触。如果能进行一些简单的交流和沟通，则为第三类接触。那么第四类呢？又是什么样的呢？其实早在人类知晓以前，外星人就已经和人类进行了"第四类接触"，那是直接面对人类心灵的。史蒂文·斯皮尔伯格就执导过《第三类接触》，奥拉顿德·奥逊山米则导过《第四类接触》，但那是玄想，毕竟无人能懂。"好吧！作为学者不弄明白总是不安心的，但是你那么说，可见有多么难，我还是尽量忘掉这四种视觉的好。"

"最好忘掉。你如果实在想知道，我多少让你知道一点也好。"

"那我似乎该回去了。"

"不！你经历了史前洪荒和游历宇宙的一切，难道不想再经历一下人类创世、文化创世的一切吗？要知道，我是鹽石女神哦！一切语言、一切语言之鹽，都归我掌管。透过语言的眼睛，你可以看到一切，因为人类的历史精神建筑就建立在语言修辞学大厦的基础上，代代传承，控制达到呼吸和毛细血管，掌控了语言方式就掌控了一切。有如铁打的营盘流水的兵，一个人是无足轻重的，重要的是语言文化。世上的存在，都是为了一本书。一切书背后唯一的一本书，是听命于我的书，与死亡写在一起的书，现在这本书已经开始直接用数码书写，你可以看看这本书。想看吗？"

丽塔的脸红了，这真是太崭新的经验："好！何况，我总不能自杀了回去。据说一个人如果掉入了一个很深的梦的深渊里，只有自杀才会醒过来，要不然，就会永远在梦境中漂泊了。"

神话创世的宁静

于是，鹽石女神再次举起了手杖，丽塔看到周围的风景黯淡下去，唯有她自己的身体发光犹如水晶，抬眼就见夜色广袤深沉，越来越深下去。她低头，看到身体里也有个夜空，更加深沉的夜空。看久了，她似乎变成了一双眼睛，掉进了这深沉的夜色里。

丽塔看到了记忆的诞生。其实记忆本身并不真正地存在，除非它变成我们身体里的血液、眼神和神态，无名无状地和身体不可分离，才会出现一种情形，在一个罕见的时刻里，鹽石女神唤醒的第一个词从它们中间浮现，而后脱颖而出。那些词，都是关于人类诞生的原初历史的。

隐约的黑色轮廓中，丽塔看到永恒的时间之神克罗诺斯创造了一个蛋。这蛋是二元之性，雌雄联体，包含一切时空与万物之源。蛋裂开生出一个双体神——法涅斯，两肩生金翼，肋上长公牛头，上停有一龙神，呈现千变万化的野兽之形。然后夜神倪克斯把一个蛋放在黑暗神厄瑞波斯体内，这个蛋生出了爱神厄洛斯。

许多创世之蛋分裂，诸神的幢幢背影浮动……

众神创世与诸神之战永远是惨烈的，但是，但是……

这创世的过程如此平静，想必盘古诞生于鸡子当中也是如此吧。意念才到，她就看到了女娲与伏羲在空中缭绕，一枚巨蛋冉冉诞生于他们身后，蛋中的盘古神从孕育着的婴儿形象快速长大，然后快速劈着斧头了……

丽塔想着，心中发生至深的颤抖，因为她知道这是盬石女神在让她看，心眼的第二视觉到思维的第三视觉地看，平静地看，这看看来平静，但真是"观古今于须臾，抚四海于一瞬"。

人类神话与人境连成一片的所有，地球创世五十亿年的时间表盘，都可以在第一视觉与第二视觉的连接、转化中抵达终极，又在第三视觉的主导中化为再轻悄不过的一场戏剧般的连续场景。但是，什么是她说过的第四视觉呢？如果真的有。

前面一个背影踽踽独行，她不由得大声招呼背影停下，但是背影一言不发，仍然埋头疾走，而她心中迷茫，也有种说不出的动力促使她不断跟上。

她一路不知道问了多少问题，但是毫无回音。

最后丽塔嘶吼起来，背影似乎震动了，背影颤抖着，有琴声歌唱声从背影怀中传来。那是根据里尔克《致俄尔甫斯的十四行诗》改编的歌曲：

> 那里升起过一棵树。哦，纯粹的超升！
>
> 哦，俄尔甫斯在歌唱！哦，耳中的高树！

万物沉默。但即使在蓄意的沉默之中
也出现过新的开端，征兆和转折。

············

恍若一位少女，从歌唱到古琴
这和谐的幸福中间飘然而出
散发清辉透过她春天的面纱
把自己的眠床铺在我耳中。

············

地球和星辰，转向我们的存在？
你投入爱情，年轻人，这不是存在，
纵然你的歌声冲出歌喉——

学会忘却昔日的歌咏吧。它流逝。
在真理中歌唱是另一种气息。
一无所求的气息。神境的吹拂。一阵风。

············

切莫畏惧受苦，沉重之苦，
把这沉重归还给大地之重；
沉重是大山，沉重是大海。

甚至你们幼时手植的树木，
早已太沉重；你们不堪承载。
可是那微风……可是那空间……

…………

不要立墓碑。只需让玫瑰
年复一年为他开放。
因俄尔甫斯就是它。他的变形
在此者彼者之中。其他的名称

我们不该寻求。每逢歌声响起，
那就是他，一次即永恒。他来而复去。
若他有时超出玫瑰的花期，
逗留几天，那岂不是逾分？

哦，他必须消失，愿你们理解！
纵然他或许害怕自己消失。

一旦他的言语超越此间，

他已在彼处，非你们所能伴随。
古琴的弦栅未挤压他的手指。
他顺从于它，当他逾越之时。

⋯⋯⋯⋯⋯

融入一切眼中的景物；
他觉得蓝堇与芸香的魔幻
真实如最清晰的关联。

他验证的图像不可毁损；
任凭出自坟墓，或出自居室，
他赞美戒指、手镯和水罐。

⋯⋯⋯⋯⋯

谁曾在阴影之中。
拨动琴弦，
才可望有感而发
无限的赞美。

谁曾与死者分享
他们的罂粟，
就再也不会忘掉
最微妙的韵味。

纵然池塘的倒影
…………

一曲歌未了，世界黄昏。

歌声断断续续，她在奔跑当中有一刻似乎跑到了背影前面，瞥见那是一个英武男子的面容，但是转瞬间她又落后，只能看到背影。烟雾激荡当中，背影越来越多了，那像是一个大逃难，而且逃跑的不是众人，而是众神，因为他们戴着各式各样夸张的只能是神才能佩戴的盔甲，身形也大得出奇，越来越大越来越大，有如一尊尊云冈石窟中的大佛。

他们的脚下是火焰，火焰有越来越大的趋势，于是他们只是越来越鼓劲狂奔着。

前面男子的脚踝似乎被大火烧着了，烧成了灰烬，他发出巨大的嘶吼声，扭曲倒地，如同一只蛾子般被大火吞噬。

越来越多男子从脚底燃起大火，烧成了火把冲天而起，或者火舌吞吐不已……终于，许多阴影在大火中诞生，那是一个个人，人影，同样是背影，却循着不同的道路跑向四面八方。

丽塔确信她目睹了一次人类的创世，那是提坦神燃烧的灰烬中诞生的人类。那些人类之初的神祇在争夺神王的大战中一方溃败逃走，许多在剧烈的大火中烧死，死亡的躯体中宛如诞生了花朵，花朵再凋萎生出果实，果实一个个摇头晃脑，活生生的，像一个个映着朝霞的人参果。那，就是人类。

丽塔仍然不能不跑；只有在狂奔中她才能思考，这一幕幕不自觉与她脑中女娲创造人类的幻境连成了一体，同时，歌声不息。

那歌到了结尾：

> 谁曾与死者分享
> 他们的罂粟，
> 就再也不会忘掉
> 最微妙的韵味。
>
> 纵然池塘的倒影

层层叠叠的诸神之战

当"纵然池塘的倒影"唱出的时候，火停了，诸神毁灭了，比万王之王宙斯更强大的提坦神们的背影一个个都消失在了奔向四面八方的人影当中。

丽塔的耳中响起鹽石女神的声音："你看到了提坦神惨败的一幕幕，现在是癸干忒斯战争……"

丽塔待在当地，又看到无穷无尽的背影涌动，那是第二次诸神之战的败者们开始逃难了。癸干忒斯们一个个被烈火和雷霆袭击死去，大地轰隆，癸干忒斯的死灵们沉入地底，从此与硫黄、火焰、巨石为伴，永不见天日。

丽塔兀立于天地之间，没有神相伴，神都作为一个个背影远去了，要不然就是死了，甚至没有人，人都刚刚诞生、远离，离她不知道有几百万几千万光年。

深深的孤寂涌上心头，丽塔抱头哭起来，那哭泣是莫名其妙的，仿佛是为了哭而哭，却又是非哭不可。

哭了不知道多久，终于有一个唯一的神到来了，那是狄俄尼索斯，唯一会死的神，循环时间的绝对象征。

狄俄尼索斯的手中挥舞着一根闪耀着乌金色泽的手杖，他真的把丽塔当成了鹽石女神，奔到她面前就道："你终于来了，我就知道你会帮助我一直坐稳神界的宝座。"

"啊！是的，你是至高无上的神祇啊……不但是最高的，更是最始源的，最庇护人类的，是人类永远的统治者……"丽塔呢喃着，小心地以鹽石女神的口气应对着。

终于，丽塔接受了狄俄尼索斯的礼物，看着他缓缓转过身去，背影渐渐要隐没在淡蓝的光辉当中，她的手放到了胸前的鹽石项坠上，那项坠上陡然长出了一把同样闪着蓝光的锋利匕首。

丽塔不再犹豫，扑身上前，狠狠一刀，从背后把匕首牢牢插入了狄俄尼索斯的心脏。她狠攥着刀，那一刻，她似乎已不是她，而是悠悠远古爱琴海一个神庙里弑神的女祭司。狄俄尼索斯缓缓转过身，血从他的嘴里涌出……

丽塔喋喋不休地说着，似乎可以缓解她的紧张："是的，你是神，酒神是与俄尔甫斯这乐神一体两面的神，你——酒神，万物的荣枯归你掌管。春季人们祈祷，感谢你使得万物重生；夏季人们祈祷，感谢你带给人类欢乐；秋季人们祈祷，感谢你使得大地丰收；冬季人们还是祈祷，感谢你带给我们酒意微醺的温暖。人们永远在你的背后、你的影子里制造着欢庆盛典，但这背后都是对死亡的恐惧，再多的载歌载舞都是以欢乐对抗死亡的恐惧。还有，你在永恒轮回的时间里戏弄着人类，让他们祈祷、获得、失望、绝望、毁灭，一轮轮历史宿命论悲剧地循环而又循环。现在我杀了你，你、唯一会死的，会死而复生的神，将带给我们纯洁的新信仰——俄尔甫斯的信仰。是的，你会死而复生，但不会再死而复生在我们地球上了，我祝你远去、远去，让你的背影也永远消失，再也不要被我们看到。"

狄俄尼索斯扭曲着身体，看着她，口中喷着血，眼中也流着血："你好狠心！"

"我不是我，所以不存在我狠心。"丽塔刻意装出冷漠的神情，心中却是翻江倒海，她扬起了手，手罩在狄俄尼索斯头上。

狄俄尼索斯发出终极的狂吼:"你不是盬石女神。"

"是的,我不是。你能看到的,始终只是她的背影,我虽然面对着你,也是她的背影。"丽塔的手中发出毫光笼罩着狄俄尼索斯,他如灰尘般四分五裂,在迸射的光中消弭无踪。

俄尔甫斯教的神秘主义者

丽塔缓缓想起来了,她就是水神,是海神的女儿:德谟克拉!掌管着穹宇之下的水,所有的水,以及所有关于水的政治。

当德谟克拉的身躯在高天大地之上蔓延、成长、壮大之后,她化入了德谟克拉东、德谟克拉西、德谟克拉南、德谟克拉北……她是政治、经济、文化、生命的根源,她化入了欧律狄刻的身影,正跟她的丈夫俄尔甫斯在逃离冥府的路上。

这一切变化太快了,丽塔瞬间似乎可以让时间停驻,但她越是深深地凝目,越是看到她自己是欧律狄刻,逃亡、逃亡、逃亡,在人类历史的深处。欧律狄刻从古逃到今,一直在逃亡的路上,因为这本逃亡之书在反复地书写,就会反复地重演历史,古往今来的血与火、纠结与歌唱、痛苦与死亡,都在她逃亡的路上,但是她什么也不能看见。

> 迟滞调理的自然。因为当初那形象
> 只随谛听而动,当俄尔甫斯歌唱。

你当初还是从那时移来的舞者，
并略感诧异，当一棵大树

久久思忖：凭聆听与你同行。
你还知道那个位置——
琴声响起；闻所未闻的中心。

你为它尝试优美的舞步，
希望终将把步子和面孔
转向朋友极乐的庆典。
…………
唯其在双重境界
歌声才会变得
柔和而永恒。
…………
在如此充盈的今夜，你应是
感觉的十字路口的神力，
感觉奇异交遇的意义。

如若尘世将你遗忘，
对沉静的大地说：我流动。
对迅疾的流水言：我在。

那首歌又唱起来，一直不停。

丽塔脑中思绪翻飞，盐石女神莫非是俄尔甫斯教的信徒？所以盐石女神让她看到了这些神话与历史、诗歌与精神交织的一幕幕。会吗？

丽塔最后的知觉里，仿佛越过法涅斯的身影看见克罗诺斯远去的龙的背影……

是的，俄尔甫斯教认为最初的最初是时间神克罗诺斯，克罗诺斯是无实体的神祇，他以龙的化身降临，留下了三个后代……之后由最初的神法涅斯产生了地神盖亚和天神乌拉诺斯，每位神王被法涅斯赐予权杖，获传统治所有宇宙众神的权力。

法涅斯无所不在，无时不在，永恒而不可视，让万物出现于不在之外。他是万物的创造者，万物因他而变得可视。

看见指引走出虚托邦的虚在粒子

盐石女神的声音传来："你千万不要回头。拿出你更大的勇气，千万千万，否则你会变成一根盐柱。"盐石女神喋喋不休说了极多，但是丽塔偷偷想："红靴子带着我到处跑毕竟出离于我的自由选择，这是我归根结底会反抗的原因。她又要我听话了，有必要听仆人的话吗？回头看一下有什么问题呢？就看一眼吧！盐石女神神通广大，就算有什么事情，难道她还不能化解吗？"

无尽的幽冥中传来一个陌生男子的声音："看一看吧！就看一眼吧！你怎么知道带你出离幽冥的真的是俄尔甫斯呢？那是个妖魔或者魔神，甚至是被幽冥之神中途置换了的另一个人。凡事总要看清楚才能做决定，你只是看一看，有什么所谓？"

丽塔咬着牙，亦听到更深处传来的盐石女神提醒她不要回头的话音，脖子僵着，并不回头。

又有一个陌生男子的声音传来，那声音是沉雄、豪壮、坚实、有力的，有如超重低音混响着金属块撞击的声音："我就在你的身旁，是俄尔甫斯，你看看我是真的还是假的呢？"

丽塔眼前出现无穷无尽的背影，层层叠叠，而她与逃亡的俄尔甫斯也不过是奋力奔逃着的两个背影吧！

背影充满的空中忽然出现无尽涌动的兽形，狰狞而又狂野。"我就是永没有人能看见的法涅斯，既然任何人都看不见我，即使看见，也不是看见我的真身，那么你何妨看一看呢？现在，我已经完完全全侵入了俄尔甫斯的身体，你还是不看一看吗？"

"不不不不……"盐石女神的声音传来。

但是丽塔实在忍不住了，她这时候的记忆系统中充满了对俄尔甫斯的关切，终于回头向俄尔甫斯看去。

这一看，丽塔的视线就再不能离开。

这是一片苍苍茫茫的大海，海的形象，海的波涛，东方式的韵致一瞥之下就裹挟了她，她的身心都翻腾着，要坠入这片无际的海波当中。

丽塔想闭眼，那韵致却不断莫名翻腾、流转，荡尽了她的记忆。

这不是什么大海，而是一幅画，一幅横亘在莽莽苍苍大地上的画，画中有一个隐约的面孔，那面孔上充满坚实的毛，散发着说不出的野兽气息，面孔与画面其他部分深深融为一体。

画面的颗粒感掀动诡异的热风，辐射着无穷无尽神秘能量的粒子。

那面孔说话了："你已经看到了虚在的力量！虚在粒子将带你走出去，走出去……虚托邦不是为你准备的，天神与魔神也不会为你准备。它们都只会在你不再需要时才会来临，只会在你看见之后才会来临，但不是在你看见的时候来临，不是为了带你走出幽冥而来临，而是在你看见之后的失败时刻来临。"

鹽石女神的声音也传来了，幽幽咽咽，似断还续，充满了失望之感："你唤醒了我，但是你毕竟无法通过最后的考验，我不能带你升入更高的存在，从此，你要重新堕入人间了。"

丽塔想挪开眼睛的凝视，却无法做到，只见那浮在虚在粒子上的面孔转过了头去："哈哈哈哈哈哈。"面孔发出狂笑，不断地远离、远离、远离……在虚在粒子中远离，成为背影的远离，一直向遥远的海波深处去，直至消失。

"我再也撑不住了，讯息随时会断，记住，带上我的 Ω 手杖，好好生活，记得这话，暗语，好好生活，我爱你，创世，第一句话，第一句，我会暗中保佑……"鹽石女神没有来得及说出"你的"，丽塔眼前一片空茫，什么也看不见了。

丽塔慢慢地有了知觉，眼前是大片大片的盐柱，雪白、惨白、苍白……她自己是否也变成了一根盐柱呢？她勉力集中精神，这才发现自己是伏在亭中地下的大片白石上，她刚才看到的只是大理石上的形状和花纹。

丽塔撑起身体，就看到了身边的一根小小手杖。手杖真的好小，类同儿童玩具，嵌着银丝，头部金光闪闪洒满金粉，细看手工细致入微，似乎整个星空都图绘其中了，杖尾多的是彩虹出没的云蒸霞蔚，杖中则是许多连续的 Ω，全杖顶多两掌之长，还可以折叠。这就是鹽石女神送给自己的 Ω 手杖吗？

Ω 手杖与创世的第一句话

丽塔把自己的经历从头到尾想了一遍，如梦如幻。她摩挲着 Ω 手杖，不觉念叨起鹽石女神最后的那段话，那是创世的第一句话呢！

"我爱你"，当她说出这三个字的时候，忽然感觉什么不对劲了。

对了！静！

明明是有风声、蝉鸣、鸟叫、树叶披拂摇曳的声音的，这一刻所有的声音都消失无踪。周围的景物也都静而又静，一切，一切的一切，都宛如冻结在一块巨大的水晶当中。

丽塔明白了，鹽石女神的暗语就是"我爱你"，当她说出"我爱你"并抚摸到 Ω 手杖某个部位的时候，时间就会凝滞，而她，则可以趁机做很多事情了。语言语言语言语言语言……鹽石女神的唯一工作工具就是语言，语言的结晶，结晶的语言，这 Ω 手杖不知道又是怎样的鹽石结晶而成的呢？是语言让时间凝聚。

丽塔在这瞬恒的时空中漫步着，她看到了一群振翼而飞的小鸟在空气中保持着一动不动的姿态，蔚为奇景。

丽塔伸手碰触一只小麻雀，小麻雀触手间似乎"在空间中复活"，笔直坠落，她碰一只就坠落一只，而她如果对着小麻雀吹气，它们是没有任何反应的，她就像是吹气到镜中的事物，不会造成事物的任何改变。

丽塔一一触碰，许多小鸟掉到了地上，然后她轻轻拨弄着它们，它们就如宇宙空间中失重般飘来荡去。玩了一阵，她又感受到胸前的鹽石发出温暖的光辉，她知道这是她的快乐情绪影响到了鹽石。要是鹽石女神常常出现的话，总会有补救的机会吧?! 她想，难道自己跟俄尔甫斯一次触目的凝视，就再见不到鹽石女神了吗？没有那么恐怖吧？她现在不是也没有变成一根盐柱吗？于是她的心境愈发明朗起来，甚至在草地上翩翩起舞起来。

这一舞，丽塔才发现，在这片水晶式凝固的时空当中，她的体重轻盈无比，就像人在月球一般，可以一跃而上丈许的高墙。月球上的重力相当于地球上重力的六分之一，而这里的重力显然没有月球上那么小，顶多相当于地球上重力的一半，妙在那重力是可以调的，只要她略微起心动念，重力就会配合变化，使她跳得更高或更低，但最高高不过地球上原本的重力感，最低也低不到月球上那样，她高高低低地跃来跃去，重力配合由心，好玩极了。

抽象表现主义的未来即将发生

丽塔又想起了她跟英武爷爷在笔仙罩里问的卦了。

那是一段绵延时间中的问题和答案，而她现在所处的状态不知道算是在怎样的时空当中，如果去看看那个卦象倒也有趣，英武爷爷就算要阻止也阻止不了了。

丽塔脚一顿，就凌空飞去，晃晃悠悠，真的跑到了英武爷爷存放笔仙罩的所在，第一时间掀开了罩子，掀开罩子的时候她闭着眼睛："啊！神啊！赐给我一个好卦象吧！"

可是她失望了，心中念完了睁眼看，里面什么都没有，乱糟糟的笔痕，像是波洛克抽象表现主义的画作，无论怎么说微言大义，总是给人无以名状的第一印象。她自嘲地想，这或者是说，这里蕴藏着无限的可能性。

丽塔关上了罩子，叹着气，有时候世界多么神奇，譬如鹽石女神的出现，一切的一切，于是都找到了话语可以叙说。有时候世界又是多么无趣，她早就想到英武爷爷自以为是地跟她请笔仙不会有任何结果，这一看，哈哈，真的没有任何结果。

丽塔不甘心，说不定总有些什么玄秘的蛛丝马迹留下来了吧！于是她又一次掀开了罩子。啊！她惊呆了，这不是卦象是什么？

可这个否卦，意思是为小人所隔阂。这是不利于君子的卜占，事业也将由盛转衰。天地隔阂不能交感，万物咽窒不能畅茎，这是否卦的卦象。君子观此卦象，从而在国家政治否塞之时，应思隐居不仕，以崇尚俭约来躲避灾难，不要以利禄为荣。在邵雍河洛理数解卦看来，大往小来，闭塞不通；否极泰来，修德避难。这是大凶之卦。得此卦者，万物闭塞之象，上下不合，诸事不顺，凡事宜忍，须待时运好转而有为。

一时间，丽塔脊背发凉。她望向周围，一切安静，静而又静，屋中的风无声、窗外的鸟无声，远望可见的天空白云无声，原本感觉带着脆薄或深沉意味的阳光无声，宇宙中可见的不可见的光也似已被冻结。

她关上了笔仙罩，叹气，然后又是一种莫名的不甘，再次打开罩子，哎呀，这卦象又变了，里面是个屯卦，卦中有春木更新之象，艰难险阻之意，算是先坏而好的卦，不那么凶了。

丽塔精神一振，再次合上笔仙罩，然后念叨着"给我个好卦吧"！打开，一看，是个讼卦，卦中有背道而驰之象，无端起讼之意，还是不好。再试，是师卦，地势临渊之象，以寡服众之意；小畜卦，密云无雨之象，蓄养实力之意，都有不好之意。履卦、蛊卦、遁卦、睽卦……有些卦不那么凶，但也怎么都看不出什么吉兆来。

随后丽塔连续两次揭开笔仙罩，看到的都是蒙卦。她对天意似有所悟了，蒙卦的卦辞是："亨。匪我求童蒙，童蒙求我。初筮告，再三渎，渎则不告。利贞。"意思是：不是我有求于幼稚愚昧的人，而是幼稚愚昧的人有求于我。第一次占筮，神灵告诉了他。轻慢不敬地再三占筮，神灵就不会告诉他。但还是吉利的卜问。

《象辞》说：上卦为艮，象征山；下卦为坎，象征泉。山下有泉，泉水喷涌而出，这是蒙卦的卦象。君子观此卦象，取法于一往无前的山泉，从而以果敢坚毅的行动来培养自身的品德。

《彖》曰：蒙，山下有险，险而止，蒙。"蒙，亨"，以亨行时中也。"匪我求童蒙，童蒙求我"，志应也。"初筮告"，以刚中也。"再三渎，渎则不告"，渎蒙也。蒙以养正，圣功也。

再看，井卦，珠藏深渊之象，井井有条之意是小凶无碍……丽塔还想继续看下去，但那井卦泛着幽幽的光，光芒越来越大，耀在她脸上，她忽然感到疲倦了。

那份倦意几乎是一下子袭来，她还来不及想到"哎呀，我怎么困了"，眼皮儿就不由自主地耷拉下，很快睡着了。

丽塔看到自己置身于一个漆黑的空间，上下四方，全是黑，只有她自己还带着一点点磷光。她就像一个星光体在无尽的黑暗中漫步，不禁杂念纷呈，想着："难道我不是死去了吗？在正常的时空当中睡去会做连续的梦，而在凝固的时间中睡去又会做怎样的梦呢?!"

遇见未知的自己——芙图

一切无从理解。就像《聊斋志异·章阿端》讲的，人死了变成鬼，鬼死了变成聻。死亡与睡眠岂不是有着如此紧密相连的关系？分分秒秒，你永远不知道自己在怎样地死亡，也不知道自己在怎样地睡去。

丽塔勉力平静心情，抚摸着这黑暗的轮廓，探查着自己闪着幽幽光明的身体。正当不知所措的时候，远方似发出一道幽光，她抬头就看到一道背影，向她缓缓背行而来，那背影就好像夏夜里的萤火虫，一闪一闪，但由远而近，越闪轮廓越大，闪到了她的眼前。她看到那是一个女子的身形，啊，岂不是盬石女神又来了吗？

那背影已经到了她的眼前，看起来真跟盬石女神有几分相似，但是当那背影忽然转过来的时候，她吓了一大跳。那不是盬石女神，也不是任何人，而是她自己，是跟她长得一模一样的自己："你是谁？我怎么看你长得跟我一模一样，我好像没有双胞胎姐妹。"她全身战栗，故意带点开玩笑的语气，心里边会好受一点。

"我只是一块鹽石，受鹽石女神所托来看你的。你刚才差点就犯了大错，要是你继续看下去的话，那个笔仙罩会发出强光耀瞎你的眼睛；要是你运气更不好，它还可能爆炸，把你炸得死于非命，死得彻彻底底，永远也回不去。"那个"丽塔"说。

丽塔道："哦，我可没有想到有这么可怕的后果。鹽石女神为什么自己不来，要你来救我呢？鹽石女神真伟大，她已经带我看尽了所有的过去到现在的一切，据说，据说我是都看过了，都经验了，都感受了，但还是想不到，她又能从未来送一个我来跟我自己相遇，她待我还真是不薄啊！"

"上次你若不是看了俄尔甫斯的脸孔，早就已经跟鹽石女神进入了无穷无尽未来的永恒世界了，但是现在你还凝固在这时间的碎片当中不能自己，居然还暗暗得意，以为自己占尽了世界的便宜，世上没有比你更愚蠢的人了。"那个未来的她毫不客气地骂她。

丽塔有点脸红："我觉得现在很好啊，我可以随意让时间停下来，好好看看这个纷繁复杂的世界，我不知道有多少事情可以做，这有什么不好啊?！"

"傻瓜啊傻瓜，不知道多少人渴求着永恒之境，一生一世的追求，就是希望能跟鹽石女神永远地待在一起，可是你却轻轻地放过了，就为了你那个愚蠢的好奇心，你要看那么一眼，你为什么要看那么一眼呢？你多看了一眼就在这世界上多停留了不知道多少多少年。愚蠢啊愚蠢……"

"不管我有多么蠢，现在看来还好，你是未来的我，你可以随时跟我说话，那么我岂不是能够未卜先知，在任何时刻都能够立于不败之地吗？"

"你还真是个贪心的人啊，要真有这么容易的话，盐石女神也可以随时陪伴在你身边，帮助你逢凶化吉、遇难成祥了，但那是不可能的。盐石女神本来是零动力的主人，可以跳动永劫轮舞，驱动宇宙能量随时归零或运用，掌控时间和空间，甚至破坏时空、驱转群星，但现在她却还是深陷地底，不知道费了多少工夫才能勉强把我用量子纠缠的方式传送到你这里，跟你对话，帮助你。

"其实，就算你面对未来，创造未来，活在未来，甚至遇见未来的你自己，你也未必能够在当下活得很好。'过去心不可得，现在心不可得，未来心不可得'，你以为你看见一个未来的幻影就能够比其他人活得更好吗？！你以为你占了一点小便宜，哪里知道你吃了大亏，譬如那个 Ω 手杖吧，你发挥的功能不到它实际可以发挥的千万分之一，你居然还在这里自鸣得意。"

"可是你是我啊，你是我，我也是你，有什么我不明白的，你告诉我，我岂不是就能跟你一样明白未来发生的一切了吗？"

那个丽塔说："我不知道，真的不知道，我虽然是未来的你，但是我只是深深地、永久地、长长地、无比安谧宁静轻松自然地跟盐石女神待在一起，永不分离，我根本都记不得在很久很久的以前，在我身上发生过些什么事了。我甚至也不记得你是怎样一个人，只因为盐石女神说到你马上要遭遇大难，担心你死于非命，这才特别把我从亿万光年的远方发送到你面前！这已经耗尽了她仅存的一点能量，她再也不能像以前那样出现在你的梦境里。她跟天神与魔神之间持续永久的战争，已经进行了亿万斯年。"

"你总有名字吧？你是未来的我，你也叫丽塔吗？"

那个丽塔半开玩笑说："你可以叫我贾丽塔，哈哈……不，你还是叫我浮图吧！是河出图、洛出书的浮图，不是宝塔意思的浮屠。夹岸芙蓉盛开，河中宝图浮现，浮图浮屠芙图，嗯，我的名字更好听，芙图。当然，我们都有同一个姓：诗！即使在最糟糕的时刻，你信仰，就会遇到诗，那就是爱与未来时的我，是厄洛斯、是弥赛亚……"

"浮图浮屠浮图浮屠……"丽塔念着，想着，不由得痴了。

预言性的艺术与艺术的预言性

"无穷的国家，无尽的民族，所有的人类，他们都会一心一意、虔敬无比地崇拜盐石女神……但是这个盐石女神却被绑架了，你需要去救她。她曾经被天神、魔神都绑架过，也曾万万年被封印在时间深处，无尽漂流。这回你唤醒了她，却不能抵挡看俄尔甫斯一眼的诱惑，导致你跟她都只能被……绑架……"

丽塔很多话听不大明白，却问："好吧！但是请最后回答我，为什么我每一次看那笔仙罩里的卦象都不一样，甚至第一次看到的还是波洛克的抽象表现主义绘画的样子？"

"哎！小傻瓜，要不是知道你就是我，我就是你的话，我才不想跟你多说，亏你还是学艺术的，你知道吗？就像毕加索的立体主义一样，你从一个角度看过去，它可以是这个样子，也可以是那个样子，因为同一个物体不同的面向可以同时展现在同一个平面上，吸引你的眼光，而那都是合理的。不从艺术革新意义看，而是看对时代的影射，那证明着毕加索时代量子物理学发展的最新成就。你要看明白物质到底是什么样子的，这有赖于你观察的眼光，当你的眼光触及物质波的时候，量子叠加态坍缩，你就观察到了一种样态，毕加索的贡献之一就是让人类记住了这种观察的神奇，所以他成功了。

"而到了抽象表现主义之后，你从一个面上，可以看到的是更大的无穷无尽的空间和可能，人类的艺术与科学又都进步了，都在其中有着微妙反映。至于你首先看到的是波洛克的抽象表现主义画作，而不是毕加索的《格尔尼卡》，或者杜尚的《下楼梯的女人》，那只是由于刚好你面对的是一个更大更好更多可能性的空间，毕竟抽象表现主义比之立体主义、未来主义又有所进步。"

"我弄不懂为什么这些世界名画会跟我们美瓷国的五行八卦产生联系，它们都是一种奇妙的预言吗？"

"语言的语言是诗，是基因语言的诗，是人类身体人类集体无意识身体的诗。所以，它们当然首先以预言的形式存在，预言美瓷国的兴衰存亡，预言一个个具体而微的命运个体的未来。你，既然是救世主，自然是循着预言的道路成长的，也就是诗的道路、彻底基因语言化了的诗的成长道路。艺术的预言性，预言性的艺术，是诗，它们，统治着人类。"

影子宇宙在抢掠人类的灵魂

啊！会是吗？会是吗？丽塔看着来自未来的自己——浮图，不！芙图，诗丽塔，诗芙图，多么棒的名字！"是的，人类的艺术本质上是预言性的，而这个预言已经庞大到无法理解了。你，是我的未来；我，是你的过去。这中间隔着多少预言，多少未知……"她喃喃自语着。她不断说下去，仿佛她不说的话，就会由于窒息而死去。

芙图带着坏笑："心理学家们有时候会安慰别人说，遇到未知的自己就好，因为遇到未知的自己就算不能未卜先知，至少也能把当下的一切看得更清楚。可惜啊可惜，很多时候他们落入了叶公好龙的老套，在艺术的世界里，人们就算遇到了未知的自己，还是什么也看不分明。"

"然则苏格拉底的名言，未经反思的人生不值得过……这，岂不是成了一句废话吗？我讨厌所有自以为是的哲学家，他们在久历千辛万苦后得出一个体系、一种声音、什么图像之后，却怀疑起原初，譬如，谁能懂得何谓反思？可是这所谓'反思'的千言万语也就这样嘀嘀咕咕地顺着话茬儿、天天月月年年千秋万载地讲述。人生空虚论看来是越来越得人心了。"

"不！你会做成一些事情的，你也必须要有足够的反思，否则你会死去，毫无尊严地死去。你的身体不是一直感觉不舒服吗？"

"是啊！"

"那是一个影子宇宙在抢掠你的灵魂，在杀戮你的身体，你一天天步向死亡的危境却一无所知，因为你在被不断地追杀着，只是你不知道。"

"如果你说的是时间在消磨着每一个人的话，那么这是每一个人都命定面对的，没有什么好说啊。"

"当然不是。是影子宇宙派出了杀手追杀你，你的身体就是战场，所以你的身体最近很不好，扁桃体炎、阑尾炎还算小事了，病好了是你的胜利，看不见的胜利。而你当然也有很多失败，譬如你的身体每况愈下，再不觉察到影子宇宙杀手的存在，主动做点什么去迎战或者逃避，你总有一天会被杀死，无声无息地被杀死，尽管你是世界的救世主。你每晚的噩梦，其中的纷争、血腥、残暴、阴谋、恐怖、毒害……一切的一切，都跟你的身体在躲避影子宇宙的杀手有关。"

救世主的病痛身体秘密

"救世主？英武爷爷也这么说，我这么病兮兮的身体，惨兮兮的人生，居然会是什么救世主？哎哟，我的胆囊好像又有点痛了。"

"这是你的心理作用吧？疑神疑鬼的就感到好像痛起来，其实……"

"其实什么？"

"这是一个关于你身体的秘密，你早晚会知道，但不是现在。所有的秘密最后都会落到身体上，是身体在受苦、欢乐、损耗、滋养、焦虑……身体是你所有秘密诚实的反应，是不会说谎的。好了，我该离去了，千万不要再去看那个卦象。所有人类都在无穷无尽的眼睛凝视下活着，操控的、研判的、暗示的、压迫的……属于魔神的眼睛太多太多，你活着的每分每秒，都在魔神眼睛的凝视下生活，但是那不是真实的生活，真实的生活是属于艺术眼睛的凝视。当你的视觉还不够强大，那你需要在外面找到艺术眼睛。很好，你遇到了英武爷爷，遇到了种种吉祥的预兆，那是艺术眼睛的卦象，它引导着你走向你的救赎和成功，但是你必须要无条件地信任。我们都在帮你，你不知道我们为了你不被杀手杀死费了多少工夫，为了给你一双艺术眼睛的凝视……"

"那么你们是谁？"

"引导你一步步成为活生生的救世主的人。我还是指点你一个使用 Ω 手杖的小技巧吧！只要你摁住 Ω 手杖中心的 Ω 纹路，心中念叨'永恒的宁静'，Ω 手杖就会放出虚在粒子的光照，让你看见事物的本质。其他的一切，需要你自己探索、自己成长，没有人能够帮你。现在，我该离去。"芙图的脸孔忽然消失了，丽塔又看到了她的后脑勺，然后就看到她的背影如同电子跃迁般闪动着离去。

"哼！我偏要再打开笔仙罩看看。"

"你不会的。"芙图的声音远远传来，带着点儿嘲弄。芙图已经是一个淡淡的虚影了，再一闪，就消失了。

"停一停。"丽塔大叫起来，伸出手，但是伸向的虚空无比黑暗。内与外的黑暗一瞬间强有力地交汇了，她似乎跌入了宇宙黑洞。

在罗斯科等的画意中品味永恒宁静

"啊"的一声，丽塔醒了过来，醒在了笔仙罩前。她一跃而起，想再度打开笔仙罩看看，但是意念才起就想起芙图的叮嘱，手就伸不出去了。

这是梦吗？丽塔问自己。不管是不是梦，丽塔的性格决定了她不会随便听一个梦中人的话，她貌相羸弱、没啥成就，但性格外柔内刚，有种我行我素的劲头。照理说她该再次掀开笔仙罩了，可是这手居然真的再也伸不出去。刚才这么一下打断，她已经不再有打开的冲动了，可怪！

她想起了芙图说的使用 Ω 手杖的技巧，真的摁住 Ω 手杖中心的 Ω 纹路，默默念叨"永恒的宁静"。Ω 手杖放出虚在透亮的光，光的粒子、粒子的光交缠交汇，她一下子似乎融入了光中，然后不禁欢呼起来，原来看见事物的本质是这么回事。

丽塔看到她眼前一片虚在的光屏上显出好多跳跃的数据，那是凝固时间的钟面，翘曲空间的曲率。她可以看到这个"时间切片"中的各项物理数据，她有如置身于一个鸡蛋壳当中的小鸡雏，看到周围如日落黄昏般的淡金色光照，那光照并不强，温煦无比，间中有着隐约的文字，明明是最新的关乎时空的数据，但在一种有如梵音缭绕的光感当中，许多光色叠成色块浮动在她眼前，她只觉充满了宗教性的崇高气息。

丽塔想起她脱那红靴子时眼中只闪现种种炫美而又单调的色块的情景了，那是一种崇高感，是后现代哲学家利奥塔解释画家纽曼的画的概念，与广袤的世界之光的漫射有关。

而现在她感受到的是另一种崇高感，是罗斯科的画带来的"崇高"，更多现世的宗教意味，那是盬石女神的神性穿透过的现象吧！

纯粹的话语能量结晶成为生命之盐，庇护着她在一个凝固的时空中重新看待这忽然另类明晰起来的世界。

丽塔很快明白了，看见事物的本质就是看见事物的属性、可能，与万事万物的联系。在这虚在之光中，她看到房间里的桌子、椅子、壁画、窗帘、凝固的风，太多事物的数据。譬如桌子是栎属，一种红橡树所制，那是庄子笔下传说千年的栎树（谁说栎树没有用？有的栎树是只有树于无所有之乡，供人诗意栖居，有的栎树不材为斧斤所凿之器，但总有栎树是可以材堪为器的，庄子只是随便举了个栎树的例子，却使后世很多人误会栎树就是无材可用的树木，绝对是一桩冤案）。它也是西方与战争的荣誉、生命的尊严、傲岸的精神联系的橡树，譬如德意志民族就极其看重它象征的意涵，将其形象用在铁十字勋章上。

测不准的人类知识本质与物质波

这张桌子的木材是栎属的一种红橡树，属于山毛榉目壳斗科，拉丁学名是 *Quercus L.*，是双子叶植物纲，是当今世界约三百种栎树中的一种，分布于北温带和热带高山上，为重要林木之一，是常绿乔木。细看那片嘘托邦空间，她可以看出有关它的果实、花朵、用途等的更多文字或数据，对于族类、种属、生存状态可以无穷无尽地了解下去，但又绝对能弄懂当下之物的属性，譬如这张桌子适合用于制造酒桶，是常见的二十多种栎树之一。

一张桌子尚且如此，其他的可想而知，丽塔一时如小孩子"徜徉在知识的海洋"……她好奇地东看西看，意念瞬发，眼前就出现所见之物的相关知识，比之百度、Google 搜索引擎的图片、文字搜索快和繁复多了，看得不亦乐乎。她好似活了这么多年，才第一次看清这个世界原来有多么浩渺、幻美、充满灵性和无边无际的可能。

许多信息都在罗斯科式的色块中一一展示，她看之不厌，良久才想起该看看笔仙罩里的情况了。

这时的笔仙罩是关闭的，那道穿透一切事物本质的虚在之光投射向它，丽塔"啊"的一声，她看到的却是一片惨白，再怎么看也看不清里面到底有些什么。实在要努力看的话，她只会看到如同小汉斯·霍尔拜因的名画《大使们》一样的画中幻境，看到一个流动的、扭曲的、投射着诡异颜料之光的骷髅。她愈发用力地看，但是 Ω 手杖再怎样催动虚在粒子的光，依然无法穿透这个可怕的骷髅。最后她想掀开笔仙罩看，但却又打不起精神了。"很奇怪！我还是听芙图的话吧！其实打不打开罩子看，都是这么回事了，无法理解的只是这其中的卦象，打开了也是一样看不到什么，反而开罪了未来的自己了，唉！"丽塔自言自语着，终于放弃了。

丽塔始终不甘心，Ω 手杖能够揭示一切的本质，偏偏对这片罩中事物无法呈现。她不禁想，这大概就像拉康分析《大使们》的一套说法吧！那幅画画的是立体透视的歪像，揭示的是画中的邪恶真理，也就是死亡的循环路径，画的是虚空的静止生活的情景，一个断裂的嘘托邦片段，一个远离当下现实的背影，但是这个背影又是无比的重要，因为它属于丰满厚实的记忆，可以创生当下的泉源，直到人们看到另一个虚托邦 ——

对！"虚"托邦。

丽塔本来想到什么，想看什么周围事物的知识背景，Ω 手杖都能第一时间投射到罗斯科式的色块中让她看的，但这时候 Ω 手杖已经长久没有对她探索笔仙罩下的情景有所反应了，只忽然在一道红色色块中跳出一段文辞：

物质波（德布罗意波），是概率波，指空间中某点某时刻可能出现的概率，其中概率的大小受波动规律的支配。比如一个电子，如果是自由电子，那么它的波函数就是行波，就是说它有可能出现在空间中任何一点，每点概率相等。如果被束缚在氢原子里，并且处于基态，那么它出现在空间任何一点都有可能，但是在波尔半径处概率最大。对于你自己也一样，你也有可能出现在月球上，但是和你坐在电脑前的概率相比，是非常非常小的，以至于不可能看到这种情况。这些都是量子力学的基本概念，非常有趣。

也就是说，量子力学认为物质没有确定的位置，它表现出的宏观看起来的位置其实是对概率波函数的平均值。在不测量时，它出现在哪里都有可能；一旦测量，就得到它的平均值和确定的位置。

量子力学里，有些力学量，比如位置和动量，是不能同时测量的，因此不能得到一个物体准确的位置和动量，位置测量越准，动量越不准。这个叫不确定性原理，而即使不测量，它也存在。

丽塔明白了。"你是在对我说，我们观测这涉及预兆的事物本源，就是相当于观测预测未来的物质，譬如物质波吗？这倒是不确定性原理的一大重要发现……"她对着 Ω 手杖喃喃着，而 Ω 手杖的虚在之光敛藏了，似乎一枚蛋在用原初造物的营养物质拥裹着她，发生着富于生命力的律动，赞同着她这时候的推测，并用物质波的理论呼应着她。

时间重新流动的咒语

于是，丽塔不再打开笔仙罩了，轻轻一跃，从窗口跃出了英武爷爷的房间，继续在各地随意漫步着，不时抚摸着 Ω 手杖，喃喃自语"永恒的宁静"，观测着她仿佛初生开眼看见的新鲜无比的世界。

时间久了，丽塔才感到了可怕！哎呀！要返回原时空可怎么办啊？她回到亭中坐下，认真祈祷，但是良久脑中没有任何芙图的声音，鹽石女神的声音更是毫无反应。

丽塔愈加集中注意力祈祷，最后身上冒汗，鼻尖上的汗水甚至都急得滴了下来，脑中总算出现了一点嗡嗡声，其中似乎有芙图焦灼的呼唤，但是她什么也听不清。"哎！我爱你，我爱你……但是你怎么不爱我呢，爱我吧，我就爱你……"丽塔最后疲倦了，望着 Ω 手杖，絮絮叨叨起来。

丽塔发现，当她说着"爱我吧"的时候，胸前的鹽石格外灼热。于是她有动于中了，一边上上下下抚摩着 Ω 手杖，一边反复说着"爱我吧"。当她的手抚摩到 Ω 手杖底，嘴中正巧说到"爱我吧"的时候，周围的空间咯噔一下，一切又都活动起来，她看到了草地上被她拨弄了半天的鸟儿们冲天而起，风也呼啦啦地，格外响亮。啊！是这样……

丽塔反复操纵了一阵，总算彻底弄明白了。当她手摸 Ω 手杖头一块星区位置的时候说"我爱你"，时间会停止；当她手摸 Ω 手杖尾一抹流云说"爱我吧"的时候，时间会重新流动。

于是丽塔收起 Ω 手杖，伸伸腰，准备去找英武爷爷了，却不料近旁响起一声大喝："哎呀！你在这里啊！看我这老眼昏花的。"英武爷爷半走半跑地过来，眼底眉间都是疑惑。

丽塔一惊："我正想找你呢！你的样子好怪。"

"你你，我我，哎，莫非真的是我老了，还是你是一个女神仙？"嗫嚅了一阵，英武爷爷还是说了出来。

夏加尔画风式的空中飞翔

照英武爷爷说的，他刚刚从一条小路回来，就远远看到了丽塔，明明看到了她在亭子里，但转瞬间她就消失了，他走了几步定定神再看，她又出现在亭子里，如是者两三次，无怪乎英武爷爷怀疑是自己老眼昏花。

丽塔心中有数，这是她刚才让时间凝滞，然后又不断实验

Ω 手杖的用法时造成的视觉效果，于是说道："哪有此事？"

"以前我也遇到一些怪事，但现在不再碰到了，想不到，想不到……"

丽塔猜他口中的怪事多半是指以前杨骄用迷香将他迷倒，再带他去地堡，然后在那里有所经历后又把他送回去，使他从头到尾都以为在做梦，但回忆起来如真似幻的事情。她本来还想用别的法子让他跟杨骄改善关系的，这时候念头一动，决定换个法子了："不管你想不到的是什么，世上总有些我们无法想象的事情，先回房说话吧。"

二人进了英武爷爷的会客室。

两人说着话，丽塔不觉绕到了英武爷爷的背后，偷偷取出 Ω 手杖，手抚杖头星区，说了一声"我爱你"。顿时时空凝滞，英武爷爷正说话说到半截，戛然而止，一句话似乎冻在了空中，他的手也挥舞在半空不动了。

丽塔心中好笑，猫过去在英武爷爷身上轻轻一碰，他就像一个大面袋般瘫了下去，倒在丽塔怀中。

丽塔挟起了英武爷爷，轻轻一顿脚，她这时候身轻如燕，再次轻轻从窗户中穿了出去。她挟着他，就如夏加尔笔下的女子和男子一般，相拥相携着，翻翻滚滚着，直向杨骄的地下城堡所在的方向飞翔而去。

丽塔凝目，看向远天，远天处似乎也有一张夏加尔所绘的裸女背影图，但那也许只是凝滞了的浮云。她放空心中的疑思与遐想，心中如晴空万里般明朗，只是飞翔、飞翔、飞翔。

丽塔一路也遇到很多人、动物，一切的一切都凝滞在时间当中，一动不动。风停、树静，仿佛那一瞬间凝滞的声音在这凝滞空间中发出悠悠回声，渺茫不可捉寻。这水晶式凝滞的时空不是完全的静，丽塔一路行来，仿佛耳中充满了幽微的音乐。

丽塔走得有点累了，就把英武爷爷放下，正当她想找个地方歇歇脚，忽然看到了奇特的一幕——一片悄静的、凝滞的时空当中，一间茅舍旁的空中竟有几只飞鼠在静静滑行，细一看，是许多大大小小的蜜袋鼯。

她惊讶走近，看到它们眨巴着小眼睛，似乎看到了她，又似乎没有看到，眼神一律空空茫茫。她向其中一只蜜袋鼯伸出手，触到了它温温暖暖的身体，可是没有像她触到麻雀那样掉下去，而是支棱棱的一声过后消失了。

丽塔心中大奇，她赶紧追过去，伸手去碰，碰到一只消失一只，很快所有的蜜袋鼯竟都消失了。

丽塔玩玩闹闹，总算快到杨骄的地下城堡，却见两株二人合抱的胡杨树旁有一个身影，正是杨骄。只见他吹着笛子，笛音似有若无，动作也空灵迷幻，仿佛他不是在地球上吹笛子，而是漫步在宇宙真空中吹笛子。

丽塔停住脚，聆听着，这早就回荡于凝滞的宇宙空间中的音乐，仿佛正是杨骄的笛音，仅仅是听，就带给她一种无比的吸引力了，她要很费力才能使自己从这种要聆听到什么的热望中解脱出来。

丽塔摇晃着脑袋，走到杨骄面前，只见他吹动着笛子，身体、笛子、情韵，都似摇曳于不可见的光气，给她说不出的神圣感。他，也是这静止的宇宙空间中唯一会动的，怎么说呢？物体！就跟她开初看到的那些蜜袋鼯一样。

"喂！你在搞什么鬼？"丽塔在杨骄面前走来走去，但是杨骄似乎没有看到她，她终于忍不住了，伸手向杨骄碰去。她碰到的是杨骄的脸蛋，触手温暖，但只听一阵支棱棱的声音过去，杨骄也消失无踪。

是谁在让你活着或者梦游？

丽塔怀着满腹狐疑，移开一处隐秘的岩石，拖着英武爷爷进了地堡，又回身移动岩石，关上了"门"。紧走几步，丽塔就看到了杨骄，他趴在书桌上睡着了，笛子垂落在墙上。

丽塔一碰杨骄，他的身子一侧，没有意外地跌落。她赶紧扶住他，将他抱到了床上，又心念略动，顺手将英武爷爷放到了书桌上，按照杨骄睡觉的姿势一样摆好。

丽塔取出鹽石女神给的 Ω 手杖，抚摸着 Ω 手杖尾巴上的那抹云，念着"爱我吧"，顿时房间里一下子"动"起来，明明本身就很静的房间，这下子偏又给她极为"动"的感觉。

首先是杨骄叫起来："哎呀！"

丽塔首先道："看看！是谁来了？"

"丽塔姐姐！"

"还不止呢！看看！英武爷爷是不是跟以前一样来的？"

杨骄看到了英武爷爷："啊！刚才我在努力请他来，可是再也无法成功了，我也不知道怎么又成功了，我在做梦吗？我我我，我甚至不知道还能否送走他……"他的脸上满是惊喜。

丽塔把手伸到嘴唇边："嘘……"然后他们看到英武爷爷的身体抽动起来，终于缓慢地从桌上抬起头来。"啊！这里是哪里？哎呀！又是我曾经梦游到过的老地方啊！"

丽塔过去扶起他："这不是梦！你来了，这是完全真实的世界，但又是魔法的世界。"

"不，我还是当这是梦好，我痛恨魔法。"想不到英武爷爷这么说。

杨骄很能理解英武爷爷的心态："我的父亲死后，你就痛恨魔法，但是总不得不面对魔法的世界，我也知道你的研究，其实研究美瓷国的玄学不也是研究魔法吗？这不过是换了个称呼。"

英武爷爷舒展着手臂："不同不同，大大不同。我国的玄学不玄，是天人之学，目的是让人做一个天人合一的男子汉，而魔法之道，是在逻各斯里打转，让人一不小心就转不出来，差别可大了。"

丽塔把英武爷爷拉到一边，悄悄说："就算是吧！在杨骄还是小孩子的时候，只管接受知识、运用知识，哪里懂得什么魔法不魔法、天人之学不天人之学，有那种区分反而坏事，每个人也都做过小孩子，那时候都不需要区分什么什么学，凡有所说，皆是虚妄，还是都一体同观的好。那时候你想杨骄要么跟你学，要么自生自灭，你选择了后者，结果错过了杨骄的教育。其实，魔法恐怕没有那么可怕……"丽塔一边说一边想，杨骄其实是被魔鬼教育长大的，英武爷爷错过了杨骄的教育倒也不意味着杨骄未受教育就长大了。

英武爷爷猛拍着头："你说得对。但是，这到底是什么地方？我为什么总是梦游过来？"他挥舞着手，"啊"地惊叫起来，原来手不觉挥到了墙上的一个图钉，掌缘划开了一个小伤口。

"少安毋躁，少安毋躁。"丽塔和杨骄异口同声说道。

杨骄随后道："这是魔法的世界，什么都可能发生。你当成是梦游最好，因为假如你不当成梦游，你就会堕入魔法的世界，正如量子叠加态的猫，你的观察会决定你是生还是死，何必选择死呢？就算死亡很给你真实存在感。但是想想是'谁'在让你活着或者梦游，是不是更真实？你，终归还是你自己。"

英武爷爷点着头："你说得对。"

杨骄使了个眼色，丽塔吐了吐舌头，走了出去，让他们交谈。

英武爷爷永恒沉睡的梦

丽塔待了一阵，正有点不耐烦，只听屋内传来一阵呜呜咽咽的哭声，从门缝里一望，只见杨骄和英武爷爷正抱头痛哭呢！

再过了一阵，他们打开门让丽塔进去，丽塔可以感觉到房间里的气氛温馨而洵和，再舒服不过，显然他俩已经亲密无间了。

看他俩似乎有说不完的话，丽塔偷偷绕到他们身后，手按Ω手杖上的那个星区，说出了"我爱你"，顿时时空凝滞。

丽塔将英武爷爷送回了原地，一路没有别的事情发生。

等丽塔再让时空流动，英武爷爷在她身前醒过来，一个急转身说道："我刚才好像做了一个梦，一个怪诞到无法想象的梦。"

"是吗？"

"我到了那个地方，那个曾经梦游到过的地方……"英武爷爷一口气讲完了他的经历，"你也在那里，你本来从不在那里的，可是现在你在那里。你，真是天书上说的，一个神奇的救世主……"

"我好奇怪，你为什么执意认为那是梦游，而不是刚才真的去了呢？"

英武挠着头，忽然瞥见了自己的伤手，不禁哎呀一声："看，我的手掌上还有划痕。我记得是在那里划伤的，莫非，这真不是梦游？"

"你真要觉得是梦游，也无不可。"

"我还是当梦游好了，因为我的视觉力量还不够强大，非礼勿视，非礼勿听，如果实在是看了、听了，而又是非礼的，唯一的结局是在魔法世界中死亡，我随时可死，步步求生，我，不愿意死。据说人类可以在多重视觉世界中进步，受点伤也是由于梦，不是由于现实。你知道一个人如果梦见手受伤，手就会受伤的，对不对？"

"看来你很愿意当一切是梦，所以明明手上有伤也不愿意相信不是梦游。"

"讲真，如果你可以带我修行，那么，醒的世界和梦的世界就可以是一体了。毕竟你是救世主，你所在的地方，就是最清醒的地方。"

丽塔没有想到会牵出英武爷爷这样一番话，这又让她想起夏老师说的多重视觉世界的进化之旅了，思之惘然："我也不懂这多重视觉世界，据说……"

她讲述了她对多重视觉世界的观感，但是并无新意，那种视觉经验和进化，是需要亲身经历、体验的。

好在有了 Ω 手杖之后，大量的本质知识时时涌现在眼前，一种简直是最自然不过的据说源自西方"现象学"的生活，这使丽塔对视觉有了不同的见解。

照她看来，视觉引领思维，从康德认识论的哥白尼式革命开始，实际上就是一种使用视觉词汇而进行的隐喻性表达，其中的深层逻辑正是由观看的视角性进而推进到认识的视角性。于此，方才有普遍怀疑的提出，也才有知识可能性的论证，因此才有现代哲学的开启。贯穿文艺复兴时期的大师的"透视法"

影响的不仅仅是画家，更影响到哥白尼、笛卡尔，及后续的一代代继承、改造人文主义精神的大师们，前现代、现代、后现代，所有混杂着的，一切。

而这一切，又似乎落入了更宏大、更灵活的人神交织的视角，并在无尽的背影中远去，有如诸神的黄昏，那残损的夕照，远去。

丽塔不会跟他深入探究这个问题，而救世主的说法，她也不置可否。

她想，每个人都是世界上的救世主，因为离开了每一个人，也就没有一个个具体而微的世界，所以拯救了一个个个人，也就拯救了世界，或许是吧！所以丽塔只是说："英武爷爷，你实在是太累了，多多休息吧！"然后她梦一样地走出了房间。

抽象表现主义的无穷无尽可能性

十天的准备时间快到了，丽塔又来到英武爷爷的会客室，杨骄也在，这时候他跟英武爷爷的关系又亲密无间了，这都是丽塔的功劳。

他们打开了笔仙罩，只见里面端端正正是一个泰卦：九三，无平不陂，无往不复，艰贞无咎。勿恤其孚，于食有福。

英武爷爷叫起来："你真是被神选中的人，看看！这个卦是对你最好的祝福了。"

"哎！是这样吗？如果我们早一点打开也是泰卦吗？"

"当然，既然已经写好的，怎么会变？难道你还以为我刻意骗你，作了弊骗你吗？"

"我可没有那样说。"丽塔微笑着，但是她深深知道，她曾经在凝滞的时间当中反复打开笔仙罩看过，里面是各种各样的卦，大多数是不好的卦象，这一切，全是真实的。原来，所谓真理真的与量子观测有关，你什么时候看，真理都是不同的。

丽塔抚摩着 Ω 手杖的中段，默默地在心里面念叨着"永恒的宁静"。随着她的念叨，一束虚在粒子从杖中漫射出来，笼罩了一片圆圆空间，跟在凝滞时空中看到的骷髅截然不同。

她居然又看到笔仙罩中的卦象的本质了，那里面根本没有什么泰卦，也没有其他的任何卦象，那里面只是一张波洛克的抽象表现主义的画作，昭示着这个世界无穷无尽的可能性与生成性，虽然浩茫无际，能够连接任何意义，却又不代表任何意义。艺术如果始终避免不了解谜游戏，那么她也始终想不到比起这样的抽象表现主义的谜底更好、更合理的解答了。

一时间丽塔感觉无趣，英武爷爷倒是兴致勃勃，又跟她议论了一阵这个泰卦，认为它预兆的大体意思是：

没有一马平川且一点斜坡也没有的土地，也没有一往无前而不返回的运动。在艰难中坚贞不渝就无过咎，不用担心收成的孚信，肯定会收获粮食来一饱口福的。正如一年中庄稼生长会有反复波折，要精心地去监临。只要在反复和挫折面前坚贞不渝地精心管理，就不用太担心，肯定会得到粮食的。他们所能达到的共识很多，最简单、纲要的大概是：《周易》的一个道理就是循环往复、物极必反，这也是矛盾的双方相互转化的规律。更多的共识深藏在他们仿佛无法彼此看透、亦无法向外看视的这苍茫世间。

"祝贺你！"英武爷爷说。

"看来，我们的运气会不错。谢谢你，我们得了这个卦，我会充满信心的。我告诉杨骄，杨骄肯定也会信心满满。看卦象我们必然要辛辛苦苦迎接挑战了。无论前途是吉还是凶，我们会认真面对。"丽塔啰啰嗦嗦地说，但她自己都好像不知道自己在说什么。

她哭了，她都不知道自己为什么哭。或许，是为了不可测命运的逼迫；或许，是为了必然的命运的挑战；或许，也为了命运的诡异、多变和浩茫。

"不用谢，祝你们顺利，我看好你们。这个卦，证明你是救世主，只有救世主才会在这凌乱的本来是手掌随意捉取笔杆写就的沙盘上，写下如此清晰的卦象。"英武爷爷不解地看着她，由衷地说。

一棵生命灵魂之树的"进化"

都说人要是开了眼，都会发现一些原本熟视无睹的事情改变了，譬如丽塔意外发现，那株杨骄精心照料的"橘树"原来不是橘树，而是桃金娘树。当她再一次在"永恒的宁静"中观看它，本想看看杨骄心心念念他父亲的灵魂在焉的树有什么稀奇的，想不到得到了这样的结论。

在 Ω 手杖显示的虚在粒子屏上，她看到丰富的显示，如桃金娘属于桃金娘科，属于灌木，夏日花开，绚丽多彩，灿若红霞，边开花边结果。成熟果可食，也可酿酒，是鸟类的天然食源，等等等等，这倒也罢了。

丽塔也回忆起她的过往，家族中人曾在桃金娘成熟的季节，顶着炎热的大太阳上山，摘那些紫黑色的桃金娘。

它们宛如许多可爱的紫黑色小铃铛，记得爷爷曾特意采摘了一些很大很漂亮的桃金娘回来，分给她吃，他的脸上满是慈祥的笑容。

小时候，丽塔自己也摘过桃金娘，边摘边吃，感到累了，就会寻某处树荫来休息，自然也是一边吹着山风一边吃。夏天山间的风，是很清凉的，不像城市里的，卷着一股热气，天空很蓝，万里无云，偶尔飘来一片，也是轻盈的白。

那时她能看见一两只山鹰在高空中一圈圈地盘旋，往往坐不了一会儿，就会感觉很凉快，以至于不想动了，躺在草地上，望着碧空，就那么望着，耳畔是风轻柔地吹着，像一首摇篮曲，一不小心就会睡过去。醒来后口渴的时候，就走到某条溪流，直接就捧着一把清甜的溪水送入口中，有时候也会把摘来的桃金娘放到水里泡着，就像拿井水泡西瓜那样，浸泡过的桃金娘非常好吃。

童年的记忆，就像一首无词的歌谣，回响在每个绵长的旧日子里，叫人念念不忘。

可是，可是啊可是，杨骄错认了，这倒也罢了，她当初怎么也会错认了呢？

在余让镇创造虚托邦

更神奇的是，照 Ω 手杖的虚在粒子屏显示，这株桃金娘树已经有一万年以上的岁数了，难道所有人、每一个人、人类的所有罪与纠结，都有这样深远的起源？想一想，她都不敢认真盯着粒子屏看它的实际岁数，因为那是一连串的数字，看着特别让她崩溃。

说起来桉树又名尤加利树，是桃金娘科桉属植物的总称。地球上一直有万年桉树，也有万年灌木，澳洲与欧亚大陆都有，澳洲尤多，这并不是很奇特的事情。还有，有些乔木、灌木是无性繁殖，只是不断繁殖母本，依然千万年繁衍生息。

真有万年树这回事，而且若是灌木的话，体量也未必一定巨大，但想不到这株桃金娘也是万年树，若不是 Ω 手杖的显示的话，很难使她相信。

丽塔告诉了杨骄这棵树不是橘树，而是桃金娘树，故意语意很委婉："我只是怀疑它属于桃金娘！"

想不到杨骄说："很奇怪，自从你来了之后，我发觉这棵橘树慢慢地在改变，叶子变了，原来是圆圆的叶片，后来越来越尖。我无数次梦到它开花结果，可是它真的开花结果了，只是样子跟我梦中所见不同。"

丽塔好笑："前半截话通，后半截话不通，梦里见到的是做不得准的。"

杨骄却道："谁说我们不是活在梦中呢？做梦反而更清醒。"

丽塔不跟他谈论哲学，只说："反正它应该不是橘树，而是——桃金娘树！"

杨骄若有所思地说："可能是吧！因为这两天我也怀疑它在越来越快地变了。镇子里有跟它长得像的树，你可以去看看。"

丽塔真的去看了，而且是借着 Ω 手杖的虚在粒子屏显示看了，那真的是桃金娘树，而且都是只有几十年的普通桃金娘树，虽然杨骄这株与它们看起来越来越像，但它们之间毕竟有着巨大的差别。

次日，丽塔将跟杨骄齐赴霍拉沙漠深处，去找大风族的大祭司巴珠。

行前，杨骄把桃金娘树交给了英武爷爷保管，看来他跟英武爷爷的关系已经真的改善好多了。

桃金娘树是一边开花一边结果的，这株照丽塔看来已经万年岁数的桃金娘树也不例外。所以他们都摘了一点桃金娘果吃着，酸酸甜甜的，好美！

丽塔相信，她在余让镇发现了虚托邦——或者也不是她发现了虚托邦，除非虚托邦让她发现，否则她怎么"发现"？那么是她创造了虚托邦，不！也不是她创造了虚托邦，她毕竟还是人，人怎能创造神物？她只是遇到了虚托邦。不不不……那也有问题，是谁安排救世主与虚托邦"相遇"呢？

但是不管怎么说，虚托邦已然在她心中。

然后，他们出发。

冰冷、不动、永恒的普罗神庙

有彩云的引荐信，他们很快见到了霍拉沙漠大风族的大祭司巴珠。

巴珠一听他们的来意就苦笑："那是不可能给你们看的，借给你们更是不可能的。上次那个女人，不但用圣物找人，而且后来又到村里看过了圣物，这在我们村庄里已经引起了轩然大波，甚至很多长老都怀疑圣物的神力是否消失或减弱，闹得人心惶惶。我们经过了很多努力，才又让村民们建立了对神物的信任感，怎么能够又让你们外人去看甚至带走呢？别想了。"

是的，那真是圣物！对于这些世世代代生活在沙漠深处的土著而言，他们整个生命寄托都在那小小的圣物身上，他们的一生一世与其说是围绕着祭师和头人在活着，还不如说是围绕着这个圣物、一个完全异己的他者而活着，只要有这个圣物在，那么这个村子就还有精神凝聚力，所有人都还感觉自己是这世界的一员。

这圣物是在村子边缘的一堆鸣沙附近，通常来说很难轻易靠近，虽然那里只有寥寥的几个守卫，但如果有谁轻易接近的话，就会有鸣沙丘轰鸣的声音示警，很快有人来捉住访客，而且人们一年中大多数时候都对圣物敬而远之，除非什么仪式公祭，所以这些守卫平时都比较懈怠，因为根本不会有谁刻意靠近。

这帮沙漠土著逐水草而居，但是沙漠里草很少，唯有出没无端的水，那水是来于一个一个大大小小的海子。沙漠中的海子有时候会忽然出现，忽然消失，一个晚上一个海子就可能忽然从地上消失，可能彻底消失，也可能转移到离原地几公里、十几公里甚至几十公里远的地方，大风族人就跟随这些海子生活。有时候，他们会求教于祭师、长者、各种巫术占卜等，以便及时找到新海子的位置，然后转移到海子附近生活。

在他们的传说中，沙漠底下是大海，而地球上的大海是紧紧联系在一起的，不同的海子就是不同的海眼，而他们都是在海眼的注视和祝福中生活。

天上的太阳周而复始，普照大地，几乎在全世界所有的民族那里，至高无上的神圣之物都是太阳。

除了太阳，似乎每一个民族崇拜的第二位的圣物就是月亮。但是对霍拉沙漠土著而言，他们崇拜的却不是月亮，而是海眼，或者说象征海眼的普罗神庙，因为只要那个海子出现的地方，就会出现普罗神庙，神庙永远伴随着海子出现或消失、消失或出现。

普罗神庙是一个冰冷、不动、永恒的建筑，影子一样的，伴随着那一泊游动的水出现或消失，那真是一件非常神奇的事情。沙漠传说的月亮泉或许迷离神秘，但是月亮泉所在的地方毕竟还是一个固定地，但是海子会不断变化位置，其出现没有规律，而普罗神庙总会出现在部落最常跟随的海子旁边，这也算是唯一的规律了吧！

在这些沙漠土著的心目当中，他们宁可相信正是由于他们自己把神庙看得这么重要，所以神庙才会时不时出现在海子的旁边。他们如果不再有这种对神庙的虔诚崇拜，那么什么事情也不会紧随着海子出现了。

丽塔是把 Ω 手杖随身带着的，可是她这时候发现，根本无法在霍拉沙漠中使 Ω 手杖发挥任何功能，芙图与盬石女神也再无联系。"唉，一个只有在余让镇才能发挥神性力量的救世主，在充满不可测危险'之间'的霍拉沙漠，就什么力量也发挥不出来。"她自嘲着。

群鬃鸣叫的死亡之域

一番申诉求告，他们又见到了族长桑结。

桑结居然也会说他所谓的"外面的语言"。他说："照我研究的结论看，我们神庙所在的空间是一个神奇海市蜃楼的空间，这个空间投射的不是地球上的景物，而是'平行地球'上的景物。在普罗神庙附近，这神奇的、连接不同空间的海市蜃楼会不定期自动开启，除了我们族中的人念诵着秘咒手执信符可以进出外，外人是无法进去的。而那信符，是亘古以来我们崇拜的神与我们立约之后赐给我们的，由大祭司代代相传，外人根本无法使用。但是它每一甲子，也就是六十年自动打开一次，在短暂的半小时内，进去出来是畅通无阻的。那天无巧不巧，正是普罗神庙附近海市蜃楼自动打开的时候，那个旅人就稀里糊涂撞进去了。但这次，可没有那么容易进去了。"

丽塔听着好玩："你还懂得平行地球？"

"我在外面大学拿了两个博士学位，一个是 Web 3.0 空间物理学，还有一个是……管理学！"

"哈哈哈哈。""哈哈哈哈。"丽塔和杨骄都笑起来。

当然，丽塔和杨骄还是坚持要进去，桑结便带他们去看沙漠上的五色沙丘。

这里的风很大，由于沙砾结构、地形有异，加上温差影响，只要人一靠近沙丘，沙丘就会产生鸣叫声，鸣沙丘名闻中外。

丽塔和杨骄来到神庙所在的沙漠环抱的沙丘附近，看出去只见黄绿青红白五座沙丘环绕着隐隐约约的庙宇。他们向沙丘走近了几步，只听沙丘就好像一组巨大的风铃，响声此起彼伏。

五种颜色的沙丘旁边，还有一个铁背鱼的石头雕塑，一大盆七星草，大祭司巴珠轻轻地道："铁背鱼和七星草是我们新加的，一共按遁甲分成生、伤、休、杜、景、死、惊、开八门，你们也可以进去，但是如果你不小心进了死门的话，那谁也帮不了你们，你们能不能退出来，我们也无法保证。"

丽塔看了半天那沙丘，沙丘毕竟是固定在当地的，而那大盆大盆的七星草和石头雕塑的铁背鱼也没有什么出奇："难道阵里隐藏着什么大风险吗？"

无人回答。

巴珠自顾自率领一帮人念起经来。仅仅是为了有人探索圣物的奥秘也是大不敬，他们在预为忏悔的祭祀。风沙漫漫，有如无尽奔马的群鬃，或者也叫仁明，就叫"仁明"吧！毕竟它们真是有着仁爱明察或者仁明勤断的看不见的大能的……

桑结给丽塔解释，这里叫马勒戈壁，就像马勒那善用半音阶的乐曲听起来总有自动回旋、上升的感觉，这里的风也是这样，似乎带着人上升……听他们念经了，他们念的居然是诸葛亮《阴符经注》："天垂象，圣人则之，推甲子，画八卦，考蓍龟，稽律历，则鬼神之情，阴阳之理，昭著乎象，无不尽矣。八卦之象，申而用之，六十甲子，转而用之，神出鬼入，万明一矣。"

她看着，想着，迷惑着：

是的！戈壁沙漠漠漠风沙如奔马，空中飘扬着大片大片的群鬃。它们是霍拉沙漠马勒戈壁上的最低级生命，集体生长着，它们投射着平行地球中的镜像，它们以空中的战争讯息与人性贪欲为生，它们生活在奏鸣亘古浩茫大风的蜗牛壳中，它们是这里沙漠土著人中的大小官僚与圣宠六翅金蝉的食物。

群鬃说起来极度重要，但其产生有时候又极为虚妄，只是一群马奔过时映射于风中的影子，或者比影子更虚无，更不可捉摸，就像空中幻出的、似有若无的风掠过狂沙的痕迹。

据说少数群鬃上附着权力意志和一种名叫法西斯结的饭团，那是奉养时间魔神的食物，但是没有人看得到，只知道群鬃可以不断进化，使得八阵图不断扩大，直到这八阵图变成一个巨大的肠胃和肚子。那是六翅金蝉的肚子，黑漆漆的，能够吞尽一切能量。

据说群鬃是可以进化的，但如何进化需要空中的权力意志部门决定，而这个部门又据说在宇宙中并不存在。

当所有人都凝视着这看起来天朗气清、图像历历、连每一颗沙砾每一点风痕都能看清的八阵图，仿佛看到了将群鬃装饰在脸上的大小官僚和无限分身的六翅金蝉，看到了权力意志和法西斯结们的大欢喜。因为所有的大小官僚和六翅金蝉都喜欢群鬃这种食物，但是群鬃直接吃不好吃，于是那空中的权力意志、法西斯结就成为他们最爱的美食。据说世界越真实，美食就越好吃，但是世界朝着虚无、虚幻、虚妄的方向发展，所以所有人都很无奈——有时候人们对群鬃爱恨交加，尤其害怕真相把群鬃带走，所以他们称这种群鬃为不鸣真相的群鬃。

当人影与蝉鸣一起靠近这层层叠叠沙丘环抱着的秘境，无法看清的群鬃们鸣声渐起，他们的恐惧也渐渐升起。

或者群鬃永远不鸣真相，但是群鬃鸣叫的时候，会带来切切实实的生存还是死亡的挑战。

神秘的无条件的信任

杨骄轻轻拉住她的衣角："过来吧，我告诉你这是怎么回事儿。"

然后他们走开几步，丽塔蹲下身子，杨骄附在她的耳边如此这般讲了一阵。最后道："这八阵图最可怕的地方在于，当你涉足其中的时候，不仅你看到的一切做不得准，你的感受也完全做不得准，譬如当你以为你自己看到的是那神庙，但其实那只是你的视网膜上投射出来的一个虚影，没有真实可言。当你以为在拼命往前迈步的时候，其实你可能是在原地踏步，或者在小范围里边绕着圈子，直到困死在里面。也许唯一真实的只是声音，如果你能够听到来自神庙内的声音，那么你就可以找到他了。但是，我们只能听到沙漠风沙的声音呼啸，怎能听到来自神庙内的声音呢？"

一时间，唐代诗人杜甫写诸葛亮的名诗，在丽塔的心中反复回旋，原来八阵图不仅仅是诸葛亮的首创，而是不知道多么深厚悠远的文化历史传承当中流传的……"啊，这居然是一个诸葛亮的八阵图啊！'功盖三分国，名成八阵图。江流石不转，遗恨失吞吴。'"中国人在几千年悠长历史当中，早就发明了不知道多少奇奇怪怪的阵法，最神奇的大概就是这个八阵图了。还有多少阵法遗落在历史的尘埃当中？仅仅是五色鸣沙与七星草、铁背鱼雕塑组合的八阵图，就已多么奇妙。

"你怎么知道这是八阵图呢？你这小毛头还懂这神神道道的事情吗？"

"别忘了我的父亲是怎样死的。我父亲死后，我就一直在努力钻研各种学问，也包括一些看起来很玄的学问，希望有一天我能够找到魔鬼，消灭它为我的父亲报仇，这也是为人类除害。"

丽塔想起他的地堡里边那许许多多的书，许许多多教授过他的老师，这个小孩子真的不简单啊，父亲的死也许使他因祸得福，得到了另一个智慧开启的大门呢。他待在一个穷乡僻壤的地方，却受到全世界最全面、最玄奇、最前卫、最多样化的教育，可是他的那些老师来了又去，他的小伙伴们跟他玩耍彼此找不到语言，他跟村里的长者也没有共同语言，他真是世界上最寂寞的人，可是他受奇特、丰富的教育长大，那是否也沾染了一点魔鬼的气息？

丽塔尽量让自己不要想他的魔鬼气息，轻轻地道："好吧，我相信你的判断，那么我们应该怎么做呢？"

杨骄露出很为难的表情，语音吞吐："我们，是很好的朋友，对吗？"

她一怔，这是什么问题？"当然当然。"

杨骄的眼睛快速地眨着，转瞬间似乎动了不知道多少念头，然后道："我们一起进去吧，我保证我们可以顺利拿到量子场生命探测仪。"

"我们还需要什么特别的装备才能够进去吗？"

"是的是的，我们很需要。"杨骄以很严肃的表情说。

大祭司巴珠刚刚走过来，他听到这话就笑了："太过分的东西，我们可是不提供的哦！"

"当然不是要你们提供怎么走出八阵图的地图或者神器，我所需要的只是，口罩！两个口罩就可以了。"杨骄轻快地说。

所有人都呆了。

口罩？难道有口罩就能走出这八阵图？

"好吧，这太容易了，给你们，现在请你们进去。"巴珠说。他甚至都没有向身边的人吩咐，身边听到的人很快送来了口罩。

巴珠脸上的嘲弄表情越来越深了，他说："拿去吧，祝你们好运。只要你们能够到达神庙就一定能够拿到手，而且你们如果真的能够到达神庙就绝对能够回来，因为八阵图在回程当中是不发生作用的。"

杨骄伸出舌头吐了吐，接过口罩，然后分了一个给丽塔，说道："我们去吧！"

在桑结、巴珠和其他祭师们的目送下，他们从"生门"进去了。看起来生门跟其他的门也没有任何的不同，可是大自然本来没有任何路标，人在大自然中走走停停，生生死死当中，就不知道会发生多少曲折的故事。这些曲曲折折的故事，最终也不会留下任何路标，海德格尔所谓"林中路"的路标，不过是一个诗意的玩笑。

融入它才能打败它

他们互相鼓舞着走进阵中，为了避免走散，他俩各执杨骄笛子的一头。

鸣沙丘零散的声音由小而大，从窸窸窣窣到稀里哗啦到似乎席卷翻腾的龙卷风。他们越是深入，这风就越来越大，最后风沙简直狂舞成了一片迷障，沙丘之间的距离全部模糊了，把他们牢牢地束缚在当中。他们睁不开眼，也迈不动腿，只能高一脚低一脚地勉力前行。

杨骄大声喊道："不要东看西看，努力走就可以了，努力走，努力走，只记住，向前……"

他们高一脚低一脚地努力向前迈进。

他们越靠越近，本来是手挽着手的，可是不知不觉风沙越来越大，把他们吹倒在地，他们的手分开了，再也握不到彼此。丽塔大声叫起来，可是在这席卷的黄沙呼啸当中，哪里还有半点杨骄的声音，只有无数影影绰绰的铁背鱼雕塑、繁密七星草在眼前晃动。

丽塔原本谈不上心中笃定，但是也对杨骄有一点信心，想不到杨骄这么早就被风沙吹散，甚至连人都找不到了，她心乱如麻。

可是过不了多久，当她还在努力挣扎的时候，忽然听到了在阵法核心当中隐隐约约传来的笛音，她向着笛音的方向，狠跌出去几步，抬眼就看到了神庙隐约的影子，神庙庙顶上的风铃在发出叮当的声音，同时也夹杂着笛声。

丽塔继续跌跌撞撞地向着那神庙前进。不多久，她来到神庙门口的时候，那风沙竟然停了。她回望，身后还是那六座奇奇怪怪的沙丘和雕塑、草丛，从这诡秘的八阵图当中道口看出去，还能隐约看到巴珠、桑结和祭师们的身影。

走进神庙，她第一时间看到了神台上有个黑漆漆的盒子。打开盒子，她就看到了那听虞美儿说到过的量子场生命探测仪，乍一看如同风水先生用的工具，但也不及多看，因为她心中还很缭乱。

回程当中八阵图不再发生作用，那么现在她应该是可以随时出去的，但是她不能放下杨骄不管。所以她拨弄着量子场生命探测仪，想着念着杨骄的样子。良久，她看到仪器上阴阳鱼中的黑鱼那一部分的鱼头变得越来越亮，当中的白点不断地伸缩着，由立体而变扁，指向八阵图中的一个方向。

丽塔又走出神庙，朝那个方向看去，那里只是沙丘，什么也没有，但是杨骄怎么可能躲在沙丘里呢？或者他已经死了？

想到这一点，丽塔心中涌起深深的悲伤。她叫起来，带着哭音："你不要跟我开玩笑啊！杨骄，你快点出来呀！"

没有杨骄的声音，于是丽塔一咬牙抄起探测仪，向着它指示的方向走去。可是她绕着鸣沙丘转了又转，也看不到杨骄在什么地方。

她更强烈地思念着杨骄的样子，抓着探测仪的手上也渗出了汗水。那探测仪黑色鱼头部分更加黑亮了，甚至发出了嘤嘤嗡嗡的声音，鱼眼睛上的白点更明显地指向某一块沙丘，甚至突突跳起来，于是丽塔毫不犹豫猛刨起那片沙丘。

她狠狠地刨了几下之后，那沙丘坍塌了，可是里面没有杨骄，反而大片大片的黄沙劈头盖脸地把她砸得晕头晕脑。她就站在昏昏茫茫的尘沙当中，心神恍惚，失魂落魄，虽然她拿到了探测仪，可是如果杨骄在八阵图里面死掉了，那她的心永远都不会安宁。

正当丽塔心思极度缭乱的时候，忽然间听到身后传来了杨骄的呼喊："我在这里，我在这里。"那声音无比喜悦，充满了生命的欢欣。

丽塔回头看去，真的看见了杨骄，他竟站在神庙的门口呢。

丽塔赶紧三步并作两步奔了过去，到了杨骄面前，一把将他抱住："啊！你怎么也走到这里来了？"

杨骄的眼中含着泪花："我其实比你先到这里来的。"

"不可能啊，我先到神庙，根本没有看到你呢！"

"难道你不是听到了我的笛声才来到神庙的吗？"杨骄的眼泪终于流了下来，但是眼光里也闪烁着狡黠的光。

"啊，太神奇了，难道你是隐身吗？"丽塔拍打着脑袋。

"你来到神庙的时候，其实我同时也在八阵图里。可以这么说吧，我的笛声率先来到了神庙。我要带你来到神庙，就必须首先打破八阵图的能量层，而八阵图的能量层是不可能从外面打破的，打破者必须要变成它的一部分才能打破它。所以，我让自己的身体与八阵图融为一体，然后在它的内在发挥最后的意志力量，立定八阵图的'风眼'。风眼是没有风的，我就在那里吹奏出我的笛曲吸引你来，让你先是听到、再是看到神庙所在的方向，你就可以得到量子场生命探测仪了。你知道宇宙纳音吗？"

"这就是宇宙纳音啊？啊，原来古圣先贤传说的纳音，这世界的原音还真存在啊，当你的整个生命、整个身体都化作纳音之后，你就与这个世界深深地融为了一体，然后你才能够在这个世界里击败它……"丽塔站在那里，颇有悲欣交集之感。关于纳音的知识，她是知道的，原来杨骄的笛音已经达到了那样超凡入圣的境界了吗？已经达到了宇宙纳音的境界了吗？据说那是美瓷国传说的一种音乐演奏的神奇境界，最早是由西汉时候的政治家、书法家、易学家京房创造的，但是她实在不能懂得更多了。

她还想听杨骄解释这其中的神奇，但是现在肯定时间很急，来不及了，于是忍不住抱怨了一句："哎，你差点把我吓死，为什么不第一时间出现呢？"

杨骄露出很感激的表情："哎，你只是差点被吓死，我却是差点真真正正地死掉，假如你不第一时间来找我的话，我就会死掉了。因为即使是你拿着探测仪先出去见巴珠他们然后回身来找我，我也会死；如果你找到那片沙丘，却没有猛力刨动的话，我也会在纳音奏尽之后死去。但是因为你第一时间去找我，第一时间跟我取得了能量的联系，所以我才又在八阵图中重新恢复了身体，并在神庙的门口出现。在那之前，我的身体其实已经跟整个八阵图，跟整座神庙，甚至是这一片独特的时空，深深地融为了一体。在那个时刻，我的整个身体早已化成了千千万万个分子的微粒弥散在空气当中，交付于纳音，只有你的关心才能让它们聚集，在纳音中重新聚集成为我的身体。所以要感谢，就感谢你自己吧！"

"啊，是这样啊。"丽塔想起在走进八阵图之前，杨骄用那种奇怪的表情看她，而且问她那个奇怪的关于友谊的问题。原来如此，如果她不是那么看重友谊，不是第一时间去寻找、去探察、去动手挖掘，那么杨骄的身体只会化身亿万碎片，从此在这片茫茫的沙漠当中彻底消失了，一切的秘密原来都藏在时间当中，藏在互相信任当中。

丽塔不知道说什么好，只是轻轻拥住了杨骄，两人心中都感到了对方温暖的心潮澎湃，还有一起有力的呼吸。

从内部击败群鳌对我们的捉弄

他俩迈步向外面走去，丽塔还是忍不住继续抱怨他："即使是这样，你为什么不先告诉我呢？那我也可以少担点心啊！"

"这正是八阵图最神奇的一部分。你不知道这一切过程是你能够成功的必要保证，假如你知道了的话，我会很难在阵法当中奏出笛音，更无法把笛音送到神庙当中让你听到，那样我们俩都会在八阵图当中迷失。退一万步说，就算我预先做了其他阵法配合，我能做到奏出笛音，但归根结底，你的呼唤也不会产生任何功效，我始终不会由于被你召唤而恢复身体，那么，我就只好永远待在八阵图中了。"杨骄说着，他的声音喃喃地十分微细，所说的却又是多么神奇不可测的，似乎来自于命运深处的宿命。

信任、信任，是绝对的信任保证着八阵图破阵原理实现……

"想不到你冒着这么大的风险来帮我，"丽塔的泪水滚滚而下，"要是我有一点点迟疑、耽搁，或者先出再回，你就彻底给埋葬在沙漠当中了，而那，就是死亡。"

看到他们俩顺利地从八阵图里面走出来，所有人都惊呆了。巴珠忽然伏在地上，也不知是念着喃喃的咒语还是呓语："地气上升，天气下降，阴阳相摩，天地相荡，鼓之以雷霆，奋之以风雨，动之以四时，暖之以日月，而百化兴焉。如此，则乐者天地之和也……你们，是勇士，也是智者，圣物借给你们了。但是，我们只能借给你们三天，祝你们好运！"

桑结脸色泛红，却问杨骄："你是怎么通过八阵图的呢？"

杨骄缓缓地说："为了消灭魔王，我精研的学问发挥作用了……"他的语音颤抖，又说："宇宙是由金、木、水、火、土五种元素构成的，鸣沙丘构成的八阵图也不例外。八阵图中的五行元素运动又相生相克，就产生了阵法能量。天干管天文，地支管人事，纳音管地理，五行有正五行和纳音五行之分，根据纳音五行，一甲子与金、木、水、火、土五行相配，每一行纳于十二干支，形成六十个纳音，其中，每个五行细分成六种，一共三十个五行纳音，每两年为一相同的纳音五行。六十年往复一轮，周而复始……破解时间的秘密对应关系是根本。还有，群鬃与这不鸣真相的沙丘是深深融为一体的。我奏着专为这茫茫沙丘谱写的笛子曲，当我奏出的笛声化入纳音，就化入了五行生克之道，化入了群鬃，从内部击败了群鬃对我们的捉弄……"

但是没有人知道细节是如何实现的，所有人只是看着杨骄，感受着他娓娓述说的力量，原本六十年一出现才能进入的海市蜃楼，第一次有人不靠执信符进去，这赢得了大风族全族人的一致尊重。

找到一个很像洪范的"他"

终于，虞美儿、丽塔和杨骄带着量子场生命探测仪离开余让镇，向着霍拉沙漠的深处进发了。

他们都很担心三天以内不会有任何收获，可是到了第二天他们就有了收获。

是的，是虞美儿率先感应到了一个濒死者的呼吸。

又一次，当虞美儿把手放到量子场生命探测仪上深深思念着洪范的时候，探测仪上黑鱼部分的白色鱼眼不断地伸缩、灿烂、闪烁、艰难指向东方。虞美儿把她的手缩回来，一一牵起丽塔、杨骄的手，他们每一个人都感受到了那白色鱼眼透露出来的一个人的讯息，一个濒死者的讯息：饥渴，慌乱，无助，疲惫，绝望，悲伤，缭乱，失望，无比无比痛苦的心绪。

他们循着量子场生命探测仪指示的方向，就找到了他——一个迷失在霍拉沙漠中的艺术家。

虞美儿看着他，表情惊讶，就好像看到他的脸上忽然长出了大丛大丛喇叭花，露出深思表情……他，他，他，他就是自己心目中的洪范吗？洪范的眼睛、鼻子、嘴巴、耳朵，那一切都像洪范，梦中的洪范，又都不是洪范，就像理想中人总是无法跟现实中人对应起来，即使所有的细节都相似，但偏偏不是。

虞美儿张口结舌的表情被丽塔看在眼里，不禁取笑她："你的大帅哥不是他？"

"明明应该是，越看越不是，再不断看着，又似乎是了。"

"那到底是还是不是？"

"别追着我问。我想这是没有答案的问题。"

"嗯，总会有答案的。"

"我感觉诡异，那不仅仅是或者不是，可能既是又不是，非是非不是，唉！"

"这像人话吗？"

"我说的是直觉。"

经过一番救治后，这个迷失在霍拉沙漠中的艺术家醒过来了。当她们询问他的身份的时候，他的回答是："我叫刘飞飞。"

据刘飞飞说，他是美瓷国的一位王子。

国王去世后诸子争位，他大受排挤打击，于是厌倦了纷争，隐姓埋名回到民间生活，但即位新君还是不放过他，屡屡为难他。于是他取道霍拉沙漠，想找一样秘密武器，不是为了重新争取皇位，而是为了隐身。

为什么要隐身呢？照刘飞飞所讲，传说摩利支天菩萨有一样伏藏，藏在霍拉沙漠当中，那是火焰中的火焰，灰烬中的灰烬，历千百劫久远地不断焚烧锻制，再结合了情人的鲜血和泪水浸润之后，生成的金枢始指环，得到它就可以随时隐身或出现，并消弭一切灾难。

"你们不要以为我是为了自己消灾解难，不是的！事实上，我是为了整个美瓷国的福祉，因为据说，找到金枢始指环之后，就可以与家族中人产生神秘的空中身体的共感，这样国王就能知道我的苦衷，自然不会再来为难我、也为难他自己了，而可以一心为百姓谋福利。"刘飞飞对着他们说。

"这话何解？空中身体的共感？"虞美儿问。

"我头疼他也头疼，我刺自己一刀他也一样感觉被刺了一刀，完全自他相代，没有比这更彻底的共情了。他总不能不怕痛吧！于是他就会放弃追杀我而对我好好的了。"

"这样啊？那么要是你死了呢？"

"他或者会险死还生，或者也会死去，总之不会舒服。我不会用死亡来要挟他什么，也不想只让他痛苦 —— 让他痛苦我自己不也得痛苦吗？何必！我只想尽量给他好的影响，让他多为万民着想。啊！这很好，我事实上什么也不用做，只需要拼命培养我的善念，他就一定能收到并有相应的改变，多好！"

反物质之眼与艺术眼睛的战争

丽塔不禁感慨：嗯！在另一个平行宇宙中还有很多与美瓷

国文化相似，国境、地理也相似的国家，肯定有比刘飞飞的君王兄弟对待他可怕得多的政治局势、手段、想法，如果刘飞飞能用这样的优雅方式解除一切纷扰、痛苦，无论说有多么美好都不为过……丽塔杂七杂八想着，又感慨：人性都是一样的，其实美瓷国真是很美好的，本来就很美好，也免不了这些自己人折腾自己人的、争权夺利的糗事。

刘飞飞看起来似乎表情怪怪的，他似乎看到了什么，但是又似乎不敢确信的样子："传说中的金枢始指环跟你指上戴的戒指看起来好像呢！"他想说这话，但没有说出来，因为他是到霍拉沙漠找指环的，怎会跟这意外来到的女郎手上的饰物扯上关系呢？

总之一番折腾后，就算旁人都可以确定这不是洪范了，可是虞美儿时不时偷偷拿眼瞄他，总觉得他还是像梦里面那个她怎么也看不清楚的、完美到无法言喻的——洪范！就因为看不清，所以对着一个实在的人看来看去就容易像？

量子场生命探测仪还在发出讯息，只要虞美儿的思念无尽，它就会持续不断发出讯息，直到找到洪范。

当探险队向着沙漠的深处进发，为了虞美儿梦幻的直觉继续寻找也不知道是否存在的另一个洪范时，霍拉沙漠高天之上的大朵大朵白云当中，距离当下时刻一百年整的另一个时刻，距另一个平行宇宙一个世纪的当下时刻，天神和魔神，正在发生一场殊死的战争。

俗话说，道高一尺，魔高一丈。虽然在人类寄托美好愿望的大多数故事里都会写正义战胜邪恶，但事实上，恶的力量往往比善的力量要强大得多，譬如这场战役就是——天神们是失败方，他们的机器人几乎已经全部被魔神剿灭干净了。

魔神的机器人几乎已经快要完全占领了天神们空中堡垒的基地，再进一步，如果他们占领了天神封印盐石女神的所在，抢走盐石女神的神器，掌控盐石女神，让天神们的反物质之眼与魔神们的艺术眼睛融为一体，那么魔神们将彻底控制地球。

从此不再有反物质之眼，只有艺术眼睛。

艺术眼睛将如无所不在的阳光覆盖一切舆论机器，地球将从此改天换地，重新按照魔神的规划发展进化，彻底颠倒人间善恶也未可知，而天神们将再一次撤离人间，更远更远地撤离人间，远到人类连天神的背影也看不见。

寻找救世主就一定能找到

天神召集天使们开会，我们只择要而录。

天使一的声音沉痛："看见魔神制造的霍拉沙漠中那个身体监狱后，这个人将死去，我们错了，她不是救世主。"

天使二："那看见诸神的人必死，这是地球上自古流传的。魔神也是神，也不能给看见，但是，她还没有看见魔神，甚至只是看见魔神制造的身体监狱后也必死。这，这，这，魔神也实在太厉害了吧！我们必须要救活那个人，她是救世主。只要救活了她，她就会帮助我们，重新赢得这场战争。鹽石的连接改变了这时代的认知模式，人们不再与事物直接发生接触，而是通过信息建立逻辑联系，随之丧失了对世界的触觉，但视觉更超然，毕竟不马上作用于身体，所以或者这个救世主还没有死，她看到的不是真的看到，她其实什么也没有看到，所以死不了——我们寻找救世主就一定能找到。"

天使三："命运的丝线断了，诸神的黄昏已经来到，未来的地球人，将只能看到我们隆隆离去的背影。"

天使四："你带领大队机器人穿过时空隧道去救她，可是派出去的人，甚至都还没有抵达霍拉沙漠，就被魔神的机器人重重分割包围而聚歼了。啊，我们将失去这个救世主，我们彻底失败了，越来越翻不了盘了。但是我们还是放下心来好好地继续作战吧，因为假如她是救世主的话，也许根本就不需要我们救她。假如我们永远永远，都是至善至真至纯至高至美，完全纯粹自主不依赖于外物的圣灵，那么，救世主始终会出现，因为，救世主只会跟无上的神在一起。"

天使五的身体颤抖有如风中的柳叶，他向天神呼告："总之，我们要努力赢得这场战争，只要我们能赢得这场战争，那么，我们在地球上找到的救世主就与我们同在。你是神，至高无上的神，主宰着所有的人，可是是不是还有绝对的偶然性会为我们选择地球上的救世主。救世主会自己证明自己是救世主。她，也一定会带我们打败魔神的。"

凝视本身就是一种能量

可是，丽塔没有死。

他们在百米远近处，真的又找到了另一个男子，他面朝下僵卧在黄沙当中，似乎状态比起刘飞飞差很多。奇怪的是，只有虞美儿、丽塔和杨骄能看到他，其他探险队的人根本看不到他。

是的，丽塔找到了洪范。

从头说起，虞美儿、丽塔和杨骄看到他的时候，首先看到的却不是他趴伏着的背影，而是一个巨大的光球忽然腾空而起，在霍拉沙漠当中剧烈旋转着，发出隆隆之声。

三人一时间都惊骇莫名，但探险队的其他人个个面面相觑，不知道发生了什么，他们能感到大地的震动，却什么也看不见。闹了半天，三人才知道其他人根本看不到那个光球。

三人的凝视本身就是一种能量。

在凝视之光与时间之光的碰撞中，那光球轰然裂开了，亮光之强，即使在三人几乎同一时间闭上眼睛的情形下，依然几乎眩瞎了他们的眼睛。

这一刻，丽塔张大了口，她必须要张大口，就好像在战斗机拔地而起的巨大的轰鸣声中，假如不张大口让气流从嘴和耳孔中同时冲撞鼓膜，就可能轰穿耳膜一样。

此时她已经从怀里取出 Ω 手杖了。她在震耳欲聋的轰鸣声中，手抚着杖头的星区，默默念出了"我爱你"。于是这一切喧嚣就戛然而止，她瞬时停在子弹时间当中。

天神与魔神争夺着语言

丽塔看看周围，那是一张张惊恐、慌乱的脸。她轻轻一顿脚，身体就飞了起来，飞到了那个已经即将完全炸裂开来的能量光球上。

隔得近了，丽塔看出去只觉自己是到了盘古开天辟地或宇宙大爆炸之初的时刻，世界在极度的动势中休止，能量光球爆发的速度何等迅猛，但这时只在凝固的时间中一动不动。

丽塔看着这光球，感到了深深的迷惑。终于，她伸出手来，轻轻一触，但闻一阵噼里啪啦之声，从那光球上脱落大量的金属片，一直落到了寂然不动的霍拉大沙漠上。这时候，她听到了一阵焦灼的呼喊声："啊……你还没有死？太好了……"那是芙图的声音。

丽塔抬头看向远天，只见乳酪般凝固的白云当中，一个背影再次如电子跃迁般循着 S 状的轨迹，倏忽而来，啊，那是芙图到了吗？

丽塔又开心又紧张，未来的自己再次来到，会给自己带来什么样的礼物呢?！那背影转瞬间到了她的眼前，眼前一花，那背影变成了面孔，正是芙图，她的表情很焦虑："我都以为你已经死了，可是你还活着，幸好你在关键的时候，念出了咒语，才让时间停止，有机会去处理这大灾变的现场。你知道吗？我们每个人都活在无穷无尽的时间长河，无论你有没有语言，世界也在为你言语、为你歌唱。而所有的语言、歌唱，都由无所不在的鹽石控制，鹽石贯穿了时空的奥秘，引发天神与魔神发生永劫的战争，争夺着语言。霍拉沙漠上无穷无尽的尘埃，还有这世界上越来越多的尘霾、流云、飞沙，一切的所有，都是与语言有关的。但是我现在不跟你多说这些出离于你知识范畴的事情了，你要赶紧做点事情，因为你现在还在危险当中。"

芙图从怀中取出了一根魔法棒。"我怎么做你就怎么做，跟着我一起念咒语。"然后，芙图挥舞起魔法棒，口中喃喃地念着咒语，做了一些奇怪的动作。

丽塔舞动着 Ω 手杖，跟着她做，做完之后就听到一阵轰隆隆的声音，那光球中原本残存的大量气体尘埃，这时候集聚为一束乌龙，投向天际，滚滚而去，很快消失在她们的视线当中。

丽塔已经越来越喜欢她的 Ω 手杖了，她用心地记下这一切运用过程，可是等事情完结之后回想，却一点想不起来，再看芙图神色有异，她这才惊觉："啊？我怎么什么都想不起来了，是你在捣鬼。"

一切为了救世主而存在

芙图的话非常狡猾："我就是你，你就是我，什么叫你在捣鬼呢?! 对了，刚才我是引导你把这里的光与气全部变成岩石，让它们投向天空蒸发，从此消失无踪，这样等你回到时间流动的世界的时候，就不会产生大爆炸，把你们全部炸死。"

丽塔若有所思："你的意思是，'潜意识的我'或者说'未来某一个片刻的我'并不想我记得现在的这个经历，所以让你删掉了我现在这段记忆，是吗?"

芙图微微笑着："随便你怎么想，总之你要用你自己的力量去成长，你不会从我们这里直接得到能量、法术来助你快捷地达到成功，但是现在你所拥有的一切，包括 Ω 手杖所能给你的一切，都是你应该拥有的，所以好好珍惜这一切吧，你会成功的，你一定会的，因为你就是救世主。你要知道，几乎所有的神、所有的魔鬼都是为了救世主而存在的，所以现在你该知道你自己有多么伟大了吧1"

丽塔苦笑，暗暗自嘲，这么伟大的人，这么伟大的自己，就是不能明白手中使用的这个小小的 Ω 手杖有什么作用？芙图似乎看穿了她，认真地盯着她："我是突破了很多封锁才又找到你的，待会儿会有魔神的人来抢夺你的 Ω 手杖，无论如何你都不能让他们得逞。看，Ω 手杖虽好，你总要慢慢学会使用方法，开发它的潜能，但是你别想轻轻松松得到它，世上没有白吃的晚餐。你现在掌握的 Ω 手杖用法，已经够了不起了，但是就这也不是白送给你的，你还要努力争取通过挑战，从而赢得它的拥有权。"

丽塔道："我还以为遇到未来的自己，会无往而不利，想不到还是这么麻烦。"

"未来的意思就是即使你活在了未来，未来还是会变，要不然怎么叫未来？努力吧，我的救世主！现在，你要跟我通过成长考验。"

打败虚星从清空盐石开始

丽塔眼前一花，周围的景物忽然消失无踪，抬眼看去，一片灰蒙蒙。她还想寻找芙图的所在，可是意念到处，才发现自己无手可挥，无脚可动，甚至感受不到自己在呼吸了。是的，她可以说话，可以喊叫，声音还很大。但是，她感觉不到舌头在哪里，没有任何身体感，仿佛所有的感官瞬间剥离，只是活在赤裸裸的、纯然的、无来无去的内知觉当中。于是丽塔惊问："你在哪里呀？"

芙图的声音很快传来："我就在你身边，我也在无穷远处，我跟你完完全全地在一起，你就是我，我就是你，我们不是早就已经明确了这一点？在真实的世界里，一切的一切都是连接着的，即使是能量，也是以一种你所不能了解的原始的方式连接在一起，而无论天神还是魔神，都要依靠盐石滋养他们永恒的生命，他们的眼神无所不在地操控着人类，天神或者魔神、魔神或者天神，或者天神加魔神、魔神加天神。但是，请相信我，只有你跟天神永远地在一起，你才能见到永恒的力量、永恒的真实、永恒的美好。你要知道，在未来的某一个时刻当中，魔神的大军正在对天神的神圣不可侵犯的领地，发动最后的进攻，天神们遭遇了巨大的挫折。为了唤醒盐石女神的能量，我们需要一个地球人为 Ω 手杖充上虚在粒子：一种盐能-言能。你是地球最大的希望了，也许也是唯一的希望、最后的希望，你是永不会为魔神所控制、所左右的救世主，你一定能够通过考验。第一关，打败李丽斯；李丽斯又叫莉莉丝、月孛，它是盐石世界中超越语言的一颗虚星，为月亮绕地球的远地点，'水之余也，在天无象，九天行一度，主晦暗不明，遇凶则助凶、遇吉则吉'。水星主逆，孛更猖狂，它最能勾起人内心的欲望，它可恨么？但如果你内心干干净净，月孛又奈你何？

　　"你可不知道你的一举一动、一言一行，甚至你的每一次呼吸每一个叹气，每一点情绪的起伏，都在天神与魔神的左右之下，这一切都是通过盐石控制的，即使是你在 Ω 手杖召唤而来的这片凝滞的时空当中，也是一样，没有任何改变。所以，在你进入这个真实的世界，介入这场天神与魔神之间永恒的战争的时候，首先需要从身体里取出盐石。而要把盐石从你身体里取出来，在你看来会很可怕，因为我要在无限折叠的时空当中才能做到，这是盐石女神特别的吩咐。"

然后芙图双手向天，她的神情销魂而甜蜜，好像科纳罗小礼拜堂里大理石雕塑的圣特蕾莎在经历惨烈的痛苦，却又蕴含着秘密的快乐。

丽塔触目所及的四方，空气忽然剧烈地震荡起来，这个冰冷死寂、苍茫的霍拉沙漠，这四维上下，仿佛突然间树立起了大块大块的玻璃，那里面全部都是她隐藏着的背影，她的投影图像的任意一个方向都只是背影。空气也似乎黏稠起来，她艰于呼吸视听，动作也变得缓慢，而芙图向她缓缓地走来，手一伸，就抓住了她的双颊。

数码化的无头的主体

"你……"丽塔还想问些什么，但是，可怕的事情已经发生了。她眼睁睁地看着自己在空间中平移，忽然她的身体下沉了，然后看到了芙图的腰部，随后一扭头，居然看到了自己光秃秃的身体上没有头颅。"嗯，我死掉了吗？可是我居然还能够看到这一切……"丽塔这时候意识到，芙图居然把她的头从她的身子上径直取了下来。随后她看到，芙图在她的脖子中取出一块长长的犹如砚台似的石头。

芙图的声音传来："这就是鹽石了。我把它从你的身体里取出来，从现在开始，天神感觉不到你，魔神也无法追逐你，即使是鹽石女神跟你之间的联系也已经降到了最低，几乎不能再对你有任何影响，除了我陪伴着你，你完完全全地隔绝于这个世界了，然后你将重新返回世界，为盐石女神而战，破坏魔神想要征服整个天界的计划。"

丽塔心中紧张，动动手。天，她看到一具没有头的身体正举起了手。手无意识地挥动着，有如刑天……

芙图继续："人类千百年来不知道写下了多少咏叹孤独的文字。但所有的孤独者都没有你现在孤独，因为你的心中，已经没有了盐石。你与天神、魔神都没有什么关系了，你是一个无比纯粹的你自己——无余者，现在你要开始拯救世界的新旅程。我摘下你的头，除了为你取出盐石之外，还别有用意，因为你必须要装成一个男子的形象，以男子的形象才能挑战整个世界，才能破坏魔神的计划。你可以先看看你的样子。"

丽塔果然看到了她的光秃秃的躯干上、半截颈子上长出了一个头颅。那头颅栩栩如生，十分逼真，但仔细看来又确实是假造的。

正当丽塔感到疑惑的时候，她的头轻轻飞起，稳稳立在了脖子上，眼前一花，又看到芙图与她面面相对。丽塔居然还有一点幽默感："天啊，幸好我不是申公豹，头没给安反。"

芙图深深地看着她："不错不错，救世主就应该有你这样的幽默感。"

丽塔半开玩笑地自嘲："遇到未来的自己至少有一点好处，从此我知道了自我原来是一个多么大的幻觉。"

魔神世界派来的杀手 ——李丽斯

芙图道："一切都源于记忆，而记忆在你的身体里早就一切具足，千百万年来，你的身体每一个器官、每一点基因语言，都记得无限祖先活动的轨迹。你需要的只是找到这些记忆，激活这些记忆，新生这些记忆，不断复活更好的自己。此外，有一些技能操作的记忆我可以如同计算机一般输给你，你尝试一下，就会发现你是不折不扣、如假包换的救世主。"

丽塔感到一阵晕眩，似乎亦掉入了一幅图，大概是从梵高的《星月夜》粗犷、旋转的笔触中升入了群星，然后她一点点从水底漂上了水面，可逐渐舞动身体四肢。啊！她发现身体的感觉又回来了。

丽塔的手里是一把长长的阿拉伯弯刀，镶金嵌玉，华丽无匹，刀刃闪着蓝莹莹的光彩，一看就极度锋利。丽塔四望，她是在一个山谷底下，青山葱茏，草木扶疏，一个大湖映着天光水影，近前临水一望，水中映出来的真是一个美男子面孔呀！五官匀净、大眼修眉、鼻尖略翘，帅则帅矣，总带了几分女气，丽塔观之无厌。

"你的死期到了。"身旁声音响起。

"啊！"丽塔抬头转身，只见对面是一个面无表情的女子，略显瘦削的希腊式冷峻脸孔，深深的眼眸，高高的鼻子，着一身红黑相间的紧身皮衣，神色内敛，非中非西，诡异绝伦。

那女子有无懈可击的秀美身材，一出手，动作犹如流星，一把链子枪，唰唰唰唰，向她迎面袭来。她心中一凛，挥刀挡隔，转瞬间已经拆了四五个回合。

二人在激烈的搏杀中忽然身体相遇，各出一掌相碰，啪，她俩蹬蹬各自退出了四五步。她这才惊觉："咦，我怎么能抵挡她的进攻？我本来不会武术，怎能跟她如此激烈地对打起来？"

她的脑中传来了芙图的声音："任何属于身体的机能技术，我们都可以传递给你，现在你就要面对她、打败她，这就是不断在追杀着你的、魔神世界派来的杀手——李丽斯。专心了！"

原来可以心电感应说话啊！丽塔不禁想："我如果失败了，甚至被她杀死了，那我会永远地死在这里还是霍拉沙漠上那个凝滞的空间切面？"这种念头一起，手上动作慢了，迭遇险招。

"你是救世主啊，怎么会死呢？努力搏杀吧！"丽塔似乎看到了脑中浮现的芙图的脸上覆着轻浅的微笑，不怀好意。

李丽斯冷冷道："我一直在追杀你、攻击你、折磨你，但是我永远看到的只是你的背影，今天是我第一次跟你面对面地作战。你要是能打败我，你身体的疾病都会好转了，除了不会再犯扁桃体炎，你不明原因的消瘦发热等病症都不会再困扰你。但是你死了，就会永远地死在这里，形神俱灭。从来没有人能够面对面地看见一个神、一个魔。虽然我只是魔神的使者，但是你也看不见我，你看见的我不是真我，只是我的一个化身。"

"化身？那么你究竟是什么样子？"

"你是一个什么都想知道的蠢材。"

她们继续交战，丽塔越想招式，动作越配合不上，一次又一次遇险，链子枪两三次戳中她的胳臂。她不由在脑中惊呼起来："我的未来大师，你既然能够给我输入武术搏击的技能，为什么不能加强我十倍的力量？"芙图答得很快："因为你并不是机器人，你是你自己，永远都是你自己，你心的深处，完完全全只属于你自己，你的能量、你的选择、你的未来、你的所有、你的命运、你的体力，而现在，你能力不及。"

她只是一个背影，一个完完全全的背影

丽塔继续勉力地与李丽斯激烈搏斗着，多少次险死还生。

丽塔的心里边不知道把芙图骂了多少遍。天啊，这还是未知的自己，不知道将有多么强大的自己在襄助，可是自己帮自己尚且如此，还能指望谁呀！但是总算好，芙图对自己是救世主的话语似乎变成了一种执念，不得不努力迎战加强了这份执念，当然也可以说是信念。她甚至相信在这惨烈的战斗中不敌身死，也只能说是自己心不诚，不够坚信她是救世主，才会死得超级惨；而如果她没有死，甚至侥幸获胜，那当然一万倍地说明自己是救世主了。又想：从古到今，不知道多少野蛮民族都有这样的"证明游戏"，挑战者需要被检验诚心度，于是让他

们做种种不近人情的行为，如爬天梯、上刀山、下火海之类。想不到这样的事情也发生在自己身上。是的！所有的动作，所有的潜能，或者都可以发挥，但是她只有这么一个身体，这么一个孱弱的、缺乏体力的、从未曾严格锻炼过的身体，她怎么能够打败李丽斯呢？

这时候"啪"的一声，她手中的长刀被枪尖直戳中刀柄，脱手飞去。

那枪灵活无匹，犹如蛇形般在空中转了一个弯，端端正正刺向了她的喉咙。

丽塔极度吃惊，手忽然无比地灵巧起来，倏地伸出，居然一下子抓住了枪尖。李丽斯脸上闪过一丝惊慌，丽塔感到那枪尖滑腻腻的，也不及细想，用力捏住就猛甩起来。李丽斯的脸上如见鬼魅，猛力抢夺着，但不多久，那枪就被丽塔在手中捏得慢慢变形，而且在她的手臂用力挥动下，李丽斯脸上的表情越来越难看，最后甚至变得仿佛充满了痛苦。丽塔明白了，这枪原来是李丽斯身体的一部分，就像《西游记》里驼罗山庄里的那只蛇精，那只蛇精使的就是一杆尚未完全锻炼成熟的无柄枪，枪尖就是它的蛇信，仿佛吞吐着可怕的话语。

那是触觉，丽塔明白了，这是由于她亲手捉住了枪头，所以她的能量似乎在吸收对方的能量，而她体内小宇宙蓬勃激发，充满源源不断的力量。

终于，丽塔飞身而起，一脚将李丽斯远远地踹了出去。而那柄枪，仍被她攥在手里，她还来不及去摸枪柄，就看到地上闪着溅溅的血，散发着焦臭的味道。

丽塔一摸，怀中的 Ω 手杖还在，捻着 Ω 手杖中部默念着"永恒的宁静"，虚在的光粒子覆盖了李丽斯的身体。她看到她的身体本质了，她只是一个背影，一个完完全全的背影，她推动她的身体，她的身体翻过来，那背后没有脸，还是长发披覆的样子，一个——背影！她的本相的两面竟都是背影，她，是没有正面的。

然后这一切梦一般地消失了，丽塔睁开眼，就重新看到了芙图："啊，我是不是通过了检验呢？"她问的时候，口中就跟着吐出一大口鲜血，她这才感到自己的孱弱。她抚摸自己的身体，看到自己的胳臂上有血痕，而且，极度的疲倦感袭来，她几乎连动也不能动。

芙图扶着她，脸上的表情有点诡异："当然，你已经通过了。"

丽塔继续问："啊，要是我没有通过会怎么样呢？我会不会死在里面呢?!"依然后怕。

人类的语言就是这样一代一代承继

芙图笑而不答，丽塔忽然间脊背发凉："我明白了，这不仅仅是证明，而是生存还是死亡的绝对的选择——假如我真的在里面死了，那么我也就真的死了。我的身体将如同一只飞蛾忽然被凌空滴落的琥珀封存般，死在这个永恒不动的空间切片当中，真像李丽斯说的 —— 形神俱灭。"

芙图叹了一口气："骗不过你啊，真的是如此，如果你死了就永远死了，在这个剩余空间当中漂泊。但是你是救世主啊，你总会发挥潜力转败为胜的嘛！事实上，我根本想不到你会发挥出这样的潜力。只有在生死存亡的时候，你才会自内而外彻底地觉醒。与此同时，只有当你拥有选择一切的能力，才会完全地发挥潜能。这不是我所能给予你的，我给你的顶多只是技能、技术、技巧，绝没有你可以忽然小宇宙大爆发的感觉加速的力量。这种感觉加速的力量是只属于救世主的力量，你能够发挥出来，那不已经说明你是救世主了吗？能够主动加速的人就能够主动减速，就像能够主动合一就能够主动分化……我相信在未来的成长过程当中，你一定还是会攻无不克的。"

丽塔叹气："可是我现在已经很疲倦了，我简直想闭上眼睛睡去，永远地睡去，就在这片漫无边际的凝固的时空当中，如果在这里面死了，不知道会变成什么？也是一个鬼吗？这个鬼也是走不出这个时空的吗？"

"你会变成一块盐石，一块接近永恒的盐石，承载着人类生命之盐，无穷的话语蕴藏其中。哎！人类的语言就是这样一代一代承继下来的，在盐石当中，各种各样的死亡，各种各样的涅槃，各种各样的行动，各种各样的能量，无穷无尽，通向嘘托邦异域世界的道路与门庭。"

丽塔打着寒噤。

芙图继续:"你可以把整个地球想象成一个沉重的大脑,无论地球怎么神奇它也是一个大脑,这个大脑里的语言,就都蕴藏在盐石当中。头脑不断从否定变为肯定,从肯定变为否定,这两极是头脑的基础,正如电流有正负两极,只有单独一极,电流无法存在——头脑亦然。头脑是一种电流状态,那就是计算机运作的原理。头脑仿佛生物电脑,以正负两极在持续运转。所以有时你觉得很精彩,有时又觉得很低落,如果你抵达正向的最高峰,那么你也会触及负向的无底深渊,爬得愈高会跌得愈深。所以你要了解,若连最低处都想回避,那么高峰也会消失,如此只能在原地踏步。这就是很多人的情形,他们害怕深渊,所以也错过高峰。一个人必须冒险,为高峰付出代价,然后看你的深渊、低潮时刻。那是值得的,就算一朵小花要盛开世界也要遭受阵痛,何况,你终将不断成长为救世主。"

"哎!但是你说这些有什么用啊?"丽塔想撑起身体,但是,一只左手无论如何也撑不开,只是发出咯咯的声音,靠在默默流动的流沙上。

迈向觉知唤醒内在智慧的跳板

丽塔勉强将左手抬高一点,就看到细沙从指掌中哗哗落下。丽塔的感觉里,她还抓着李丽斯的枪尖——那蛇信般伸缩的可怕舌尖。

芙图轻轻地掰开了她的左手："吓我一跳，我以为你已经被魔神控制了呢！如果真的是，你也会变成一堆流沙了。哎！头脑，只是个体思想创造的自我幻想、痴心妄想及颠倒梦想；头脑，只是自己内在世界的一出心理剧，编剧是你、导演是你、场景是你、观众还是你；头脑，只是让你看清自己，迈向觉知唤醒内在智慧的跳板，不要迷失或一直停留在跳板上，勇敢跃入不可知的生命海洋，明心见性，承认一切的实相，全然尽致地融入，你会品尝到超越头脑的芬芳……但是地球，这个巨大的人类头脑，现在几乎已经被魔神完全控制了，打破魔神征服世界的唯一途径就是守护盐石不被魔神掠走，这需要你……"

"需要我怎么样?"

"你要用 Ω 手杖给盐石充上超导能量。对了，你进去之后，不能让他们看到你拥有 Ω 手杖，那是你的秘密法宝，不要轻易使用。刚才就好惊险，幸好我屏蔽了背影人对你的探查，你才能用了 Ω 手杖又出来，否则他们会不惜一切代价来抢的。抢走之后，天神的最后筹码也就消失了。"

丽塔暗暗吃惊，想不到自己随手用用 Ω 手杖，会有那么大的危险性。

"为了你能进入魔界用 Ω 手杖给盐石充电，我和盐石女神，还有天神的天使们，费了很多努力才做到。要知道，触觉是你转化能量的重点，但你跟背影人相触的时候 —— 到底是吸取能量还是丧失能量，这在于你的意志力，在于你跟对方谁更强。再次去魔界吧！你会胜利的，你是永远的救世主。"

在再次丧失意识之前，丽塔仍有点犹疑，向着芙图道："你不伴随我进去吗？"

"不！这次更彻底，连意识我也不再陪伴你，你休想听到我的声音……你，要完完全全独自完成这个壮举。人的意识可以还原为矩阵数据库。正常人的资料排列是杂乱无章的，这使得他们很容易受感情的左右行事。但矩阵中人不同，他们的眼中只有理性的世界，完全按照人类神经系统感知事物的秩序、规则、范畴所形成的——理性的世界！一个异现象学的世界！图像与声音连绵的世界、虚托邦与嘘托邦交织的世界！他们，只是一个个背影，却是最最真实的。你要小心四大杀手，他们是紫气（木星之余气）、罗睺（火星之余气）、计都（土星之余气）、月孛（水星之余气）；还有杀手总管，太白（金星，带有煞威，因之没有余气）。当你通过四大杀手的阻截，并且引诱守护盐石的太白现身并打败他的时候，就可以给盐石充电了，只要你能做到，天神们将重新在这个世界上找到语言，反败为胜，你就算完成任务了。"

丽塔知道，"四余"星曜"罗睺""计都""月孛""紫气"在天文上同时提及的话，有说法认为是指：月球沿白道由黄道南过升交点入北时，称"罗睺"；再由黄道北过降交点入南时，称为"计都";月球沿白道运行至远地点称为"月孛";运行至近地点时称为"紫气"。"四余"都和月行轨道相关。但是……

她问:"我怎么能认出他们呢?"

"他们的头发分别是紫色、红色、灰色、白色,太白的头发颜色不定。你进去魔界后,见到的每一个人都可能是杀手,因为他们都是语言程序,是魔神操控的鹽石投射的超文本,语言与语言通过比喻、转喻、提喻、隐喻等修辞手法相通,所以他们根本上是杀不死的。你怎能杀死语言呢?对不对?"

"他们在哪里?"

只需要去做,不需要有情绪

"他们可能出现在任何地方,任何人、任何物、任何跨越神魔界限的程序门,但实实在在的,他们只在你貌似从来可以一览无余的现实生活中。我已经把 Ω 手杖暂时化为鹽石植入了你的身体,你可以仅仅用语言操控使用它,那相当于声控密码锁。语言,或者说咒言,将伴随你一路通关。我只能送你到程序门的门口了,归根结底,一切需要你自己面对。记住,你不能有任何情绪,只有你的情绪降到零度的时候,你才能正确判断周围情况。别暴露自己,因为你要知道,这个世界已经快被魔神统治了。但通常情况下,被统治者并不想谁来拯救他们,如果你居然冒天下之大不韪产生情绪的话,身边的任何人、物、生命体，都可能随时变成杀手。你只需要去做，不需要有情绪，你要去圣维克多山为它充电……切记切记。"

芙图又叮嘱了一阵其他。

丽塔学到了很多，或者说被灌输了很多，阵法、过程、注意事项……

然后在某一刻，她宛如忽然掉入伸手不见五指的黑暗中。当她努力睁大眼睛看，而且也真的有了光能够让她看到的时候，她终于发现自己原来是在一个大坑里面。

她的感官似乎刚刚苏醒，身体感就来了，闻到大坑里散发着硫黄的味道，一阵怪异的燥热与焚毁的气息。

她也来不及多想点什么，赶紧三下五除二，在那个坑里快速走动起来，布下了阴遁的阵法。等阵法布好之后，她才发现，这是一个很大很大的陨石坑，陨石似乎砸到这里还没有多久，坑中心是一个她双手也抱不过来的黑漆漆的大石块，那应该是才凌空坠落砸在这里的一颗大陨石吧！四周还散落着大陨石四棱迸散开来的一部分碎块。

丽塔准备爬出陨石坑去，才爬到一半，却听到大声狂吠的狗叫声，手电筒光乱闪，一个个头颅从坑边探了出来。有人大叫："啊，居然有人在里面，真的有人在里面！先知的预言是正确的。"

那些人说的是法语，把她拽出来，推推搡搡的，就要把她带往警察局去。丽塔默默地念着"永恒的宁静"，她找不到 Ω

手杖在哪里，只是念，这真的管用，管用程度与她的注意力集中度及她澄心静虑的心态正相关，看来芙图说得对，在这里真的是不能够带着任何情绪去面对挑战的。

大真理管理小真理，大真理吃掉小真理

然后她的视觉真的改变了，她看到了周围人的面孔，心里不由得一个激灵，所有人表面上有千奇百怪的面容，但实际上内在都是一模一样的，都是一个背影。

在每个人的脸孔底下都浮动着一个似乎是住在他们身体里面的背影，一个后脑勺，头发漂浮着，似乎在向每个人的深处走去。

哦，这些人难道都是一个个早已被计算机改造过的程序吗？难道人类发展到一定阶段，所有的人都被宏观控制程序改造成为程序猿了吗？还是人性的深处，本来就藏着一个完全机械、完全理性并丧失了人性自发行动的不断离弃着大自然美好事物的背影？

丽塔走着，默默地观察着身边千篇一律的人，他们没有任何真正的共通之处，除了背影。也就是说，这都是她的敌人。

在路上，她也尽其所能再布下几个阵法，那过程其实很简单，只需要她有特别的呼吸、特别的注视、特别的脚步在地上画圈或者手向某个地方挥舞等姿势的配合，事情就成了。

地球是一个多么微妙的磁场，控制整个磁场需要的只是正

确的姿势，而一个人的身体，就是一个小宇宙，有它的风水，有它的生命规律，有开启或关闭它秘密宝藏的姿势动作。

而这些，在美瓷国千百年传承的玄学文化中，是一笔很可观的智慧精华。快到警察局的时候，她发现在她越来越深的安静凝视中，周围人的面孔还可以进一步地清晰，还从那一个个脸中的背影看见了流淌的时钟。那是达利超现实主义式的时钟，在无边的沙漠或者枝丫托起的扭曲欲望当中，始终流淌的时钟，连接着不同宇宙时空的时空。所有的时钟融入了不断告别的背影，是她的敌人。

警察局里的审讯非常繁复，她可以看到警察直接操控着一个个生命微波显示仪，查询每月居民的存在状态。

每个居民在哪里？在做什么？甚至在想什么？将要做什么？这些都会在这生命微波显示仪上直接显示。这倒真的是一种计算机式的管理模式，大程序控制小程序，就像大真理管理小真理、大真理吃掉小真理一样。

丽塔暗暗鼓动自己，赶快逃吧，没有任何人能够帮助自己，如果被囚禁起来的话，那么怎么跑到圣维克多山上去为盐石充电呢?!

身份! 仅仅是身份

警察局里每个人都是冷漠的表情，警官的表情更冷，他说:

"先知预言天降陨石，将会有一个怪物来到城里。她和我们全然不同，应对得宜的话，怪物可能是送给我们的一个礼物；但如果应对失当，那怪物造成的破坏程度无法想象。我怀疑你就是那个怪物，现在你需要接受我们的检查和注射。"

法语对名词的阴性、阳性分得很清楚，连桌子都分阴性阳性，丽塔听出警官说的是阴性她，不由得问："但是我是男的啊！我也不是怪物。"她这时候倒确实是男的，因为芙图为她变了性。

"先知这么说，谁知道为什么！我只管执行。"

丽塔叫起来："我不要听你这些鬼话。"然后忽然双手齐出，一下子抓住那警官的衣领，将他狠狠地摔了出去，然后飞身夺门而出，急速奔了出去。

这里一路上都是黑漆漆的，只有一些暗淡的光发自萤石，那倒真的是·种岩石，或者，鹽石。

她没有想到，这本来应该是一件小案子，抓捕她的警官却有那么多，院子外面密密麻麻的全是人，连树上都有埋伏，三两下就将她抓住了，重新带她到了审讯室里。

为首的两个人看起来不像警官，他们是忽然从树上跃下来的，迷幻的面孔背后闪着灰色、白色的头发，力气也格外大。

丽塔惊觉，这两个人，很可能就是计都、月孛。

果不其然，那个白色头发的人冷冷地看着她："我怎么看你这么眼熟？"

丽塔这次重新"落入世界"还没有机会看到自己的样子，但她知道自己现在是男身，既然月字换了马甲还是她——李丽斯，那么自己想必也是一样，所以说道："我不认识你，我也不属于这里，让我走吧！"

"你当然不属于这里，但是你的身份怪异，我们会找出来。"

丽塔拼命辩解："我跟你们是一样的人，我只是凑巧掉到了那个陨石坑里。"

那人道："这里是绝不会有陨石坑的啊。"

"但是事实已经发生了。我跟你们说一样的语言，我跟你们没有任何差别，为什么要特别地对付我呢！"

"这里的任何人都有身份，只有你没有。"

"我可以知道你叫什么名字吗？"

"李丽斯！我和他，计都，都是职业杀手，专门对付你这种破坏公共安全的家伙。"

啊！丽塔暗暗吃惊，真的又是她。"你们从哪里来？"

"从天上来。"李丽斯表情怪怪的，"因为我们现在在地底。"

"这是什么意思？"

"你很快就知道了。"

计都上前，显出诡异的笑，他笑容里的背影遁去。丽塔忽然头晕，全身无力。计都上前俯身观察着她，良久做了个眼色。李丽斯上前，将一管针剂注入了她的身体。

丽塔没有晕过去，甚至心中的恐惧也被她有意识导向头顶散去，没有半点投射出去：“你注射了什么给我。”

“身份！仅仅是身份。我们检视了你的内在，一无所获，但是现在，你有了一个身份——侵入者。”

走出海底城

李丽斯和计都带走了丽塔。

一个湖。那湖本来是泊在大地上的，这时候竟有一"块"湖水犹如水晶似的竖立在他们面前，一动不动，就像一块大大的果冻，只是轻微地战栗着。

几个人已经率先向"果冻"中走去，看起来就像常见的攀爬杂技一样，明明是像墙面的地方，好像走过去人感应的重力陡变，从垂直方向忽然变成了平行方向。

走了几步，他们的影子就消失了。

丽塔看着骇异莫名，竟忘了害怕。随后，李丽斯和计都也向那块果冻状的湖泊走去。走过去，他们的身体自然就有了九十度转向，一点没有障碍地继续朝上走。"我们会押送你去总部彻查，走吧！"李丽斯说。

丽塔脚前脚后地跟随，一时间心中紧张，打了一个趔趄。

但她很快站稳了，一个恍惚，就梦一样走上墙壁般走上那"湖水"，一路行去。

她想，她是因为紧张，所以才会趔趄一下，这正如乘坐移动电梯，担心反而有可能趔趄、滑倒，但放松地踏步而去，反而一路从容。

再走几步，丽塔感觉身子陷入了这块果冻当中，然后眼前一花，看到自己还是走在果冻上面，但是对面的景物全变了。几个人重新走上另外一个果冻的竖直平面，丽塔放松了身体，自然跟了过去，这次没打趔趄，随后走几步又陷入了果冻，就这样在一块块湖水中行走。

这样重复了几次，她看见自己已经来到了光明之地，眼前有一片怪异的水波，雾蒙蒙的，像是大海。

计都道："你知道吗？你刚才是从接近地心的一个海底城走出来的。从头说起，在地中海下面，还有一片大海，我们就是通过莫比乌斯带时空转换路径，从那里出来的。你现在知道为什么你出现在陨石坑里是多么古怪的事情了吧？那是一件前所未有的事，是绝对的相关虚托邦、救世主的意外，其极端意外决定了这是件不可能之事。你想想，海底城根本就不可能有陨石，陨石落在地球地面上才会砸一个大坑，落在海上则顶多是沉入海底，怎么可能直接穿过层层叠叠的海水，砸到海底城的城区，砸出一个大坑来呢?! 也不可能有你，你是不可能走进一幅画，一幅从平面到立体的画，走进走出海底城的，你不该出现在这里，对吗？但是实实在在的，你在这里，就像一个完完全全外来的侵入者，一个绝对的例外，就像那块陨石一样。"

丽塔惊问："什么？我们是从海底城直接走出去的啊?!"

李丽斯道："现在是公元 2217 年。人工智能早已掌握了全世界统治权，即使两百年前人类没有发现的海底城也未能幸免。在最深的海底城中，人还可以呼吸到新鲜的空气，因为那里的空气曾经被封闭了一万年。在大地上，人们却永远只能呼吸到重重尘霾的空气了，那是几十年前人类与人工智能发生大规模战争造成的后果。"

深厚大地的核心：海底城

"海底下怎会有新鲜空气的呢?!"

"其实在二十一世纪初，人类的科学家已经发现在地中海下面还有一个隐藏的内海，内海被海底岩石阻隔成好几层，底下有多个海底城。海底城的居民们不依靠阳光生活，文明发展自成一套，也一直不受地面上人类文明的诱惑。但当海底城人接触到地面上人类的人工智能技术后，终于受不了诱惑，也要开发，从接触 AI 到不得不接触人，然后又强化了接触 AI，一步步也就被同化，甚至最后仅仅是被 AI 同化了 —— 你知道人类是怎样一步步被 AI 反控的吗？如果知道，也就知道海底城人也是如何摆脱不了 AI 的诱惑了，这真有点像是魔鬼的诱惑。

"由于与地面世界的接触相对较少，所以海底城在这次战争当中还保留了一点点自己的文化。海底城决定彻底封掉跟外界的联系，看起来海底城也成功了，但是发生了一件怪事，你居然随着一块陨石活生生地砸向那里，透过海水、空气甚至海底城的山峦，穿越一切物质地砸向那里。啊！那里的天空全是海水、海底封存的和后来制造的大量空气、靠近地心巨岩上的高耸危峰……这些都没有挡住你。你就和伴随雷与火的陨石穿过它们，坠落到这里。那样重新封闭起来的海底城居然也会被陨石砸到，真的是开天辟地的第一次，完全无法想象，所以你是一个异类，一个绝对的、忽然撞入这世界的剩余者，这是毋庸置疑的事情了。我们也早有先知说过，我们人工智能的世界可能会被破坏，被一个完全陌生的人破坏。你，就是这个陌生人。一开始给你检查身体时，我们发现你身上没有任何可跟踪讯息，这真是太奇怪了。在这个世界上，任何人体内都已经有了政府植入的密码，那是使用盬石的能量调拨功能，牢牢地缝合在人们身体里面的，无人能够幸免。可你居然会没有记录，所以我们带你到中央警察部门去登记，这会使你获得身份，从此你就会在里面好好地生活了。对了，这个地下城的名字叫作——雅格岱！"

丽塔一听初觉奇怪，想想也释然了，二十一世纪的人类在不断地向星际空间扩展，对较近的地底下的事情反而一无所知。真的会有地下城吗？她以心问心地想：

如果把地球比喻成一个苹果大小，那么大气层与地面的距离差不多等于带色皮上的颜色与果肉之间的距离。然而，从苹果果肉到苹果核之间的距离，则相当于地球表面到地心的距离。

那么设想，如果只是站在地球上看天看地，天实在是没有地厚的，在地底下还有多么多么广大的空间。这么广大的空间中真的是什么事情都可能发生的，所以地中海下有这样一个神奇的海域，一个地下城，一个很可能连接了地底下四大洋的地下城，也就不值得惊奇了。

万物一体，没有外星人

这里飘荡着重重的尘霾。

丽塔看到这天灰蒙蒙的，所有人都戴着防毒面具生活，生活条件好点的戴的防毒面具品质稍微好点，如此而已。她要去的圣维克多山，正好是在法国境内，这里应该离法国并不远。幸好她出来了，假如她还被困在海底城里的话，那她不是得待到猴年马月，哪里有机会去完成什么任务啊?!

计都呆愣地看着她："太神奇了，你的体内没有任何可供追踪的元素，甚至没有原生地球人残留的基因组印记，而是全新的。你真的是一个完完全全陌生的人啊！我们甚至怀疑，你是从几百万光年以外星云世界里来的。"

丽塔好开玩笑："为什么不说我是外星人呢?!"

计都回答了她，这回答她将生生世世铭记，她不知道花费了多少精力去寻找外星人的存在，并无结果，但却是由她的敌人告诉了她可笑的答案："世界上根本没有什么外星人，根本没有。过去没有，现在没有，未来没有，永永远远也不会有。这正如费米悖论：'我们为什么没有在太空中看见一个智慧生命的影子呢？'人类什么都没看到、什么都没听到，也从来没有接触过他们中的任何一个。是的，在最适合观星的夜晚，我们可以看到大约二千五百个恒星，这大概只是银河系里恒星数量的一亿分之一，这二千五百个恒星所在的范围大约是银河系直径的百分之一。人类不能看到的世界，不知道还有多大。但是——因为宇宙一体，从来如是，外星人不存在，根本没有什么外星人，有的只是万物一体的群星之人。"

计都看出了丽塔的迷惑，一边盯她，一边瞅着李丽斯，发出不怀好意的笑容："看来我们的朋友是不明白，为什么这世上没有外星人？"

紫气、罗睺也来了，他们的脸孔里是深陷的两个隐约背影，飘荡着紫腾腾的、红艳艳的头发，宛如地狱之火。

紫气道："不妨告诉她吧，说不定反倒可以知道她是从什么该死的地方来的。嗯！听着，我想可以讲得更彻底一点——世界是各种基本元素构成的，它们几乎在所有宇宙星球都可能存在、可能构成生命，而生命也都服从于一体的宇宙万物，于是这世上没有什么外星人，有的只是同一个世界，甚至所有生命体与生命体之间也可以共享同一个世界。所谓不同，不过是你们玩出来的心理游戏。外星人这个词在一百多年前就早已绝迹了，人类已经认识到，万物一体，宇宙归心，没有什么外星人，只有平行宇宙泡沫，多元宇宙，衍生宇宙，种种宇宙，许多宇宙当中诞生或死亡的生命体在自由来去。"

也有一种不给思想余地的无余

罗睺道："这是一个无语世界，无语，也就无余，不给原生地球人任何思想的余地，这里是属于人工智能掌控了一切的世界。这里的一切一切，都是毫无余地的。首先，他们没有独属于他们的语言，他们都在铁板一块的越来越板结的鹽石统治之下。你知道吗？这里的每个人都必须要戴防毒面具，可是我们四个人是不需要戴的，因为我们有特供空气、特供能量和特供身体。我们戴着的只是最简单的除尘过滤的面罩，比起很多人戴的舒服很多，而我们的种种生活必需品都可以从人造云端随时下载，生活比起很多人要充实、丰富、自然，有效率得多。我们当然是要执行很多公务的，有时候难免有伤亡，当我们不满意我们身体的时候可以随时更换。所以，别想逃脱我们，因为我们会不惜一切代价把你抓回来的，即使让我们死掉也没什么大不了，因为我们可以随时再更换一具身体。"

是的！丽塔走在街上，看到街边所有的人全都戴着防毒面具，空中种种奇怪飞行器中的人偶尔停驻，也都是戴着防毒面具的。是的！她慢慢知道：这里的空气已经成为奢侈品，呼吸怎样的空气成为是否有第一特权的标志。从换身体到换器官，到医疗条件的享有，到干脆有一个经过改造的可以自动过滤空气病害的身体，那是第二特权。空气，多美好的词语！丽塔忽然无比怀念来到海底城之前可以自由呼吸的空气，可以尽情尽意呼吸，多棒啊！

这里每个人行色匆匆。无论怎样沉入永恒的宁静，丽塔看不见他们漠然的神情，但可以想象他们的内心是否也都有那样一个背影，不断地向着他们内在的深处走去，然后在某一个微妙的时刻又重新回到他们的面部，重新向内走，如此循环，无始无终，就像不同空间连接着的莫比乌斯带。

这是身体里的莫比乌斯带，而一切又都是互相招感的，于是从海底城到地面，从地面到海底城，又从海底城到地面，从地面到海底城，无始无终，也是一个个莫比乌斯带，人类已经快被彻底封禁在一个尘霾重重的世界中了。

但是这些人从来不会正过脸来跟自己对视一眼。她看起来是漫步在人群当中，实际上就跟漫步在月球上一模一样，看出去是无人，亦与任何触目可及的人没有任何沟通，仿佛面对所有自己的敌人。

于是，当丽塔也领到了一个防毒面具的时候，她趁看守她的人不注意，转身就往楼梯间冲了出去，不多久就逃到了街上。

等她想从一个小巷子穿出去的时候，巷子里忽然出现了几个人影，那是四余杀手：莉莉丝、计都、紫气、罗睺。

在如暮色般越来越深去，直至浩大深沉的黑夜的宁静当中，丽塔甚至能看到他们内在的不断远离他们脸孔表面的背影。

四余都没有戴防毒面具，而是戴着一种半透明的玻璃罩子，使得他们看起来更加诡异邪恶。

她存在，她就是如是存在

丽塔心如止水，融入永恒的宁静，意念才生……

一伸手，她的手里已经有了两把冲锋枪，她心中暗喜。在落入世界的时候，她就已经知道她可以随意得到武器了，在这个世界里面没有什么是真实的，如果实在要说有的话，那么只能是能量，是意志力，而她，在永恒的宁静中有着如此强大的意志力。

她现在是在为善而战斗，因为假如她不战斗的话，所有的能量都会为恶所占有。

尽管如此，她还是左冲右突地跟他们搏斗了好一阵。眼看就要被他们打倒在地，她终于扣动了扳机。但听一阵嗒嗒嗒的声音，四个人顿时死在地上，她随手扔掉冲锋枪，就疾步奔出巷子。

奔出去不多远，她就看到迎面又来了四个人，抬手举枪向她就射，那不分明还是四余杀手啊！她边躲避边还击，又是一场恶战，她再次把他们全部毙于冲锋枪下。

丽塔一路狂奔，想尽快逃离他们的掌控区域，再别觅道路去圣维克多山。但是她发现她好像是粘上了一大块牛皮糖，那四个人简直随时随地都可能出现，无论她用枪把他们撂倒多少次，他们随时有可能附身在身边的不知谁的身上，重新向她挑战。

有一次，当她逃到一个农场附近的时候，居然有四头牛向她撞了过来，她好不容易才把它们打死。她知道，它们四个也是四余杀手。

有什么办法呢？无数次的生死系于一发之后，丽塔喘息着想到，注射植入的跟踪仪只能在控制中心观测到她的脑电波、心电图等，而不能将她的每一项活动都一一呈现在计算机屏幕上，生物数码技术总还有无法统摄的生命行为。

于是百忙当中，她一边逃避追杀，一边在她活动的有限疆域里布下了阵法。

一枚火箭弹向她袭来，"轰！"，浓烟烈火中她倒地，同时竟有一种滑稽感，脑中飘过的居然是一句话，"朝闻道，夕死可矣"。她终于被四余杀手重新抓回去，已满身浴血。她伤重垂危，心里尽管沮丧，却也知道自己算是可以逃脱了。除非杀手们能够在她的大脑里找到阵法制造的神经线路，观察到意向性的阵法并予以破坏或者切断神经链，否则她是可以随时逃走的。

死亡可以体验吗？反正她可以。当四个杀手将她捆绑在椅子上，不管她死活准备审讯时，她在心中接通了阵法，然后她的身体就忽然消失，同时重现于阵法布置地。是的！她存在，她就是如是存在，跟所有人没有差别；当她消失，她就化身为一台光子计算机的程序体，自由穿越到那个心灵命定的点——她被那四头牛攻击的所在，大片荒地的城郊。

永恒宁静地活在这个世界上

有什么办法不为任何人找到呢？有没有办法不动情绪而只是活在自己的世界呢？有没有一个仿佛永久寂静，不为任何人打扰的世界呢？丽塔心中的这三个问题的答案（如果有）瞬间化为一系列迷局处处、魅影幢幢的影像，它们倒是除了她自己，无人可知的：

是的！在这个平静而荒芜的大地上漫步，丽塔看到了太多不公平的事情，但是她也一次次地转化了情绪。

情绪是秘密排荡的气从她的头上散射而去，情绪是不可见的光在她的眼睛若神呼吸。

好像到处皆是情绪，但是她不会有情绪。

只要丽塔一直没有情绪，她就不会被四余他们找到她跟这个世界的秘密连接神经线路。

但是——啊，这里，看起来是多么荒芜啊，尽管看起来繁华，但实在也很荒芜，所有的繁华都掌握在统治人类的背影人当中。他们只是一个个越来越苍凉的背影、沧桑的背影、隐约的背影，说到底，只是身为魔神代理的光电子计算机智能系统的背影，一个平行宇宙活动灵魂的背影，这些背影早已一个个蜕变成了非人的光电子计算机程序了。

但是，他们统治着全人类。

丽塔是一个不能有情绪的人，她在这里如果要有所行动，就绝不能有任何情绪。她看尽了多少不公、多少残忍、多少恶毒，却一直没有情绪。

她看到这些背影人在无知无识中浑浊了地面的河流小溪与湖海、污秽了天上的云彩和空气、耗尽了雅格岱的煤炭石油与铁矿、毒化了千百年隐匿于人间的地下城、沦丧了盐石言说的知识，做好事的人永远掂量法律，歹徒横行四邻沉默，金钱和权力是背影人的唯一图腾！她，没有愤怒。

但是丽塔终于还是愤怒了。

那天，她在一个空中枢纽要道上看到一个小女孩，一个活生生的人类小女孩，没有防毒面具，一辆飞车从她身上碾过，又一辆飞艇从她身上擦过，再一辆飞艇从她身上碾过，一辆飞车，又一辆飞艇，再一辆飞艇……七八辆飞艇一一或碾或擦而过她翻滚在失重宇宙时空的身体。司机们多半是可以看到小女孩的，但是没有谁停一停，他们的大脑还是身体，早已化入无穷无尽离弃这世界的背影了吗？统治者的背影，他们自己的背影。

背影中的离弃，又譬如人类已经可以随意改变重力而构建的繁复无比的空中要道在离弃……无限离弃的人人物物当中，没有谁停下来看一眼被飞艇碾压过的小女孩。

越来越深地安居于当下

丽塔终于愤怒了，她飞身而起如同赫拉克勒斯般挥手抓住了最后一架飞艇，揪出了司机，对着司机大吼起来⋯⋯

滴溜溜的警号声四起，空中警察们来了，他们也想不到怎会有这样一个无法跟踪身份的家伙，但他们毕竟追过来了。丽塔叹了一口气，只好逃走。

待到她好不容易摆脱警察，还在想去圣维克多山的路该怎样走，天边已经传来了轰隆隆的声音，那是四余率领的巡逻飞艇的声音，追击的人来得居然那么快。

丽塔越来越吃惊了，她的阵法布置只有两处，要是他们知道她的阵法所在地，她就无从躲避了，可能被光一样疾速到来的四余或其手下捉住，只会求生不得、求死不能了。

丽塔再一次抓起了冲锋枪，激战！她又战斗了好久，最终被捉住给带走的时候，她故伎重演（她无法想象还有下一次机会），穿越到新阵法当中。这一次，她回到的是总部楼下。

丽塔知道要摆脱被注射的追踪粒子，只要她的一切活动轨迹都在生命探测仪上有显示，那她就避无可避。

她再次穿越到阵法时，集中注意力觉察内在的更深层次记忆，宁静的记忆、遥远的记忆，它们有如一个操作界面，界面中是下载程序连接到电脑硬盘或云端的重要数据，她终于在界面中找到了——只需要她暂时躲到一些信号不佳的地方，生命探测仪就不会显示她的存在。这就好像二百年前有些地方 Wi-Fi

覆盖能够上网，有些地方 Wi-Fi 没有覆盖就不能上网一样，总有这么一些死角她可以利用。

她小心翼翼地开启了自己的多重视觉，看到了无穷无尽量子场的网络，看到了哪些地方是没有或很少会被观察到的，然后拼命躲避。

没有人，没有任何人能够帮助自己，甚至连未来的自己也帮不了自己，她所能做的就是在这颠沛流离的逃亡过程中，越来越深地安居于当下，这个双重当下，这个扭曲的时间停止与相续的时空扭曲的当下。

从现实的世界，到霍拉沙漠当中那凝滞的时空，再从这凝滞的时空当中穿越于异界时空的战役，她已经失去了一切庇护，只有越来越深的平静心绪。

艺术的方式操控着人类

她希望找到自己早已密藏在时间深处的克敌制胜的技能，而她，终于找到了。

那是千百年修炼得来的一滴血，千万年修炼得来的一点骨髓吗？

她仿佛是从很深很深的身体最深处挖掘出了这些记忆。

在这里甚至没有杨骄，没有虞美儿，没有量子场生命探测仪，而她将唤醒永恒的知识，从这里找到出路。

是的，人工智能几乎完全掌握了地球的统治权，四余杀手根本只是活动的电脑程序，一个个记忆体，异化了的有重量的数据体的存在；但四余统治的人却是一个个活泼的身体，送给身体"死亡"的礼物，并歌颂——死亡是人类身体所有的最大礼物。而身体的回忆就被四余随意地打发掉。

于是身体啊身体！身体真的那么虚无吗？像她现在就能够实实在在地感受到自己的身体，这身体感到温暖、寒冷、情绪，但她也知道这身体是一种虚无，因为她的身体随时可以舍弃，她也是如同四余一样的流动的光子程序，而不是如同这里一个个活生生的、只有一次生与死的、戴着防毒面具的、越来越像是毒气部队的——人。

她在越来越深的宁静当中想起来了，狂喜，想起来了！这个时候"知识""艺术知识"已经控制了地球，无论天神还是魔神都是以很艺术的方式控制着人类，因为一切的一切都是艺术。

视觉空间的战斗

有没有脱离于掌控的人类基本原始本能呢？要丽塔说，她觉得那该是视觉，或者说视觉深处蕴藏的意志、情知、情感、情绪……

丽塔可以肯定的是，要是再被抓住，她的耐心和力量都会耗尽，就好像一个徘徊的幽魂永远被囚禁在这里了。

于是她在越来越深去的记忆唤醒中，大脑直接连接到不可见的云端，从那里直接下载最新的知识，渐渐地对这里无比熟悉了。

她甚至有了新的视觉能力，第三视觉。

噼噼啪啪、嘭嘭嘭嘭嘭……枪声炮声大作，计都与李丽斯从空中从雅格岱再次袭来，她的背影在他们眼中有如标靶，可是她灵活地躲闪着，愣是没有枪炮能击伤她。

丽塔接近一座名为"本体论大厦"的大门，近门处，凌空跃起，回眸，向计都与李丽斯俏皮一笑，落下时拉开门，只见门里是总部的灿烂辉煌大堂，里面也有紫气、罗睺杀了出来。紫气用一杆次声波枪瞄准她发射，她手一扬，那枪顿时在紫气手中爆炸，紫气真的化为一股紫气消失了。

罗睺用的是一杆死光枪，只一枪，她手略收，避开了攻击，但门也被枪轰去了一块，她端端正正悬在门当中。

计都与李丽斯赶来，只见她回眸对他们微笑，拉开门，闪身进门，拉上门，消失于他们眼前。

而在罗睺看去，只见她对他们微笑回眸，门拉开，进门闪个身又出去，门拉上，亦消失于他眼前。

"三余"看到的居然是一样的情景：她消失。

计都与李丽斯互看一下，奔近拉开门，他们看到的不是总部内的景物，而是大片绵延的青葱山脉。

罗睺也奔过来看门外，同样看到的不是总部外的景物，回身，只见踏足于黑暗虚空中的计都与李丽斯。

罗睺惊奇到眼珠子都要滚出眼眶了，一把拽住了计都，问："你们看到了什么？"计都答："我的看见可以让你看见，你看吧！"于是虚空中一阵光影战栗，从计都眼中溢出光芒，溢向计都身体，又溢向罗睺，罗睺眼前忽现新视界，顿时他也看到了这大片绵延的青葱山脉了。

"这是圣维克多山！"一边传来吱吱吱吱的声音，一双眼睛在大片光影中闪烁不休，最后与一个地上站起来的背影合为一体，那是紫气，他借着一大块布满苔藓的石头"复活"了。

其余三个杀手互望着，异口同声问出一个问题："她是怎样做到的呢？"

"不管她是怎样做到的，总之现在我们活在她的视觉中了。我们在山中，她看我们只怕顶多是些毫无意义的圆锥体、球体、环状、三角形吧！而我真想知道，她在不可知的山外何处？"紫气说。

视觉细胞掌控的艺术空间

四余满世界寻找着丽塔，殊不知丽塔就在他们身边，饶有兴味地看着他们四个，她伸手，手直接伸进了他们身体，缩回手，她又看到了自己的手，暗暗得意地自言自语："原来第三视觉这么妙！我能看见他们，他们看不见我，我们错身于不同的凝滞时空当中。"

二百年前，海德格尔就说存在的遮蔽与敞开是存在者面临的最重大问题，存在者的个人是有遮有蔽的，而存在是无遮无蔽的，贯通了天地人神的存在寓之于建造性的艺术本质当中，那已经是多么古典的哲学了啊！丽塔感慨着，她相信自己已经深踞于这份天地人神贯通的艺术感的存在当中。

但是，丽塔还是要面对她的魔神与天神。

正当她为自己感慨万分的时候，天空隆隆作响，一道光向着她移动过来。当她第一时间意识到的时候，鼻中已经闻到了草木虫兽被烧到焦臭的味道，她心念一动，已然腾空而起。啊！她真的成为超人一般的人了，她倏然跃高了三百多丈，在滚滚气流中奋力腾跃、飞行着，避免被那道光柱扫到。

尽管她已经有了这样的力量，但那道光的迅捷与灵活还是太厉害了。她一不小心被扫中了小腿，腿上传来剧痛。她腾地一个旋身，越过了一个山谷，落到了地上，低头看着脚。她的视觉有种滋养的力量，那伤处快速地愈合，掉落的脚趾发痒，在快速长出新脚趾。

但是那光又狠狠袭来，敌在暗，她在明，她避得狼狈不堪。

良久，丽塔已经越来越熟悉空中腾跃的各种技巧。她深深呼吸，飞身疾向上，直接飞上了滚滚层云，在云与云的间隙、风与雨的浇淋中直奔向光源所在之处。她终于看到了，那是一个虚悬在平流层上的巨大的反射镜，映射着阳光，随时向着被攻击者投射太阳光照作为攻击。这种二百多年前就被人类提出的太空武器早已研发成功了，这时候在她看来却像是最古老不过的古董一般。

丽塔的双眼放出不可见的虚在粒子微波，一阵嘤嘤嗡嗡的声音过后，那反射镜开始转动不灵，终于呼啦一声脱离了空中平台，二者几乎同时四分五裂，飘向太空当中。

丽塔返身，呼啦啦的疾响当中，她又回到了地上，心中一片宁静，速度却比刚刚飞上天空的时候又快了不少，于是一份弥漫开来的快乐意绪愈发使她的宁静心境显得开阔。"我安全了。"她想，胸中泛出一阵涟漪似的声音。她聆听着，那是一阕无名音乐家的"永恒的宁静"，她似已经与永恒的宁静融为了一体。

丽塔望向远方，那是圣维克多山，与二百多年前的塞尚画的那幅画一模一样，用圆锥体、球体、环状、三角形等来处理常见的物体，一座山也是如此，那是早就改变了的人类眼神。一幅画画成那个样子，世界就几百年模仿着一幅画的样子，有时候真是生活模仿艺术，不断模仿着艺术，就连天神与魔神也都模仿着艺术，杆状细胞中显化了黑白灰、锥状细胞中显化了赤橙黄绿青蓝紫……

艺术！从古到今，艺术统治着人类，无所不在的艺术眼睛，明明白白或者无比隐秘地统治着人类。

之间、之间、之间，那么多的空间

丽塔走在大地上，时间连着时间，空间套着空间，她走着，孤身一人，一个人独立大地。

大地是如此连绵不绝，而又在不同的时间之间，所有的时间，都切分为之间、之间、之间，那么多的空间，由着她，孤单地行走。

这真是她仅仅凭着双眼的力量打开的平行宇宙吗？

如果是的话，那边为什么又来了黑压压的一大堆的飞艇、飞船、飞机，甚至闪着各种各样攻击性武器的莫名的飞行器，噼里啪啦，犹如狂蜂乱蝶般涌来，很快就逼近了她，无论她飞行提速能够到什么样的程度，还是避无可避，最终又将她团团包围。

丽塔又看到了四余，他们在四座飞艇当中，向着她冷笑，他们是可以逃出任何画的。无论丽塔用怎样冷峻的、炽热的、恶狠狠的、还是诡异的目光，反复地盯瞄着他们，将她的虚在能量粒子投射出去，还是无法将他们震晕，或者直接赶下飞艇。

李丽斯通过玻璃幕墙对她说着："我们正在排查你来到这里的线索，当我们把你的所有线索都看明白之后，你就会像一堆泡沫一样在这个世界消失。"

丽塔知道她现在是一个光子程序，比起电子流、电磁波、反物质、物质，不遑多让的虚无，因为她是由完完全全自由的一个个光子构成的，没有重量和任何此世界的属性，在她的感觉的边界以外是完全离散的。

她既是一个完完全全的整体，又是一个彻彻底底的虚无，不是一个人、一个实体、一种物质、一种意念、一种激励，只是一束轻薄无名的光子，是在无尽宇宙时空当中，经过了特殊投射产生的一个不知什么无名之物感知的效果，比起泡沫都还不如。

"我知道你们一定是查到了我来到这里的神经线路，所以才能够追踪过来的，要不然你们不会出现在我的世界。一个人不应该把她的世界让给她的敌人，好吧，让我们再次决战吧！"丽塔这样说着，但她唯一的武器就是她的眼睛，而现在她眼睛的攻击能力似乎已经失效。她在这个平行宇宙越来越与万物互联，与一切能量融为一体，却不能很好地调用能量，因为就算她生气也不能有情绪，于是就无法靠情绪鼓动眼睛之力反击。她只是无穷无尽地深入内在的宁静，尽量冷冷看着四余的攻击，努力躲避着，越来越没有还击之力。她，好像真的要完蛋了。

"对不起"的力量 —— 她看见了！

她只能偶尔攻击，她的拳头，她的身体，她充满了万千意绪的眼光……它们到底摧毁了几座飞船、几个飞碟还是几架飞机，她自己也不知道。但是这样斗了一阵，她真的有点累了，她的身体疲倦，似乎要沉入无尽的深渊，黑压压的飞船将她牢牢地包裹起来，形成了一个巨大的蛹，而她在蛹的中心，似要永久地沉沦。

"对不起，或者我并不是救世主。"她在心里面默默地念着，看着她屈服于地的膝盖，还有她健美的腰部，那是很美的像希腊式战士的身体。渐渐地，她化成了一个优雅的男子，对着大地说着对不起，大地不知道是否听到了她的倾诉。

而这时候，所有的飞船、飞碟、飞机，许多奇奇怪怪的飞行器，向她发出了轰然攻击，四余的嘶吼声也透过玻璃幕墙向她隐约传来，但是所有的攻击都在她的身旁发出剧烈的爆裂声，环绕在她身边，就是无法再前进半步，仿佛被一堵无形的墙所挡住。丽塔自己也深感奇妙，然后她的眼光锐利地深入大地，那眼光愈益深入了，看到魔神以种种盬石构造的操控世界精神的线路。丽塔惊觉，原来无情绪的目光可以如此根植于地，看到无限话语隐秘的存在和 —— 力量！

"去死吧！"又一次她的双眼向着四余投去了她的眼光。有光就能看见，如果无法看见，那只是因为没有光，有些光在人类的视角、视觉、视阈里面，有些光在人类的视知觉以外。当人类的视知觉越来越广大、越来越苍茫、越来越细微，那她就会看到各种各样的光，她会获得各种各样的能量。

是的！丽塔打开了光钥匙，打开了无形的宝藏，拥有了无尽的力量，她看见了一个新咒语"对不起"的力量 —— 她看见了！

凭着"对不起"的声音回旋、庇护着她 —— 同时随着她的看见，她真正的看见，她身边的攻击消失了，周围的攻击者也都如同她曾在第一次遁入凝滞时空当中用手碰到的麻雀那样，纷纷坠落。

这次她不需要用手，而是用她的眼光，她的眼光就是一种触碰，这种触碰就可以毁掉包括四余在内的所有攻击者。

因为他们有余，对，他们有余。

他们无论怎样操控这个世界，总会余下一些通向地下城雅格岱的线路，而空中的能量波、电磁波段等会被她所看见，一旦被她真正地看见，她就用眼光摧毁了他们的能量源，摧毁了对方的去路，他们就被毁灭了，从而维护了自己的世界。

啊，这看起来几乎是无穷无尽的雅格岱神经线路、精神线路究竟是怎样为魔神一步一步所搭建，从而操控着人类的呢？

她已经无从去追寻来龙去脉，但是她已经可以看见，以至渐渐超越于魔神，从而有了属神一般的目光。一旦她看见，就是拯救的开始，就是战争的开启，有时候也就意味着到来的胜利，譬如现在就是如此。

一切有余的事物都能看清楚

终于，丽塔又巍然站立在大地上，一切有余的事物都在她的眼中，看得清清楚楚，只要她的眼神流动，一股虚在粒子力量投入，就可以将他们化为齑粉。是的！这是她的世界，她可以在意识中创造出这个世界的一切。她想要树，那里就长出一棵树；她想开花，山坡上马上就开出一片花；她想让百步开外下雨，大片大片樱花伴着太阳雨就在不远处纷然落下。然后她忽然意动，又召唤出一阵腥风血雨的雨，雨，再次落下，怎样的雨都可以有她独特的调性。

这是一个独属于她自己的世界，她就是这里的上帝，她既然是神，难道还会被任何恶魔打败吗？

但是空中终于还是降下一个人，金星来了，那就是未来的自己芙图告诉过她的，四余的头子，金星，他亦是一个无余者。

金星带着杀气、威严、力量、残暴，但却无余，是个完完全全的无余者。在这之间的时空当中，金星对什么都无余，有的只是摧毁一切的力量。

金星愣愣地看着她，从黑发当中耀出两道夺目的眼神。丽塔看到的是一个背影，还是他披覆的长发挡住了脸孔？

丽塔飞身而起，转到了金星的另一面看去，一惊，居然还是一样。金星的身体四面都被长发挡着，这使她不论从哪个角度看，都好像是面对一个正在离去的背影。

这个金星居然还有幽默感，说："你可知这对付敌人的十六字诀心法吗？敌进我退、敌驻我扰、敌疲我打、敌逃我追，你无论怎样待在你的世界里面，都不会是完全安全的，因为总有一个背影会折磨着你。"

丽塔努力凝聚她冷冽或者炽热的目光，可是她的目光无法穿透金星黑暗的长发，她好像根本看不到金星。而金星闪动的身影，却如云朵的影子一样灵活，不时地挥手向她发出致命的攻击。一道道闪电在她的近旁劈开，就连巨石也会在第一时间被炸个粉碎，她逃得筋疲力尽。

"我真的要死了，"丽塔想，"我会永远地死在这里，唯一的死亡是在当下的死亡，所以我的死亡会比任何人更彻底。因为我已经进入了如此神秘莫测的深深的当下。"

当丽塔这样想着的时候，她的心中就泛起了浓浓的愧意。"对不起，对不起，对不起，一千一万个对不起。我对不起这世界。"她嘀咕着。

金星狂风暴雨的攻势，似已与天边的流星、地面的河水等自然力量结为一体，天空是疾风暴雨，地上是狂流奔泻，山岳轰鸣、交响都向她发动着攻击。

丽塔最后要放弃自己意志的时候，忽然间在心里面念出了："请原谅，原谅我吧！我愿原谅一切，也愿一切原谅我，因为我实在是没有什么好做的事情，假如能够做什么，那只能是神的赐予。"

这时候丽塔正在高天之上飞腾着，犹如飞船起伏翩飞，躲避着金星手挥处有如空中飞弹般的攻击，她这个念头一起，就看到在极远极远的远方，有一个怪异的八卦卦象，那是大团大团的浓烟，聚集成了一个谦卦。

满招损，谦受益

那是在六十四卦里面唯一的一个卦辞爻辞都很吉利的卦，其他的卦要么是卦辞吉利、爻辞不吉利，要么是爻辞吉利、卦辞不吉利，甚至都不吉利。

丽塔细看，这浓烟排成的谦卦当中，有一个黑影冉冉升起，最后化为一个背影离去。她无论如何努力，也看不清楚这背影究竟是什么样子。

终于她看明白了，那是美瓷国故老相传的"卦气"，金星所有何所从来、何所将去的线路图。

是的！金星在她现在视觉所开创的这个平行宇宙里无根，所以他无余，但是在更大的宇宙观中，他总还是会有余的，因为任何人任何事物都避免不了时空的范畴，金星在这个平行宇宙里没有根，总有一个平行宇宙里有他的根。丽塔似乎永远也看不明白那是怎样的一个宇宙，但是她总算看到了金星的来龙去脉。

金星被她越来越深地看到的时候，她会让金星死！

可是——不！金星不会很快毁灭，因为她的视觉实在是隔得太远太远了，几百万几千万光年以外的观看，一般力量有限，无法杀死近在眼前的金星。

宇宙浩瀚！尽管看到了金星的力量之源，丽塔却无法破坏，因为她无法从另一个宇宙中得到能量支持。

正在不断攻击着她的金星越来越疯狂如魔了。

丽塔的觉知反过来压迫了她自己，她的身体越变越小，越变越小，但是小竟然有小的好处，躲避金星的攻击更容易了。

渐渐地，丽塔变成一只小蜜蜂，忽然瞅准了时机，嗖，钻进了金星密沉沉的长发。

可是，瞥眼看去，金星的长发里面什么都没有，没有眼睛，没有鼻子，没有嘴巴，什么都没有，原以为是眼睛的地方，其实只是两枚光电子仪器制造的光学装置而已，这个家伙居然是一个无脸人，任何一个方向都是"假脸"，可以说是一个彻头彻尾的背影。

然后，丽塔的身体越变越小了，最后小得就好像针尖一样，还在不断缩小、缩小……直到丽塔身体战栗，她感应到了来自另一个平行宇宙的 Web 3.0 干涉波，于是可以直接改变自己的行为动作，竟又能操控远在另一个平行宇宙的金星的内在精神线路图了。

随后，一方面，丽塔努力集中精神目光凝视着金星的此在宇宙有余身体的幻影，努力破坏着金星的幻影身体；另一方面，丽塔可以直接穿进金星的身体。她穿进去穿出来、穿进去穿出来、穿进去穿出来，金星的身体开始颤抖了，像是被乱针戳伤，站立不稳了，终于轰然倒下。

丽塔的身体恢复了原来的大小，又稳稳地站立在大地上，望着倒在她脚下的金星，她刚才已经破坏了金星连通宇宙能的神经系统。那些神经系统全部都是由盐石操控的。

金星的身体匍匐在地上，忽然就像一摊铁水开始慢慢地熔化，并流淌开去。

分子级别的纳音音波之战

丽塔诧异地走开几步，只觉远山空蒙，随后就感到了脚下大地的震动，圣维克多山开始复苏了，等她退后了几百步，才看见眼前的圣维克多山重新站立起来。这整座山就是一个人，不是金星，不是任何人，但似乎又是一切，对着她，用一根巨大的手指头指着她："你，区区一个地球人，居然能够孤身挑战魔神？你真的是宇宙亘古以来第一人啊！但是遇到我，你的幸运终结了。"

丽塔不管三七二十一，还想用刚才对付金星的方式来对付这座山一样的人，或者人一样的山。但是这一次她却无能为力了，因为这座山是无穷无尽的山，也是无穷无尽的人，它的每一个部分都是活的，即使她能够用她超然冷冽深邃有如金刚石的眼光切断它的某一部分神经系统，它的其他部分依然活着，依然随时随地可以向她发出致命的攻击。丽塔最后就好像孙悟空被铁扇公主扇动芭蕉扇一样，被她挥动的巨臂直甩了出去，笔直射向远方，最后啪的一声重重地落在一个沙丘上，全身几乎都要摔散了架。

丽塔暗中把她所能想到的所有关于 Ω 手杖的咒语都诵读

过了，没有任何效果。她也越来越用冷静的心绪、澄明的目光看向近处，看向远方，看向一切，但是尽管她似已经看透此在世界的奥秘，还是无法应付面前的这个山一样的人的怪物的攻击。

"我真的要失败了，我真的要失败了，没有人能够扛起所谓救世主的重任，这世上根本没有什么救世主，如果有的话那也是个假象，因为如果救世主的终极能力是掌握在别人的手中的，那能叫救世主吗？"丽塔沮丧到了极点，她已经准备彻底放弃了。但是，她忽然在最后的时刻想起了杨骄，想起了杨骄的纳音笛曲，想起了杨骄是如何融入阵法当中打败了群鬃的。

于是，她的眼睛自然闭上了。但是闭上的时候，她看到了更加神奇的东西，一切的景物都融汇为声音，一个声音的虚托邦，化为声音的节奏、韵律、轻重缓急或者越来越大的寂静……

天边的北斗星似乎也听到了丽塔的心绪，在缓缓转动着，斗指子则冬至，音比黄钟。加十五日指癸则小寒，音比应钟。加十五日指丑则大寒，音比无射，谦卦值日。她可以用视觉洞穿，从而改变当下的命运。而当无卦可见、无卦气可感，她只剩下了对万事万物的最后的、无比深沉的聆听。

那是声音，明明声音该是听到的，她居然看了声音，那山一样的人、人一样的山，居然与这整个宇宙一起发出轰鸣的声音。她倏然身体缩小，飞入了这怪物的体内，她明白了，她将和杨骄一样打败这个看起来绝不可能被战胜的怪物，因为她就是它，它就是她，他们二者是合一的。就像她跟宇宙从来都是合一的，无穷的宇宙，无尽的时空，无尽的平行宇宙之间的空间，都是合一的。

丽塔似乎变成了一个次声波武器，与这巨大的山一样的怪物融为一体，发出次声波武器般宇宙共振的声音。啊……啊……激荡着这个家伙的庞大身体。

怪物再怪，毕竟也是分子构成的，而分子之所以具有一个整体功能，是因为分子是由无数个零部件组成的，每一个零部件都各司其职，各自发挥着独特的功能，有的负责能量运输，有的负责指挥方向，有的负责废弃物质与能量的处理，有的负责协调各个零件的关系，等等，这些零件必须同时具备，少了任何一个，整体分子的功能都不复存在。所以，无数个零件必须同时具备，整体功能才得以实现。而丽塔，化成了深达一切分子结构的纳音音波，攻击性的音波，直接全方位攻击怪物的分子级别的身体，直至怪物被彻底摧毁。

高贵的愤怒是一个秘密

那好像是一场梦，梦里边又套着梦，一个个梦无法去一一点数，无法去细想，但是一切都在经历、在经验中改变，那是有序无比的经历、无比真实的改变。

等到丽塔真的恢复清醒的时候，一切都已完成，她站在了地上，看着在她面前轰隆隆坍塌的圣维克多山，她知道她成功了。

丽塔看着这个一片废墟的世界，心潮澎湃。

丽塔俯身，把手按在这废墟之上，她的身体就是 Ω 手杖，Ω 手杖就是她的身体。她，就在自动地对着这片盐石充电。这片盐石是属于魔神的，也是属于天神的，而终究无法定义孰谓天神孰谓魔神的天神与魔神还在另外的平行宇宙里，发生着无穷无尽的战争。

战争的胜败，将决定这个当下世界究竟归谁所有，而她充电充电充电，她知道她为盐石充的电能，将一定会全部归到盐石女神那里，因为那已经经过了诸神的祝福。

丽塔充电完毕，第一时间就睡着了，她实在是太困倦了。但是身体真的是一种最奇妙的幻觉，或者说幻觉的根源，她几乎是在最疲倦的时候堕入了梦乡，然后又忽然在最清醒的时刻睁开了眼睛。睁开眼睛的时候，她就看见了笑盈盈地面对着她的芙图。"我就知道你会成功的，你真的成功了，你没有依靠任何人，甚至没有依靠未来的自己。这个世界爱你，现在你应该回到你的世界，我也该离去。"

"啊！还好啦！不过我毕竟愤怒了一下，差点坏了事情。"

"所以说你是救世主嘛！只有救世主才有那样的好运气。你明明不该有任何愤怒的，但是偏偏你在那个节骨眼上愤怒了，召去了四余杀手去追杀你，正巧那时候天神跟魔神发生大战，魔神需要他们参战帮忙，可是四余缺席导致天神赢得了胜利，所以后来反过来帮你你才成功的，多少冥冥中无法说清的神秘因果在帮你啊！譬如杨骄的那棵传说中的橘树开花后已经枯死了，英武爷爷把它拉到了当年神奇法师布的一个祭坛中焚烧，在英武爷爷看来只是顺从神奇法师当年的叮嘱，作个禳法，却不料烧出了谦卦的卦气让你在平行宇宙中看到，帮助你打败了金星。看！一切都是最好的安排。这真是巧中巧、险中险。"

"啊！有这样的事情？"

"你是救世主，一定是，我从来没有想到你会有这样多的愤怒，而你还能够全身而退。但是，其实我也知道这个秘密，救世主比起所有人多的唯一的一样绝对无法隐藏的情绪，那就是愤怒。在这个人类几乎已经完全被奴役的地球上，人类几乎认定神只剩下了一种状态，就是说，'假如神真的存在，可以为人类所知道，会拯救人类的话，那么神最多仅仅有三种情绪状态，一种是极乐，第二种是微微愤怒，还有一种是绝对的创造一切的宁静'。你看你是救世主不是？只有你，才会有那么纯净、有力，而又幸运的愤怒。"

真正的救世主 —— 丽塔

丽塔晕了："啊 —— 救世主，救世主，我是救世主。"

英图向着丽塔的身体一伸，从她的休内取出了 Ω 手杖，重新交到了丽塔手中："你还是带着它吧！它是一种鹽石焚烧的余烬所制，所以它不是严格意义上的鹽石。有一天，你会来到鹽石女神所在的鹽石世界做客，到时候你会学习亿万种鹽石的语言，了解它是怎样统治着人类，但不是现在。现在，你带着 Ω 手杖，继续在人间完成你的使命吧！"

"嗯！我会小心收藏 Ω 手杖的。"

"我教你一句咒语，跟我念：谢谢，谢谢谢谢，谢谢谢谢谢谢……"随着芙图的教授，Ω 手杖缩小了，变成了一枚戒指，看起来也就是一个 Ω 的字母形状，戒指朝外的一面顶着一颗晶莹的红宝石。丽塔好奇地凑近了它深深望去，望到里面似乎有隐约的瞳仁回看她，如梦如幻，炫美异常。

"我明白了，只需要我说'谢谢，谢谢谢谢，谢谢谢谢谢谢……'它就会变成红宝石戒指呢！"

"猜一猜怎么让它变回来呢？"

"谢谢谢谢谢谢，谢谢谢谢，谢谢……"随着丽塔的念诵，戒指又真的变成了 Ω 手杖。

"哈哈！你真的太聪明了，就是这样。戒指也有妙用，你慢慢探索吧！祝你好运。"

终于，芙图离开了，丽塔又回到了那个凝滞时空的霍拉沙漠，又跟虞美儿他们在一起了。

也终于，在吴远天死亡的一年以后，来了真正的救世主——丽塔！

是的，丽塔来了。

远远地，她看到了这背影沿着摇曳虚在光与气的阶梯，向上、向上、向上……走了一阵，她也到了那阶梯，攀登，等她好不容易到达那个巨大眼睛睫毛最浓密的地方时，费力地用手掀开了那眼皮，对着里面说着："你是一个大傻瓜，就为了满足一点好奇心出卖了自己的灵魂。"她是怎么会说出这句话的？老实说她自己也不明白，而当她明白的时候，一切俱往矣，又抑或，是平行宇宙中发生的事情？世间的事情多少都是这样子的？这里表过不提。

转过眼去，丽塔看到一个背影爬上来，那真是一个太小、太孱弱的背影，也接近眼睛，背影甚至在一根睫毛上绊了一跤。只听那眼睛似乎倏忽间变为了深谷，发出悠悠回响，仿佛是眼皮在战栗着说道："灵魂是最没有用的，但是所有的艺术家只为了灵魂而活……"

丽塔在想，这个背影人到底是天神还是魔神呢？

她缓缓举起了 Ω 手杖，念诵起一段咒语，挥舞着 Ω 手杖……

终结了流转在杨骄家族的诅咒

那背影到底是天神还是魔神，归根结底无人可知，可以知道的是：

那只眼睛闭上了，随即霍拉沙漠发出"霍霍霍霍霍霍"的风沙呼啸之声，那空阔、苍茫、虚无而薄透的眼皮颤动着，在无限广袤的天地之间颤动着、颤动着，终于眨动起来，眼光有如闪电闪烁着，重重风沙与尘霾的堆积中，可以看出那是一头独眼的巨牛兀立于天地之间。

巨牛的独眼缓缓睥顾着、移动着、摇晃着，它有如一尊沉睡的大神刚刚醒来，独眼缓缓升高，飓风环绕独眼有如风眼回荡而又回荡，有如一个 a 撑直了身子，升入高空，渐渐变成一个 A，变成一个巨大的锐利的三角眼，冷然地看着这似乎是永恒空荡荡又充满无穷无尽生命力的霍拉沙漠。

是的，一个 A，那三角眼下是倒挂的闪电，无休无止、无边无涯，那三角眼有如群星永恒，又有如季节的种子一样懂得时序的安排，即将重新安排人类精神生活的一切！是的，一切！人类精神生活的一切，在这头有如宙斯化为的巨牛、有如大威德金刚、有如印度神牛、有如北欧文化创世之牛灵魂不死的可怕凝视当中。

直到那只眼睛终于闭上了，也就是丽塔为 Ω 手杖接通了导向盐石女神的虚在能量的时刻，是帮助天神们恢复了能力，重振军心打垮了魔神的进攻，使反物质之眼无法与艺术眼睛完全融合，打断了魔神控制杨骄家族的能量连接，从而终结了流转在杨骄家族的诅咒的时刻。

然后他们睁开眼，就看到了他的背影。

丽塔手一指："他在那里！"探险队的人也喧腾起来，他们可以看见那个背影。

真奇妙！刚刚爆炸的光球已消失，这消失是除了丽塔之外无人知道的。对于丽塔忽然获得神谕式发现沙漠中人的眼光，虞美儿和杨骄也只觉奇怪，谁知道刚刚在那个当下，曾经发生那么多惊心动魄的事情。

世事又何尝不是如此呢？

每一个片刻，都不知道发生着多少生存与死亡的故事。

每一个片刻，都是神秘的，都有无穷无尽的渊深、博大和曲折，大多数人却无从追寻。

远远地，他静悄悄地趴着。

当探险队的人靠近的时候，他梦一样翻身，灵猫一样站了起来，目光移动，看向虞美儿："你，你是……"

"你是洪范？"虞美儿先开口。

"是的！我提醒你不要来，可是你居然来了，你，你，你。"

虞美儿几乎要激动地投入他怀中了，可是她压抑着道："是的，我来了。看起来一切很好，没有什么不好，对不对？"眼泪簌簌流下。

"啊！你真傻，当你找到古城的时候，魔鬼绝不会放过你，我跟你说过的，魔鬼会利用、盘剥、消灭我们的灵魂。我不需要任何帮助，因为我只想自己走出困境，不想连累任何人……"他说着，这些话他早就说过，他又不断说着，脸上写满了恐惧和担忧。

"那么，魔鬼在哪里？让我们一起找到它，消灭它。"

"我想我也许只能说些玄话，魔鬼在这片霍拉沙漠的每一粒沙、每一阵风当中，魔鬼通过这里的每一点空间看着我们，你怎么找到它，消灭它呢？小傻瓜。"洪范叹息着，"当然，魔鬼也在我们心中，这更难找了。唉！总之你不该来的。"

"梦里边我永远看不见你的脸，但是现在我总算知道你长得什么样子了，在对魔鬼的战争中，我们已经赢了第一场了。"

"你看到的并不是我的脸。我在魔宫当中长大，我的脸孔是随便从魔鬼眼睛当中的一个形象复制的，那，是接近完美的，也是虚假的 ——我原本的样子，我早已忘了，而那，也并不重要。"

是你的看，造成了我的状态

虞美儿愣愣地看着洪范的脸，越看越觉得清晰，但也越看越觉得迷惑。是的，一张原本长得怎样的脸并不重要，她爱的首先是真实的脸孔。同时，她总是爱着一张可以无限张扬她的想象力的脸。"好奇怪，我就在你的身边，居然还在思念着你，也不知道是你真的有太大的魅力，还是由于我还在如梦如幻地思念着另一个永远捕捉不到的你的脸孔？当所有人背向我而去，你总是最真实的，至少，你有一张脸，还是这样……美的脸孔。"她说，说着他的美多少有点不好意思，议论男子的美总是不好意思的。

"哎！连我也莫名其妙感到这世上还有另一个我呢！"

"这……对了，你是怎么在霍拉沙漠中生活的啊？找到你的时候，看起来你的状态不错。但是，你却是倒在沙地上的。"

"我不是一直那个样子倒在沙地上的，而是当你找到我、看到我的时候，我才变成那个样子在沙地上，让你看见的。是你的看，造成了我的状态，正由此，我才会第一时间起身、回头，看到你。"

"好吧！就算是吧！之前你以什么状态生活在沙漠中呢？"

于是，洪范给她讲述他的遭遇：

他，就是吴远天在霍拉沙漠中遇到的那个欲以眼光逼退一个画中背影的青年。当吴远天抱着嘉靖鱼藻纹罐子冲出魔宫的时候，在不同始源"之间"的人类精神视觉的嘘托邦崩溃了，洪范避无可避，眼看要被漫天黄沙掩埋。于是他产生了最后的疯狂，找了一把刀，猛力戳向那幅眼看背影已经要走出画面的画。那幅画破了，魔鬼仓皇奔出，他欣喜若狂，发出狂笑之声。然而忽然笑不出来了，猛烈的狂风停止，他以为被他破坏了的画忽然立体、壮大起来，霍拉沙漠中两根巨大的柱子拔地而起（他后来知道那是"画框"），封住了一个凝固的画面空间，空间中出现立体的背影人像，探头探脑，吓得他一跃而起，有如达利的《原子的丽达》，一切自然物理秩序忽然崩坏，他悬空，又重新落到地面。这时候一切都已改变，他被重新束缚在嘘托邦当中了，一个循环时间的嘘托邦，魔神后来叫它时间胶囊。

洪范看了半晌，发现他落入了一幅威廉·哈默休伊的画中。

这位哈默休伊是丹麦画家，斯堪的纳维亚极重要的画家之一，他将作品的色调组合减到最低，就如同以黑白胶卷洗彩色照片一般，几件作品以阴暗的极限穿透人类视觉的受光感应，技巧直追光影大师伦勃朗的大作。

洪范落入的正是哈默休伊的《室内》，一个抱着盘子的女子背影，就在他眼前，可是他走上前，无法企及，他越是走，画中女子背影越是如同感应了电磁力般弹开，与他保持着一段距离。不多久，他走入了画中，闭眼，感到了自内而外深沉的黑暗，再睁眼，只见身边都是白色与黑色，这是画家创作时的基本色调，许多门制造出多重空间的效果，近处是画面中央的门，他在门边徘徊。

门的附近是另一个房间，另一道门，再往内窥探又是一个房间，以及几乎被掩盖的户外阳光从仅剩的一小角度照射入屋内。整个房子静得出奇，明明感受到应该有人在屋内却不见任何人影。如果再细看，作品中门角、墙面的比例有些并不协调或对称，甚至出现歪扭的情况，但闪烁着，产生一股神秘的效果。

坦塔罗斯喝不到嘴边的水

洪范疯一般奔向那些比例不对称的地方，他相信那是魔神制造这片封冻时间的名画世界的败笔所在，假如他是一个被埋在坟墓中的人，那么那里是墓穴的出入口，正在做着最后的填埋。

洪范实在无法走近，他的眼前始终是门，是走廊，是背影，无穷无尽一个女子的背影，他就这样被困在时间胶囊当中了。

这里一切清清冷冷，他却好热。

他在画面深处找到一个瘫痪的软表，那表丑恶地蠕动着，但是上面的时间总还是可以看得到的。随着时间的流逝，每隔二十四小时他就发现自己会被吸入软表，跃入了一个"之间"，眼前黑暗，然后睁开眼睛又看到新的无限深去的黑暗，看到另一幅画，并在画当中重新找到这个软表。

那幅画也是关于背影的，另一个不知名画家的画，画中有一个男子的背影不断地远离，又不断返回他眼前，他永远无法靠近背影，就如坦塔罗斯喝不到嘴边的水一样，他变得需要靠近背影，因为这里不热了，却是又冷又苍凉。

背影不断地远离，慢慢地，他已不知道是希望靠近还是远离背影，但那背影始终在近旁出没着，折磨着他。

洪范每天不知道要做多少挣扎，他冷，饥饿，疲倦，烦闷，躁乱，焦虑，疯狂，剧痛……

所有能想到的人类的负面词语都可以形容他的存在，他仿佛变成了扑火飞蛾，不断扑向那些背影，中间经过不知道多少艰难险阻的斗争，□□□□□□□□□（据说艺术是色情的，那么仿照《金瓶梅》笔法，诙谐言之，比喻真实的相遇一个人类的面孔之难的过程，故说省去十万字。十万字，真的不够写），但总无法达到目的。

好在每天的二十四小时过去，他会跃入另一个二十四小时。虽然洪范再次经历一遍这样的痛苦，但在从黑暗到黑暗的之间，他可以有短暂的喘息。

普罗米修斯般反复掏空内脏又长出

这样的轮回久了，他训练出了愈发强大、深透、细致的目光。他甚至在这短暂的喘息空隙中看清，在这仿佛是无穷无尽远的远方，有另一个大钟，大钟上的时针、分针、秒针一天天周而复始转动着，但那不是揭示时间的流逝，而是揭示更大的绝望，因为大钟下的日期指示的永远是那一天，或者那一天过后的那一天，那一天、永远那一天过后的那一天……徒劳不止、循环无休，画总是召唤感知印象的复活、返回，是这样的！

他一天天轮回着，就这样每两天每两天轮回着，唯有两天之间短暂的黑暗喘息给他安慰。

第二天比之第一天唯一不同的是，那是不同画家的画，女子男子女子男子……不同的背影，不同游荡着、折磨着他如同普罗米修斯般反复掏空内脏又长出而永承痛苦的背影。这，就是魔神的报复。

实际的时间只有两天，但在洪范的感觉里时间无穷无尽，他甚至感到自己也变成了一个彻头彻尾的背影，没有了脸孔，当他伸手向自己的脸，摸到的也是后脑勺。

当他的痛苦到了极点，他的性灵似乎分裂了，他到了另一个地方，他不再仅仅是在这看不见的可怕美术馆中受苦，也去到了另一个地方接受魔神的训谕，要他去提醒一个名叫虞美儿的女子不要来霍拉沙漠，他照做了。

慢慢地，另一个他爱上了她，她也爱上了他吗？

他，他，他……他不知道还有多少个他，但他最挥之不去的是两个他，一个是困在画中的他，另一个是魔神训谕的一个黑暗时空的他，两个他对他来说都是无比真实的。洪范开初与虞美儿梦魂相系的时候，顶多只是想脱出那些无尽充斥背影的画面，但当他渐渐与虞美儿发生感情，就开始担心她来找他，所以，不想要她来。

尽管他爱她，但也不想她来。

谁知道这背后是不是魔神的新的玩法呢？或者是魔神为了更彻底地操控他而引来虞美儿呢？洪范越来越担心。直到大爆炸发生，虞美儿、丽塔和杨骄的看见，其他人不可见的看见，他们的观看就如用目光点燃宇宙大爆竹的引线，引发一次个体生命产生的创世。

对他们来说，他们看见的永远只能是一次大爆炸，而看不见在大爆炸之前和大爆炸核心发生了什么。这是绝对的事件，也是绝对的创造。为什么是事件？就像没有人能在不观察宇宙的时候知道宇宙中究竟有什么，而观察，最彻底的观察是什么呢？是视知觉的忽然重置，爆炸一样的，遁入一个全新观看的新世界。又为什么是创造？是这样的爆炸打通了所有阻碍的看见，产生宇宙、平行宇宙，全然诞生，有时候也全然撤回，

她们准备返回了，却不料半途上那个量子场生命探测仪再次发出讯息，虞美儿惊讶："我还想念着洪范，而它又指示了洪范，好奇怪，难道真的有两个洪范？"

"世界上什么奇事都有，据说每个人都在世界上有一个化身，只是自己不知道。有一派研究平行宇宙的科学家就曾设想，宇宙空间是无限折叠着的，而在某一个时间幻觉的点上，自己是可能遇到自己的，就像你遇到自己的影子，有光就有影子，有平行宇宙就有另一个你，你在这个时间点上走过去，迎面走来另一个平行宇宙的自己，你们在一个时间点上错身而过，互不相识和看见，但是那个自己一样存在，除非在特定的情形下，你们才会发生关系。"丽塔有过遇到芙图的经历之后，眼界思维打开，这时候顺口说出她的设想。

"无论怎样，找到了再说吧！"

被凝视拉回霍拉沙漠的林动

她们真的仔细找去，居然真的找到了……但不是一个人，

而是一个"蛋"，像是一个摔坏了的蛋。要不然，就像一个破了的胶囊。

在霍拉沙漠中，她们找到了一个奇特的破开来的容器，容器里面是一个包裹在如同蚕茧一样丝状物中的人。容器原本的样子该是一头大一头小，所以拼凑起来像个鸡蛋，也不知道是什么物质所制。

她们小心翼翼把这个人从"蚕茧"中剥出来，只见那是个帅气的男子，帅气程度还大大优于她们先找到的那个"洪范"。丽塔不禁捂着嘴巴偷笑，对虞美儿小声道："他要是洪范倒挺好，那么帅，比时下任何一个超帅的男明星都不遑多让啊！"

虞美儿脸上发红："我有种奇怪的直觉……"

"哎呀，你好像不好意思说呢！"

"真的，太难为情了，但是……"虞美儿鼓了很久的劲儿，这才道，"我觉得他也是洪范。"

"那是不可能的，一个人不可能既是 A 又是 B，你的感觉肯定出问题了，大概就像蝴蝶恋鲜花，由于某只蝴蝶自己早已经闻到鲜花的味道醉了，所以遇到任何一朵鲜花都觉得是它早就想要的那朵，那是不是被蝴蝶的心魔捉弄呢……"丽塔取笑着虞美儿。

"不是这样子的。"虞美儿脸红得已经像是虞美人鲜花了。

"被迷住的人或者蝴蝶，都不会有自知之明的。就像清代丁观鹏所绘《是一是二图》，画中的乾隆御题说：'是一是二，不即不离；儒可墨可，何虑何思。'西方哲学家们常说的，'存在是一又不是一'，是不是啊？"丽塔轻笑。

"但是总还有另一个可能。"

"我看不出。"

"就是说，真的有两个洪范。我不相信，我这么强烈的感情也会出错，那是——爱！你知道，爱一个人时会很专注的，我相信我的直觉，那么只能是……有两个洪范。"

"哈哈！你倒真的是情圣，不过情圣这种生物也是生物，生物总是受着信息素的影响，就像一只蝴蝶会隔着十公里还思念着另一只蝴蝶，这是不由自主的……"丽塔叽叽喳喳继续说着。

终于，这个蛋中人苏醒了："我叫林动！大森林的林，动力的动，我本来是在跟魔神作战的，怎么会忽然到了这么个怪异的地方？"

有了林动，丽塔后来慢慢才知道了魔神和天神在未来世界的那场战争，战争的成败居然是由于她帮助了鹽石女神，为鹽石充上了电能，等等等等。

林动的故事是另一个诡异的故事，这里略去不表。□□□□□□□□（此处省去三万字）。

总之，这段寻找经历还算是勉强有了结局，虞美儿找到了她的挚爱，可惜，找到的对象多了一个。丽塔听到了林动的故事，她还不知道这些故事会对她有怎样的影响，但她知道，这一切就如林中的种子被她看到，而哪些种子将夭折？哪些种子将发芽？这一切，将顺服于新的天命，即她的选择——别忘了，她是救世主呢！

作为无余者的救世主

杨骄呢？他从霍拉沙漠回到余让镇后，就知道英武爷爷做了一件"大事"，但他一开始知道的时候怒不可遏。

杨骄行前拜托英武爷爷照顾那棵桃金娘树，但是它在开花后迅速地枯萎了。英武爷爷说他从《北岳天书》中参到了解除小镇魔咒的妙法，就是焚烧一株"空中之树"禳除，他也真的将桃金娘树运到了一个小树林里做了隆重的祭祀，祭礼严格按照神奇法师生前的嘱咐所做。他很虔诚，也不知道是不是由于他的虔诚，禳法发挥了作用，镇里真的不再有小孩子被狗咬出狂犬病了。

丽塔很想跟英武爷爷说她的奇异经历，她曾在她视觉开创的平行宇宙中看到那禳法形成的浓烟聚集成了一个谦卦，卦气中有一个黑影冉冉升起，最后化为一个背影离去，她无论如何努力，也看不清楚这背影究竟是什么样子。

在那个平行宇宙里，她是没有根的，她无余。她曾是一个无余者，而作为无余者的时刻，她是如此如此强大且不可战胜，是一个救世主。

但是她没有对英武爷爷说这一点，只是淡淡地对他说："是的！你是余让镇的镇长，最有威望的人，你改变了，世界就变了，杨骄会理解你的。"

丽塔没有对任何人说她的经历，对杨骄也没有，只告诉他："用你的心觉察，你会发现，虽然现在没有了这株桃金娘树，但是父亲已经永恒在你的心中。"

杨骄或者真的理解了，但他始终气不过，一直没有理英武爷爷，他俩的关系还是没有彻底改善，这真是无可奈何的事情。

有之篇

有"余"，天地之母

垂死者

时间回到十年前……霍拉沙漠中行走着一个人，仿佛已经与这无边无际的黄沙融为一体，他走着，好像从来就这样走着，从未停止。

他的过去与未来仿佛融入了一步一步的足迹，这无限现在时的足迹在不断地坍塌、逝去，但是他还在一步步地前进。

一步步抹去的是足迹，更是他自己。

他是从一座高高的山峦上下来的。从山梁上望下去，下面是绵延无尽的树丛、森林、远山和白云，但是当他从山峦上走下来之后，却很快就走穿了这所有的景观地带，走入了一个仿佛是茫茫无际的大沙漠。

他等待着一个人，一个必然会出现的人，但是这个人的出现，却是那么难以预测。

他感觉自己每伤心一次，天上就飘落一粒沙，壮大着这眼前的沙漠；每思念一次，天上就掉下一滴水，于是形成心中的汪洋。

他感觉来不及认真地年轻，认真年轻地生活。待明白一切徒劳时，只能选择认真地老去。而他选择认真地老去时，却最后选择了这片沙漠，这荒无人烟的地方。

他希望他的眼睛可以看到真理、耳朵能够听到真声音，而他也确实看到听到了他想要的一切。

是的，他得到了真实，在这片荒无人烟、充斥着死亡气息的沙漠里，到处是石头见证着实在的大沙漠里。

霍拉沙漠的触感与生命

一切的一切，深深地让他无语，彻底无语。他已经耗尽了所有的食物，耗尽了所有的水，这时候他抬头，就看到了这个从霍拉沙漠深处向他走来的僧人。

僧人身着连体的长袍，深沉的眼神隐藏在烈烈的热风中，不动如亘古大地。

僧人向他伸出手来，双手之间充满了光与气，倏忽如炸弹炸开，在他的身周炫成了一片亮丽的光环。这亮丽的光环很快变成了许多人影，那是许多陌生人，一个个在光环当中，向他颔首微笑。

他几步上前，定定神，用他的双手握住了僧人的双手，开口道："你是神派来拯救我的人吗？"

手与手相触，随着他开口，那僧人召唤而来的光环当中的人影，又一个一个地消失了，就好像短路的电流熄灭了灯泡的光芒。

但是僧人手中的能量始终都在，所以，那能量在一瞬间似乎都流注进了他的体内，他的整个身体的饥饿、疲倦、衰颓感消失无踪，他突然间又充满了精力，精力大到似乎能够直入大海，能够穿透天际，能够做出世界上任何雄心壮志鼓舞下的事情。

僧人笑了："我不是神派来拯救你的。我只是一个自己需要拯救自己的人，我的名字叫伊阿珀托斯。我和你很有缘分，所以我会帮助你做成你想做的事情，而你也需要帮助我做成一些事情。"

"听起来好像很熟悉。"

"你知道吗？伊阿珀托斯是希腊神话中的提坦巨人，是普罗米修斯和阿特拉斯的父亲，属于人类最早的祖先、希腊神话中曾统治世界的古老的神族。这个家族是天穹之神乌拉诺斯和大地女神盖亚的子女，他们曾统治世界，但被宙斯家族推翻并取代。伊阿珀托斯是言论和灵魂之神。不过，你最好忘记我的名字，因为真正的神出现的时候，不需要名字。"

刚刚发生在他身体上的奇迹已经使他惊讶，几乎说不出话来了。伊阿珀托斯狡黠地看着他："你叫什么名字？"

"嗯，你可以叫我刘飞飞，文刀刘，飞天遁地的飞。你刚才对我用了什么魔法？"

"没有！我只是打破了你身体的幻觉，现在你拥有一个幻觉的身体。"

他掐着自己的手臂，痛！不是梦。他不禁想，那么多宗教教主和大圣人，都说身体是一个幻觉，灵魂、精神或者无论我们怎么形容的神性事物的容器，伊阿珀托斯是把这样玄奇的道理变成现实的中介？

中介，尤其神性的中介是难以把握的，但他看着对方就似与对方连接、深深连接，而且他的身体就像耗尽了电量的快充电池插上了电源一般，快速充满了力量。

看见就是改变的第二种视觉

很早以前他就知道老子的《道德经》名言："吾所以有大患者，为吾有身，及吾无身，吾有何患？"

身体，身体，每个人都拖着如此沉重的身体，如车巡行在这个世界上，或者如泥沉沦在这个世界上，无论是否有权势，或者孱弱不堪，身体，都像锁链拖着灵魂。

他刚刚明明已经如此疲惫不堪，刚刚遇到了这个伊阿珀托斯，不，这个僧人的手跟他的手相握，他的身体就好像忽然换了一具身体，居然充满了力量，这本身不就是神迹吗？

僧人用冷冽的眼锋看他："我不是神。我只是不想你死去，暂时为你赋予了一些源自视知觉的灵能，现在你需要的是正常的食物和水，这才能真的恢复。"

僧人又说他的身体刚刚经过了处理，才能暂保无事，现在要徐徐饮水、进食，又教他些心念的导引法门，才把食水给他。

他大口大口地饮食时候，伊阿珀托斯又告诉了他，其实他只是一个生命的漫游者，一个无穷无尽生命的漫游者，但是他却不能懂得什么叫作生命，这个生命的漫游者唯一懂得的就是艺术，就像他一直以来以为自己懂得的，是艺术。

是的！刚才那宛若来自异界的光与气，忽然间对他的整个身体灌注了生命的气息，那不就是艺术吗？还有他忽然间莫名其妙来到这片大沙漠，这片仿佛是莫名其妙地出现的，跟他的任何经验、任何幸福都没有关联的大沙漠。

这也是艺术，是冒险的艺术，是艺术探索的艺术，艺术探索的艺术只关乎生命，所以，他就遇到了僧人。

是的！他画画，他总是画画，好像他从记事以来到现在一直只记得画画，画画就是他的生命。但是，在他走向这片如此辽阔的大沙漠的时候，他却再也无法画画，他的画布画笔，还有所有的作品都已弃置在进入大沙漠之前的一家破旧的旅店里面。

是的！他的创作进入了瓶颈，所以他需要新的突破，需要新的高峰体验，进入新的生命旅程。他要找到一个新的自己，否则不足以拯救他的艺术生命。

触及之前是看见 ——等他吃饱喝足之后，他就知道了，他的新生命已经重新开始了，他其实并不需要找到一个所谓的新生命，他需要的只是开启他新的视觉，人的秘密有多少都蕴藏在整体的人类视觉的秘密当中啊？于是他想，对于一个画家来说，还有什么比开启新的视觉更重要的事情呢？如果说从古典时代到印象派，艺术家们总还是坚持在做加法，后印象派如同"百尺竿头，更进一步"跃入虚空般最后做了点加法，那么这之后就进入了人类后艺术时代了，一切皆"后"，他在一切结束之后只能看到历史、人文、精神、所有人离开他的后脑勺，无尽离弃他的背影。

他以前也并不是不知道这个理儿，但在此刻，他越来越清楚了。当他完完全全地看到一个崭新的世界的时候，另外一个世界也会完完全全地看到他，那么，他就会改变了。啊！太阳宛如眼睛，宛如亘古的世界之光朗照，他就在阳光有如温和眼光的指引下迎来新的成长。

艺术在一切皆后之后，死去，而他将新生。

第二种视觉

照僧人伊阿珀托斯的说法："你看到我，这是一个画家看待世界的第二种视觉，第二种视觉是完全平等的视觉，你会看不到太多的所谓差异，会看到这个世界完全平和，完全宁静，完全自由，完全如水波流的一体安详……"

他站起身，心里充满了疑窦。

这个时候僧人笑了，微笑，大笑，哈哈大笑。最后僧人挥舞起手臂，他的身边绽放光与气，氤氲而来，把他拥裹起来，就好像一个巨大的气球充满了能量，将他俩暖暖包围。

然后啪啦气球爆裂开来，他看到僧人双手合十，在他的身边，又出现了一大群的僧人，每个人都跟他长得一模一样，每个人都跟僧人一样在笑。

他努力地分辨着这些僧人，他想看出不同僧人的幻象是不是有不同的笑容，有不同僧人的性格气质。

但是他看不出，所有的僧人都好像投影在一个看不见的游动镜子当中。僧人挥动左手，所有的僧人都挥动左手；僧人挥动右手，所有的僧人又挥动右手；僧人走动，所有的僧人都走动；僧人仰天嘘口气，滚滚热流的空气中一样充满了沙尘的颗粒。

他模仿僧人，当所有的僧人都张口呼出了同样的一口气，他也一样呼气，渐渐地感觉自己就是僧人，僧人就是自己。

他似乎沉醉在这种模仿的感觉中了，模仿中有同样的沙漠沙尘，有同样的苍茫烽烟。在无边无际的空中氤氲中，他有时候又听到了自己不祥的叹息。

是的！那是由于他充满有增无减的疑惑。

他跟这个僧人相处的每一分、每一秒都充满了奇迹，但是僧人却反复地告诉他："我不是神，这个世界上没有神，因为假如实在要选择一个人作为神崇拜的话，那么，你唯一能够选择的只是你自己。"

那能量球体自然有无数散发着虚在光辉的栅栏，区隔开来许许多多既有深度又给人无尽绵延感的空间。

等他模仿了一阵，僧人就带他步入这个光气澎湃的、成长壮大着的能量球体正当中。

"我明白了，所谓'第二种视觉'，就是看到事物变形的视觉吧？"

"是的，唯有在这种变形当中，你才能看到事物共同共通的样子。但是我刚才太急了一点，让你太快地越过了虚在空间，让你看到了第二种视觉，现在你还是看一看第一种视觉吧！不要小看第一种视觉，人类千百万年来，几乎没有几个人以第一种视觉好好看过这个世界呢！"

于是他的身体飞跃而起，似乎堕入了一个深密、繁复、流动的梦境……

第一种视觉

他看到了芸芸众生是怎样在红尘中打滚，一幕一幕，重重复复，滚滚无休。

他也看到了遥远年代的皇帝在逝水滔滔的河流边与僧人对谈。皇帝说："这是多么丰富的人生啊，多么美好壮丽的江山啊。"可是僧人说："这里只有一件事情发生。"然后僧人顺手一指，他和皇帝都看到了碧空间的排排帆船、远岸边喧嚷的人群。"天下熙熙，皆为名来；天下攘攘，皆为利往。"僧人说，"这丰富人生只在名利两个字当中。"

他还看到了一个人，对着黑袍裹身的魔鬼说："美啊！请你停留一会儿。"

他还看到了一个人，考上了状元，然后高兴地在地上打滚，然后居然就疯了，彻彻底底地疯了，最后此人又在老丈人的一个耳光下被彻彻底底打好了，此人在桌子上伸筷拈起了一个肉圆，一个大大的肉圆，笑了，笑容与时俱进，倏忽间与亿万考生绵延的脸孔重叠又分离。

他看到了白娘子跟许仙在西湖的断桥边，调笑悠游，充满了无边无际的欢乐，他很好奇——哎，这不是神话中的人物吗？

僧人的声音如同洪钟大吕般响起在他的耳边："这个世界并没有所谓神话中的人物，你所能看到的，就是神话，或者不是神话，总之是事实，你只需要看到和描述事实，神话也不过是千百代传承的思维、话语积淀的最精粹表达的事实。更何况你认为是实实在在的事物，很多是实实在在的神话，反过来也是一样，有很多虚无实有的事物，最终比真实更真实，须臾不离。"他吞咽下一口口水："我不信。现实与神话有严格分界的吧?!""有些事实对现实毫无影响，有些神话却时刻影响着现实，那么比较而言，你觉得哪样才算是神话呢？"

然后他又看到了自己坐在办公室里，呆呆愣愣的面孔，缓慢运动的手臂，好像从来未曾尽情尽意运动过，也从未安安心心静息过。他只是一直在机械、呆板地工作，宛若从不知道人之生命意义为何的低级生物。啊！如果说神话不是神话，只是事实，那么他待在办公室里面的生活也能导向神话一样的"事实"吗？如果可以，他真愿不惜一切代价去换取活在神话的世界里，而这神话之境，竟真是如此清清楚楚明明白白一览无余的第一视觉的——事实！

　　但是还有另一种神话的道路，譬如卑贱渺小的人的生活本身，就是一个个残酷的神话场景。他想看看真实、全然的人类的身体，那是最健美的形象与优美心灵之绵延合而为一的身体，凝目处，却只见许多人行走间坠落，有如众神之战无数法器绞杀中纷落云天下的残肢断臂、血雨腥风。它们的存在简直没有任何意义，若突破"目击道存"看清楚，他看到这些残破的身体在无数高楼大厦的间隙、内部徘徊，化形而为一个个走动的西装革履、衣冠楚楚的职人。职人们小心翼翼地走动着，像是钢筋混凝土中缓缓移动的尘屑。

　　他大叫："难道我看的第一种视觉里的无比真实的事物，就是这样的缺乏想象力吗？但它们是如此真实。"

　　僧人挥手，他眼前的幻象消失无踪："你看太多了第一视觉的幻象，它们比任何真实都更加真实，但是你可以有更放松的观看，你还是尝试下第二种视觉吧！"

触感的短路

于是，他狠狠眨巴着眼睛，终于又看见了这光与色交汇成暖流涌动；他看见了周围无穷无尽、密密麻麻地环绕在他身边，一起对他微笑着的、缓步行走着的僧人。

他忽然心中升起巨大的恐惧，他不想再经验下去了，于是再次跨步向前，跟其中一个僧人握手。于是这所有僧人的手似乎一时间都被他握住，然后这所有的幻境一时间都如落叶被狂风席卷而去，滚滚消失无踪。

他的眼前还是只有一个僧人。

这时候，天空中雷声滚滚，他抬头望向天际，看到在很远很远的天边，乌云堆积，而闪电在更远的天际隐隐出现。他大吃一惊，这看起来好似永远不会刮风下雨打雷的大沙漠居然也迎来了雨季吗？

僧人转过身去，朝向太阳出没的地方，面上的表情庄严而又热烈。

僧人举起双手，像是对着太阳祈祷。他也张开双臂对着太阳，心中纷纷乱乱。

不知道过了多久，雷声响过了，闪电劈过了，雨下得越来越大，但是他们所在的地方始终没有一丝一毫的雨水。

雷声闪电都是在高高的天上轰鸣过了、闪过了，一切沉寂。

雨水也落到半途就消失无踪。在这如此炽热的沙漠，连雨都落不进来，连雨都只能落到半空就被阳光蒸发、消失。

僧人的脸上落下两行浊泪。他缓缓地说："哎！雨水，这太阳的目光，我是多么希望你能看见我。"他露出疯相，狂笑起来："哈哈！太阳，等太阳真正看到我的时候，我是不是就可以离开这个无比乏味的世界。"僧人喃喃自语了不知道多久，最后反身，对他说："你总是急躁，第二种视觉还没有好好经验，就被你打断了。永远是这样，由于急躁，人们被赶出天堂；由于急躁，他们无法回到天堂。也许，人们只有一种悠久的罪，急躁！譬如，你这个急躁的傻瓜。"

他喃喃着："如果说第二种视觉就是看很多人、看很多东西，看成一模一样，那么我倒宁愿不要有，因为一点也没有趣。我倒是好奇，怎么算是第三种视觉？"

看见与拯救

"你看到了的，刚刚我迎向太阳的姿态，那就是第三种视觉。"

他很善于察言观色，猜到僧人自己只怕也没有好好经验所谓"第三种视觉"。所以他笑了，语含讥讽："那么祝你早点有第三种视觉吧！"

僧人一愣，脸上闪过沮丧的神色，却又略偏偏头，看起来像躲避他的视线的样子。这更证明了他的猜想，所以他只是冷冷看着僧人。

僧人没有进一步解释，但是他隐隐地知道了，这第三种视觉似乎是一种从自然中涌向个人的视觉，也许，伊阿珀托斯想拥有第三种视觉首先是为了拯救僧人自己，而僧人自己，是他最大的幻象。

他试探着道："你打开我的视觉，有你的目的，现在就请告诉我。"

"你还没有好好领略第二种视觉，那是平等的视觉，你将从万事万物中看出平等的意志，一朵花与一朵花是平等的，一个人与一个人是平等的，进一步说，一朵花与一个人也是平等的，还有……"

"我不要再经验了，第一种视觉已经够我看了。我只想知道，你到底想干什么。"他冷冷看着僧人。

他不禁猜想，他刚才看见许多同样的僧人的视觉，那代表看到所有人、所有修行者的视觉，但那不过是自己在看僧人而已，僧人也许是被他看就可以转移他的能量，那么他就会不知不觉受制于人了。

他不觉有些奇想：如果不是自己在看，而是大自然在看，譬如太阳在看、沙漠在看、无穷无尽生成的时间在看，当这样的视觉从无名者看到一个僧人、又一个僧人……直到看到了所有僧人，那是不是所有的僧人都得到了拯救？因为僧人也只不过是所有人当中的一个而已，是人类当中的一个人，是一个人身上的绵延不尽的族类的意志。而目前照他看来，僧人显然没有达到目的。一个自己的目的都不能达到的人，有什么必要对他盲目崇拜呢！

他想着，或许这一切只是他在胡思乱想，毫无意义，但"害人之心不可有，防人之心不可无"，担心掉入僧人的什么圈套总是对的。

僧人摊着手，"无辜"地望着他。

他好奇心发作，很自然地问："我听过一个据说源自伏羲时候的传说，说是人类一共有四种视觉，第四种……"他自己刚刚说了有第一种视觉已经够了，现在一下子问到了第四种，问出口自己都有点脸红，因为仿佛很贪心。

僧人苦笑着："我连第三种视觉也无从下手，第四种视觉，不说也罢！"

他的全身颤抖起来，为这大自然的奇景，为这人类生命的玄奥，为了无穷无尽视觉的世界生成着万有，他是一个艺术家，艺术家不正该探索这样的奥秘吗？何况，他是画家，天天面对视觉……

他的身体颤抖不停。

生命就蕴含在触感当中

僧人的眼神闪烁着，犹如金刚石的光，他说："如果你实在想知道什么是第三种、第四种的视觉，那么我们做一个交易吧！"

"我只是一介凡人，一个不得志的艺术家，一个探索生命的人，我有什么东西可以跟你交易呢?!"

"就像电池可以充入电能，你的灵魂对我有用，可以滋养我的生命，你的灵魂就是我身体的电能。但是，人类的灵魂对人类自己却一点用都没有，有没有灵魂根本无关人类利益。要不然这样子，你把你的灵魂给我一半，然后我就让你亲身经验第三种、第四种的视觉，你看你并不吃亏吧?! 想想看，刚才如果不是我出现，你已经死在大沙漠当中了，而我只是跟你交换你一半的灵魂，这灵魂就像你身体当中的阑尾，是一点用也没有的。"

他想着，这倒也是，不要看虚伪的人类一天到晚都在追问什么是灵魂、灵魂得救之类，但实际上假如人类确信了灵魂存在却一点用都没有，那么谁还在乎什么灵魂呢?!

做什么事情总要有点冒险的，他心动了。

"好吧，我愿意跟你做交换，但是我很好奇，既然你有那么大的能力，为什么不抢去呢? 如果你要抢去，我一点办法也没有。"

"不能抢，所有灵魂的给予者都必须要心甘情愿，所有灵魂的驾驭者也必须要心平气和。否则，灵魂的能量只会造成意想不到的巨大灾害，毕竟，人类灵魂是世界上最有灵性的能量。"

他想了想，又问:"还有，就算我经验了什么是第三种视觉、第四种视觉，对我有什么用呢? 虽然我是一个艺术家，我最大的爱好就是探索艺术的极限、探索生命的意义，但与此同时还要生活、好好生活。"

僧人笑了："你不用担心你的生活，从此以后你的生活会过得很好，因为，你从我这里获得了全新的看待世界的视觉，你会在艺术上有大的突破的。会有很多人喜欢你的画，也会有很多人爱你，现在把你的手给我吧，但是你不要触碰我，就像你不能随便触碰电源的两极一样，一碰就短路了，你的身体就会像烧坏的家电，什么事情也做不了。因为，生命之间直接交流、异化的奥秘就蕴含在触感当中，你只需要去触感，在你的触感当中，就蕴藏着世界变化万千的奥秘。"

他兴许真有好奇心发作，故意碰一下僧人的可能的，但僧人这样一说，他放弃了。但他脑中思绪纷纷：灵魂就算没有用，放在身体里总是踏实的，譬如阑尾、扁桃体，谁说它们真的一点用都没有呢？它们并不是痔疮那样的病变物，可以割掉算数。痔疮的"用"是带来痛苦，阑尾、扁桃体是带来什么？是……

他把双手放到了僧人身前，僧人也把双手伸向他，他们的双手之间就好像推着一个巨大的能量球，而且能量球不断在沙漠漠漠狂沙当中膨胀、旋转，急速地运动起来，飙起了大风，而他们在风中面面相对，各自站稳了风眼，一动不动。

虚在光与气的阶梯

僧人在安慰他："你也许知道佛教大乘经典《楞严经》里的

一段话：'汝今欲知因界浅深。唯色与空，是色边际。唯触及离，是受边际。唯记与忘，是想边际。唯灭与生，是行边际。湛入合湛，归识边际。'"

僧人喃喃着这古老的经文，他聆听着，好像遁入一个声音的"嘘托邦"，胡思乱想渐渐消失无踪。

他眼前僧人的脸孔、身体逐渐地隐去，而且能量球不断地膨胀着，狂风呼啸，越来越大，越来越紧，将他环绕在当中。他看到在这无穷无尽的狂风当中，出现了无数的手臂，向他伸来，而他抬头就看到了在无穷手臂的顶端，矗立着一枚巨大的眼睛。这眼睛是闭着的，但是一眼可以认出是眼睛，因为那眼睛有长长的眼睫毛覆盖着，仿佛是蒙满了旷劫以来的沙尘。

这无数的手臂托举着他。他领会到僧人是要他上去，大概这是给出灵魂仪式的一部分吧！他攀缘而上。

狂风越来越大，几乎一次次要把他从那些手臂上打下去，但是他紧紧攀着这些托举他的手臂，一只只手臂将他一步步拽了上去，拽上这摇曳虚在光与气的阶梯，向上、向上、向上……

等他好不容易来到那个眼睛旁边的时候，一个幽幽的声音传来。

那不是僧人的声音，而是一个又熟悉又陌生的声音，他想不起那声音的主人究竟是谁。"你是一个大傻瓜，就为了满足一点好奇心出卖了自己的灵魂。"然后他在一只手臂上绊了一跤，又听到，"灵魂是最没有用的，但是所有的艺术家只为了灵魂而活……"而那声音的主人又究竟是谁？姑且就叫他"谁"吧！

他来不及再细想什么即已来到那眼睛旁边，再不迟疑，手脚并用，拨开了那眼睛的长长眼睫毛。

那眼睛深深颤抖了一下，缓缓睁开。

一道白光向他袭来，眼睛的目光完全是有形质的实体，刺得他全身颤抖了一下。他顿时感觉全身血液沸腾，很快又疾速凝滞。那眼睛的光辉是如此无边无际，本来是温煦而又自然的，倏忽间变得凝滞，他的身体正是随着那眼光疾速变化着。

那眼睛死死地瞪着他，他打心眼里生出恐惧，想逃走，却一步也迈不动，只能勉力转动眼睛向下看到自己的手、自己的腿……他身体的每一部分，仿佛都在被快速地"石化"。

他也感到了深深的疲倦，于是闭上了眼睛。

多重视觉过渡之间的"虚在"经验

等睁开眼睛的时候，他就听到一片喧嚣，许多人在喋喋不休，随后就听到一个女子的高声大叫："他还活着呀！"

有人把他从厚厚的沙尘里扶了出来，抖落了他身上的沙粒，移动他的身体……然后他感到了口渴，于是向人们要水喝。等他把身体清理干净，也咕嘟咕嘟喝了很多水之后，他明白自己已经获救了。

刚刚经历的一切，难道是一场梦吗？但是想起来却又如此真实，那僧人真的已经取走了他的一半灵魂吗？假如僧人真的达到了目的，那么他的灵魂是不是就是被那只眼睛攫走了一半呢？

等他回到沙漠边缘出发时的旅店时，他已经决定忘掉这件事情。

但是正当他下定决心的时候，脑中忽然传来一阵轰鸣声。

轰鸣声中传来了僧人的声音："啊！你这小子这么快就忘记我啦？"

"哎呀，你怎么可以在我的脑中说话呢？出现让我看看你！"

"别忘了，我已经掌握了你一半的灵魂，不过放心，我不会窥探你生活当中的隐私，我只是会帮助你做事，你会成为伟大的艺术家，一定！"

他的背上冒出了冷汗，但是他想着，这肯定不是真实的，这是自己的幻想，自己一定是因为在生活当中长期跋涉，然后产生了怪异的幻想，而他在进入沙漠之前，由于艺术创作的瓶颈，本身就已经处于心力交瘁的边缘，在沙漠中只是加剧了这种不适；又想，这僧人这么说是表明要帮他，但是何尝又不是帮僧人自己，只是自己一时不察僧人需要通过自己得到什么，等等，这么想岂不是意味着这一切是真实的吗？天……

但是他脑中马上传来了僧人瘆人的声音："你要是不相信的话，那么你就重新感觉一下第二种视觉吧！从现在开始起的每一天，你看到的所有人的脸孔，就会跟你第一个看到的人的脸孔长得一模一样，假如你第一眼看到自己的脸孔，那么全世界的人也会都是你的脸，反正你第一眼看到谁的脸孔，那么全世界的人也就是那样一张脸孔。"

他正准备盥洗，这时往镜子里边看了一眼，里面只是他自己一副憔悴的面容，然后他有种莫名的印证什么的冲动，就丢下盥洗用具，直接奔了出去。

他向街上的人看去，一瞬间自己马上就呆住了，因为他看到所有的人都是一副面孔，都是他自己的面孔，跟他长得一模一样。

极度的惊讶之中，大脑会跳线，想起一些本来八竿子打不着的事情。

视觉陷阱的时空"之间"

譬如这时候，他想起了伦勃朗老年新婚之后画的一幅名画，在那幅画里边有很多很多女人，但是所有的女人无论年轻、年老，其实长得都是一样的面孔，他们根本都是伦勃朗对他的新婚妻子的想象，由此把所有的女子都画成了他妻子的模样。

他曾觉得伦勃朗那样画有偷懒之嫌，把垂老时恢复的青春感受、喜悦祝福分享给他的太太，但是何必把所有人都画成如他太太的样子？伦勃朗也画了许多太太各种身份、形象的画作，真像个宠妻狂魔。念及此,他的脑海渐渐将想象定格到伦勃朗的《犹太新娘》画面上,忽想,伦勃朗是不是太过自恋?又想,伦勃朗是不是也因为经历过这种所谓的第二视觉,所以才会画出那样一幅看起来所有女人本质上都长得一模一样的画?

他甚至又想起安格尔的那幅卢浮宫天井画《荷马礼赞》。

画里有很多陌生人,从荷马到近代的诸多大哲,维吉尔、欧里庇得斯、索福克勒斯、米开朗琪罗、拉斐尔、但丁、苏格拉底、柏拉图、亚里士多德、亚历山大大帝……他们都有着相似的坚毅、勇敢、强大,能量具足的气质,仿佛有一种模样与感觉的共通性。

想着这些伟大的画作,他却只觉得诡异莫名。

这难道也是第二视觉的效果吗?

推而广之,从所有人身上看到完全一致的部分,也从每一个人身上看到独一无二的部分。每个人都有双手双脚,每个人都有基本的欲望,有人性的优点和缺点,欲望与精神的无休止性都是共同的,可以说是完全一模一样。

但是每个人又都是那么不同,每个人都来自无穷无尽的时空的深处,是星空的棋局为他们安排着不同的命运,一个人怎能了解另外一个人呢?无论他有怎样的看见,无论他有怎样的容貌。

他摇摇晃晃地向旅社门外走去,只见一个蒙着面纱的女子站在对街,纹丝不动,庄严肃穆,街道如长河被鲜血染红,她的脚下尸体成堆，有人还尚存一丝气息，痛苦扭曲，他们被烈焰焚烧，被粪便掩埋，或相互吞噬，惨烈的哀嚎在空中回荡，可是只有他一个人可以听到……

他想到这是不同视觉之间无缝转换产生了撞击，"之间"与"之间"的撞击，于是产生幻觉。他猛摇着头，避免落入视觉陷阱，避免在无穷无尽虚幻的时空"之间"沉沦。

这时候，他又看到了许多人头向后扭转一百八十度，倒退行走着，这岂不是但丁在《地狱》第二十章里面描述对"预言未来的巫婆神汉"的惩罚时写的吗？谁让他们生前老看不该看的方向，所以有这样的惩罚。最可怖的是，冲天风烟的间隙中，只见这些身着各式各样衣衫"身体"的头都跟他自己长得一模一样，眼睁睁与他互望着，随身体离去……

追不上的僧人背影

他强行闭上眼，缓缓低下头。

他不自觉望着地上，发现那里有许多蟑螂，然后惊觉就连那些蟑螂尖尖的头部也全部跟他长得一模一样，而且更可怕的是，当他仔细观察，在蟑螂的背上，居然发现了他自己匍匐的身影。

他揉着自己的眼睛。

但是脑中僧人的声音继续："你不用担心自己疯掉了，因为你只需要凑近看，所有的幻境都会消失！"

他终于一把拽住了店小二，向他凑近脸去。

凑得那么近，在那一瞬间，他看清楚店小二的脸，另一张愕然惊惶的脸，跟他自己的脸完全不一样的一张脸，他不禁高兴得叫了起来。

店小二大吃一惊："哇，你是不是变态啊？你要跟我搞基吗？"

他离开店小二，连声说对不起，但当他说对不起的时候，他看到店小二的脸孔，又变成了跟自己一模一样，于是惊慌恐惧重新袭来。

他冲出旅店大门，看着街头的人群，人群全都长着跟他一模一样的面孔。他深深呼吸着，感觉自己被压入了奇特的深水当中，就好像从水底下看水面上的景物完全不同，当脑袋穿出水面的时候，会看到人的面容又是一个样子，水下水上的面容哪一个是更真实的呢？这水就如人类置身的文辞编织的世界，世世代代精神幻象与生命原欲置身的世界，这样的世界中没有真相，而他，需要真相，否则他快要憋死。

那僧人的声音有如喃喃的告白在安慰他："其实人的面容就只是视觉反映出来的那个样子，你看到的是什么样子，真相就是什么样子，难道不是吗？"

可是这看出去的幻象使他恐惧、难受。

前面是一个跟他自己的面容完全一样的另一个陌生女子的

"面容"，她有着窈窕动人的身材。他情不自禁地靠近，越来越近，直到从她的脸上看到了另一个陌生女子的面容。几乎与此同时，女子发出惊呼声："你要干什么啊？抢劫吗？"

他连忙放开了陌生女子的手臂，连声说："对不起，对不起。"

虚在的栅栏与光气

然后他又尝试了几个人，那里面有他曾经的熟人，他发现，只要隔着一定的距离，他看他们全都跟自己长得一模一样，但是凑近了看，每个人又是自己本来的样子，这就是僧人跟他说过的第二种视觉吗？应该也不是。第一种视觉、第二种视觉之间还有无穷无尽的空间，有如那些虚在的栅栏与光气。随着时间流逝，他的感觉已经不是恐惧，而是怪异，仿佛无数的毛茸茸羽毛在他的背上挠来挠去，使他禁不住地打心眼里发怵。

终于他向着野地狂呼着奔了出去，然后他大叫："你出现，你出现，我要看看你。"

这是一个沙尘暴的天气，风沙呼啸，他极目望去，只看到一个隐晦的闪躲的身影。他赶紧跟上脚步，但是却无法跟上。无论他怎么疾步奔跑，总是跟眼前的那个人之间有好几十步的距离。

僧人的背影在风中战栗，遥遥地传来了僧人的声音："你是赶不上我的足迹的。但是我却没有刻意地躲你，因为我也想跟你面对面，但是无法做到。现在我背负着你一半的灵魂，我所能做到的就是逃避。"

他还是急急忙忙跟进，恨不得三两步就来到僧人的身边，但始终无能为力。僧人经过了一座庙宇、一条街巷、一座山丘，他始终没有来到那个僧人的身边。

僧人一直以背影对着他，最后风沙中传来了僧人幽幽的声音："你回去吧，现在你的第二种视觉已经消失了，真的消失了。"

视觉栅栏

他回到了旅店，然后看着他所能遇到的每一个人，他们每一个人也都是他们本来该有的模样，他真的又恢复了正常视觉。

他又惊骇又迷惑，人类的第一种视觉其实也是那么丰富，没有人能彻彻底底经验第一种视觉。第一种视觉扩展到极限，他也能看到古今中外所有稀奇古怪的事情，但是第二种视觉那么怪异，带给他的更多是恐惧，还有第三、第四种视觉……他的内心更深的战栗，那实在出乎他的想象。

是的! 有很多事情既不能看又不能听，更不能想。因为当你看了听了想了，你就看到听到想到了另外一个世界的事情，这另外一个世界的事情你一旦看到听到想到就再也难以忘记，因为这对于一个人来说是完完全全太过神奇的经验，当事人也说不明白，何况是局外人。

好奇的触感与生成的笔触

对于他来说真是这样，正因为他在沙漠当中有了这样一段奇幻的经验，而这经验的神奇是人们所无法想象的，却又是真实的，所以当他回到城市之后，他就成了一位神奇的画家。他从未想到自己的画作能够进步如此神速，很快就成了著名的画家。这也许跟他在那个大沙漠里边亲身经验了第一视觉、第二视觉、第三视觉……总是有点关系吧！

他有时候也会想，那么到底什么是第四种视觉呢？

嗯，还有观察世界的第四种眼光吗？

有一种声音他听过了，就再也无法忘记，那是那个僧人的声音。

有一种颜色，他看见了也再无法忘记，那是那个大沙漠。他的身体肌肤暴露于好像是无边无涯的历史时间当中，那种感觉是一种奇妙的连接万有的触感，这种触感仿佛使他的存在感愈发丰富，愈发坚韧、执着。所以他可以感受到越来越多的感应，并把这些经验更多放到了他的画笔下。

可以肯定的是，每种视觉都可以跟其他感官无限转换。正如他越来越发现人的触觉原来跟颜色之间有着如此深厚的联系，这种联系甚至是第一性的，使得他的画取得了一种特别的朴实感，而且在笔触的运用上也愈发灵活自如，形成了自己的风格。这种笔触在不断地涂抹，不断地改变，不断地自己对话自己、创造自己，不断映射万有的光辉，并产生出一种新的绘画风格。

这有如印象派的塞尚用笔触绘出了爱与感觉之间一遍遍涂抹的意识流动痕迹，这有如东方艺术女神附体使他画出立足东方文化而又整合了西方现代性精神并穿透既有西方美术史传统的绘画技法、思想……他不断画着，他的画不断唤起了那些置身沙漠当中的经验，那光与气震荡排天而去的经验，提升着他的精神，尽管他为了侍奉魔鬼失去了一半灵魂。

在很长一段时间里面，他跟所有人看世界的眼光好像没有任何不同，但是第一种视觉已经那么浩瀚博大无穷无尽，值得反反复复观看，何况还有第二种、第三种甚至更多……他知道自己曾经经验过第二种、第三种视觉经验，无法与人分享，但是那又有什么重要呢？重要的也许只是记忆，那点记忆已经足够他在画笔上尽量挥霍，把它们变成光与气，蒸腾氤氲，为这伟大的绘画创世，那是崭新的艺术。

在他看来，材料、构图甚至于线条颜色，最后都不是那么重要了。重要的只是一种触感传达，他的画笔好像已经成为他手臂的一部分，在画笔上涂抹的时候，就有如魔鬼的手触摸，可以瞬间带给观看者全新、饱满的能量。

触感，他越来越信任触感，生命的开始，难道不就是由于最简单的触感吗？

譬如海面一万米之下的生物只能靠着触感感受光，然而再不能看见、听见、闻到……它们的许多感官都关闭了，但是，关闭不了的最后的存在是触感。他画画，就仿佛在画存在感的触感，如此这般刷着存在感。

浪漫的嘘托邦的"派"

他也曾想过，到底他是怎样在美瓷国的语境里创作出对话西方、超越西方的独具东方韵致的作品的呢？他想了很多，没有一种解释是能完全解释得通的，但是他知道他画出了这时代的困境，人类从个体到整体、民族、国家、意识形态、一切……

浪漫派其实也就是一个浪漫的嘘托邦的"派"，多么甜蜜，多么好吃，多么吸引人啊！

浪漫派的朝阳变成了烈日高照，烈日高照变成夕阳辉煌，夕阳辉煌最是烂漫浩渺，一直奔入无穷无尽的宇宙黑暗当中。

这过程当中有多少浪漫情怀的膨胀和损耗啊！

但是人类并不能承受浪漫情怀的冲击，也不能一步步走入浪漫情怀命定的风景，反而是崩溃、死亡、溃散、痛苦、撤退、背离……这些才是绝对的。

人文精神之画的出现与挑战

他的画中出现了越来越多的背影，每一个背影都似是一种告别，然而又似乎是更大的坚持。

他明白，他坚持的还是一种古典的精神，是幻美文人画从中透露出的人文精神，产生了人文精神之画。

他寻找着自己画出这些画的解释：

譬如俄尔甫斯立体主义是以其抽象化结构以及对色彩效果的强调，而与立体派的其他趋向拉开距离。

如"俄尔甫斯的绘画"色彩鲜艳，是非具象的几何图形所构成，并发展成一种以分析光的活动为基础的抽象、半抽象艺术，可称是印象主义的后裔。

是的！光之色彩本身就是形式和内容。

色彩辉煌的抽象，不再依赖于自然主义，而是凭空依靠几何地利用光谱本身的曲折性来达到效果，如片断的虹彩……一种不是来自大自然的母题的构图，而是各种色彩组成的一种几何图样。

譬如他后来看到一场关于基里科的展览，看到基里科对古典艺术传统的重新发现和理解过程，这才忽然与基里科惺惺相惜起来，感觉这是一个最好的例子。

1919 年，在博盖斯美术馆的一幅提香的画前，基里科自己记述："一天早晨，在博盖斯庄园的美术馆里，在一幅提香的画前，我得到了什么是伟大绘画的启示。""我看到火焰冒出来，而外面，晴朗的天空回响着霹雳声，好像是武器的爆响，好像有几个军团同时一起高喊出'啊！'并且铜号角发出复活之响。我明白了一种巨大的感觉在我身上产生。直到那时候，在意大利、法国、德国，我看美术馆中大师的画幅时，我只看到大家都看到的，我只看到'画着的图像'，在博盖斯庄园给予我的是启示。但这只是一个开始。接着，由于研究工作、观察与沉思，我有了很大的进展。"

他明白了，他悟到的跟基里科悟到的，实际上都是一回事，那跟虚在有关。尽管没有人能随意在多重视觉中切换，但在虚在打开的"之间"空间中，这光与影、气与虚之间，正如诗人瓦雷里的《海滨墓园》：

> 大海，大海啊永远在重新开始！
> 多好的酬劳啊，经过了一番深思，
> 终得以放眼远眺神明的宁静！
> 微沫形成的钻石多到无数，
> 消耗着精细的闪电多深的功夫，
> 多深的安静俨然在交融创造！
> 太阳休息在万丈深渊的上空，
> 为一种永恒事业的纯粹劳动，
> "时光"在闪烁，"梦想"就是悟道。

他认为他在梦一样的时而通达的几种视觉中，看到了"远眺神明的宁静"，并且几乎是"悟道"了。直到魔鬼再一次地出现。

他重新欣赏达·芬奇、拉斐尔、德拉克洛瓦、普桑、毕加索，也重新研习阎立本、郑板桥、八大山人、倪瓒……他活在宛如尤利西斯归来的心灵大平静当中，正如基里科所画《尤利西斯归来》，他坐在自己房间里也似经历着无限漂泊的旅程。他感觉他回到了古典家园，有了人类情怀中最最深沉的发思古之幽情，因为那是人类集体无意识积淀的无限文化动能。

当然，他的创作还是现代的，全新的现代，首先是他的笔触，然后是他的孜孜不倦地画出人类疲惫于浪漫主义的无限延宕。

是的！在人类经验过两次世界大战之后，超验、神性、形而上，甚至于诗本身，也都成了一个基本问题，那一切的一切，都在背影中远去。

而他，只是一个画出这世界沧桑疲惫背影的人，是有"余"，天地之母中的一个过客，背影一样的过客，仿佛深深陷落又远离于这世界的有一瞬茕茕孑立站定的背影。

无之篇

无"余"，天地之始

《敞》，敞开的是过去的经验

他几乎已经忘记了那个僧人，直到那个晚上。

那晚他一个人喝了一点小酒，吃了一点小菜，有点醺醺然，最后犒赏了自己一个小小的玛德莱娜蛋糕。当蛋糕放到嘴里的时候，他就好像普鲁斯特在那一瞬间联系起许多久远的、似乎早已逝去的事情，很多事有如合拢的巨大门拱，在他的大脑中合拢为高高的拱心石，反复荡漾着他最难以忘怀的记忆。

有一点朦胧的印象好像要向他敞开，另外一个世界的全新的星月夜……对了，这段时间他画了很多作品，名字就叫作《敞》。敞开的是过去的经验，虽然它可能是一片废墟抑或空白；敞开的是对未来的畅想，虽然他可能还很忙碌。

但是由于这样的敞开，他对当下可以更多地进入，当下，就凭借着这蛋糕的味道、无限笔触涂抹的画的气息，与他越来越深地连为一体。

儿时上学时候的土路，黑板飘着粉笔灰的粉尘，中午吃饭时候饭菜的馨香，含着亲情味道的叮咛……他回家，那道旁桉树叶的味道，他越来越安居于那过去的记忆。

这个时候他画室的门仿佛是无声无息地开了，他看到一个人走了进来，那是常常为他装裱画作的工人李琛。

李琛走到他的面前说道："现在你已经到了该付出代价的时候了，记得那个僧人吗？记得你出卖了一半灵魂的事情吗？"

他大吃一惊："灵魂不是没有任何用的吗？还有，你到底是谁？你这表情怎么这么奇怪？你的眼睛里好像根本就不认识我呀？而且你好像在看着空茫茫的世界说话……"

李琛冷然道："不是我在说话，是他在说话。他通过我在说话，他现在要找你要回代价了。"

被绑架的亲人和历史

他的身体剧烈地颤抖起来，好吧，这个僧人也许真的是魔鬼，他现在来要代价了："说吧，你要什么样的代价？看看我能不能满足。"

"我已经说过人类的灵魂是没有任何用的，但是我需要以人类的灵魂为食。而且，给的人必须心甘情愿，次一点的，就是来自于最近亲人的交付，听着，我需要你把你女儿的灵魂给我。"

他双手齐出，卡住了这个越看越陌生的男人的脖子，但是李琛奋力挣开了："我的身体是假的，你就算掐死我也没有用，因为是他在我里面对着你说话，就算你掐死我，他也可以找另外一个人来跟你说话，我只是他的一个影子，或者说影子的影子……无穷无尽的影子，他说他根本上也只是一个影子，他在这个世界上已经待了太久了，绑架了无穷无尽的人，影响了无以计数的人类历史，他发动了一次次浩大惨烈的战争，一次次捉弄人类的闹剧，但是他也玩了太久太久，感到疲倦了，他现在唯一的需要就是消失，像一个远去的背影，消失。"

刘飞飞无计可施，直到深深绝望的时候，那个早上，丽塔、虞美儿、洪范、林动、杨骄，一起敲开了刘飞飞的画室门。

在洪范的介绍下，他们早被刘飞飞的画完完全全地吸引了。这些画画的只是一个背影不断地退出，从一种充满东方神韵的触感当中退出，但是，这些背影的退出，却似乎带走了刘飞飞的灵魂。

只有一个背影能够拯救你

看到那么多人过来，刘飞飞感到很奇怪。当他知道，他们五个人现在已经成了不分彼此的好朋友，甚至一起创建了一个蛮威风的英雄联盟组织——美瓷英雄会，这才真的差点惊掉了下巴。

虞美儿有了超常的聆听能力，她的耳朵简直能够听到宇宙中发生的任何声音，只要她愿意，就算她只静坐床上，也能够略一凝神，听到窗外的树木拔节的声音，鸽子在空中轻盈转体的声音，燕子心脏怦怦跳动的声音，更远处湖水每一点波澜的声音，远山落叶芬芳飘落夹杂着说不出春意袭来的声音，蛰虫始振奏鸣于风中的声音。

丽塔在经历了那么多事情之后，也开始慢慢地相信她自己真的就是救世主了。她在无穷无尽深沉的冥想当中，也终于想起来了，她是遥远的从有美瓷国以来的地球上的俄尔甫斯教教主，她重新来到这个世界，就是为了重新给世界建立秩序。

杨骄的笛曲愈发吹奏得出神入化，宇宙纳音与他的每一首笛曲同在，有一种神奇的杀伤力，可以如同次声波武器一样，攻击任何人、杀伤任何人，也能够如同俄尔甫斯的七弦琴音一样婉转动人，安抚、疗愈任何人。

洪范，他有了金刚石般敏锐透彻的眼睛，这世上简直没有能够瞒过他的事情。

林动呢！他实际上是这五个人当中最神奇的，其神奇程度甚至还在丽塔之上，所有的人产生变化都跟他有关，但是这却不是一个专门讲林动跟这些超级英雄们之间故事的故事。

林动跟他们一起从霍拉沙漠返回后还发生了好多事情，但是□□□□□□□□□□（此处省去五万字）。

只知道，林动有了空间瞬移和布置密室的本事，他简直可以随时出现在任何地方，也可以布置就连虞美儿也听不到、洪范也看不见，甚至就连杨骄那天上地下似乎无所不在的纳音也都无法攻击的完美密室。

延迟的否定性：名画俄尔甫斯

丽塔给刘飞飞讲了一个故事：

传说，俄尔甫斯有一位情投意合、如花似玉的妻子，叫欧律狄刻。她生性活泼，最喜欢跟众仙女到山间田野嬉戏游玩。有一天，她正在原野上跑着，不料脚下踩着了一条毒蛇，毒蛇出其不意狠狠地咬了她一口，她只"哎哟"了一声便倒在了草地上。当同来的女伴赶来救护时，只见她已是毒气攻心一命呜呼了。

俄尔甫斯听到噩耗痛不欲生，拿出金琴震颤地弹出一曲歌，那琴声就连冥顽的石头都为之流泪。为了再见见妻子，他不惜自己的生命，舍身进入地府。地府是一个凄惨可怖的境界，那里黑暗冷酷、悲凉愁惨。俄尔甫斯顾不了许多，一心要把妻子找回来！他的琴声打动了冥河上的艄公，驯服了守卫冥土大门的三头恶狗，连复仇女神们都被感动了。最后，他来到冥王与冥后的面前，请求冥王把妻子还给他，并表示如若不然他宁可死在这里，决不一个人回去！冥王冥后见此，怜悯之情油然而生，便答应了他的请求，但提出一个条件：在他领着妻子走出地府之前决不能回头看她，否则他的妻子将永远不能回到人间。

俄尔甫斯满心欢喜地谢了冥王冥后，然后领着心爱的妻子踏上重返人间的道路。欧律狄刻的蛇伤还没有好，每走一步都痛苦地呻吟一声，然而俄尔甫斯却连看也不看她一眼。他们一前一后默默地走着，出了死关，穿过幽谷，渡过死河，沿途一片阴森。终于看到了人间的微光，他们就要离开昏暗的地府重返光明的乐土了！

这时，欧律狄刻再也禁不住丈夫的冷遇，嘴里不高兴地嘟囔起来，可怜的俄尔甫斯听到妻子的埋怨时忘却了冥王的叮嘱，他回过身来想拥抱妻子。突然，一切像梦幻一样消失，死亡的长臂又一次将他的妻子拉回死国，只给他留下两串晶莹的泪珠……俄尔甫斯历尽艰辛却功亏一篑，他真想随着妻子一起去地府，可是他重新走向冥界时，发现他变成了一幅画，二维的，无论怎么面对面走向冥界，冥河上船夫看到的始终只是他的背影，于是不肯将他渡过河去，他只好一个人返回人间。

从此以后，俄尔甫斯对一切都失去了兴趣，孤身一人隐居在色雷斯的岩穴之中。后来，由于他不敬重酒神，被酒神手下的狂女杀害并将他的尸体撕得粉碎抛到荒郊野外，他的头颅随着海水漂到了列斯波斯岛，后来这里便成为抒情诗歌的故乡。

俄尔甫斯的母亲费尽周折将儿子的尸体收集起来埋藏在奥林匹斯山麓，所以，那里的夜莺比任何地方的鸟都唱得好听。阿波罗也十分怀念他的儿子俄尔甫斯，便去请求天上最大的神宙斯。宙斯可怜俄尔甫斯死得悲惨，便把阿波罗送给他的七弦琴高高挂在空中，点缀苍莽的天穹，这便是天琴座的来历。

讲完这个故事之后，丽塔深深地望着刘飞飞：

"你知道吗？每个人都有他面对的近乎不可改变的业，一个人是这样，一个组织是这样，一个民族，一个国家，甚至一个地球、一个宇宙也都是这样。我们每一个人都面对着他近乎不可改变的业力，你也是如此。我们来到这里，就是为了帮助你困住魔神，把他困在画里，待他发现在画里什么都找不到，就像俄尔甫斯再无法面向冥界那样，他就会离开地球。

"当然，我们也有我们各自的问题，那就是如何摆脱影子宇宙派出的杀手追杀。但那是以后的事，现在可以确定的是，我们可以首先帮到你，将魔鬼赶出这画，就让一幅画永远只是一幅画，等待新生的人在其中书写、绘制全新的画面。

"那些杀手全部以背影形式存在，他们真正需要的敌人也只是一个个背影。现在让我们把他引诱到画当中去，就让背影面对背影，背影毁灭背影。"

林动无声地叹息着，产生怪异想法，暗忖：这不正是黑格尔的所谓"延迟否定性"吗？魔神与天神就像操控电脑——盐石构成的宇宙——的两尊至高无上的神，扰乱了人类的头脑和每一个人身体体验间的协调，譬如当意识中要自己举起手来的信号被延迟了，或者甚至在现实（其实都可以看成是虚拟的）中被消除了，作为"我自己的"身体的最基本的体验就被侵蚀了……这个宇宙是精神错乱的，因为它看来物化了神圣的光与气的幻觉，甚至通过这贯通古今中外甚至美瓷国、所有纷繁多样的地球上国度的神圣光线、气韵，合为一体，控制了人类的思想。换言之，一个纯粹精神的宇宙将人类从他们的身体中解放出来，也将魔神从他秘密的痛苦那里解放出来，就像罗夏墨迹测验，对一幅画的解释没有一定之规，但其解释总能看出艺术对人反过来的掌控，光与气也是这样反过来掌控了人类意志，假如罗夏墨迹测验的画面也算是艺术品的话。而魔神，会是怎样延迟否定性的背影，无余生命意志的背影……林动不再想下去了，只是由他带领，把刘飞飞藏到了邻近的桉树林里的一个封闭密室。

世界的运转规律是由神圣几何主导

在密密层层的桉树林林中路中，有个交叉小径的花园。

花园中盛开着郁金香、紫罗兰、牡丹、杜鹃、石竹、蒲葵、蜀葵，还有好多苹果树、李树、梨树，花事已阑珊，使得这个春天格外引人感怀青春易逝。

最大的两条林中路当中有一个亭子废弃了好多年，正好布置密室。

据说这个密室，就连某些波段的光量子也无法穿透。

"一个人一生总有一些需要完完全全藏起来的时刻，在这里，你是完全属于你自己的，没有任何人能够看到你的存在、感到你的存在。甚至走出这间密室，我们也再不能看见你，感觉到你。你是完完全全孤立于这个宇宙的，魔神与杀手都再不能看见你。在这里，你就好像是一幅完完全全走出了虚在空间的画，就是一片苍白，在无论是属于天神还是魔神的眼睛的视网膜上都是一片惨白，但是那无穷无尽的白，岂不也就是无穷无尽的孕育吗？正是因为什么都没有，所以才是最大的暴力，最大的可能，最大的开启，一切的一切。"林动说。

"为什么是你帮我安排密室呢？"刘飞飞问。

"你不知道我曾经去过多么远的地方吗？我在完全密封的宇宙舱里漫游，却被一个凝视打回了这个宇宙，我的一大本事就是建造密室。"林动说，声音充满玄奇。

是的，刘飞飞就待在了那里。

而剩下的五个人，在他的画室里排成了一个五角星的形状，五角星的当中就是刘飞飞的一幅画，画里画的是一座幽深的寺庙，还有寺庙旁边一个远去的背影。

刘飞飞有很多画室，这个画室也在这片花事渐渐阑珊的桉树林旁，原是一幢废弃的工房，透着颓唐、优雅而萧瑟的艺术气息。

在俄尔甫斯的传说里面，整个世界的运转规律是由神圣几何主导的，当他们在丽塔的引导下排成这样一个五角星的时候，整个世界也就形成了无穷无尽的五角星。

五角星在画室，在这幢楼，在临近街区，在这个城市，在美瓷国几乎数不清的城市，在江河湖泊，在辽远大海，在无尽远方，在纷繁的国度、高远的星辰、地水火风诸元素当中，在无穷无尽重叠的宇宙时空当中都出现了，没有人看见，真的没有人看见，但是他们存在，真的存在，因为魔神已经到来了。

丽塔微闭着眼睛，一根手指掐着 Ω 手杖变成的戒指，轻轻、舒缓地念叨着"谢谢谢谢谢谢，谢谢谢谢，谢谢……"！

丽塔的手中出现了 Ω 手杖，她摩挲着手掌，愈发让自己的声音变得轻缓、优雅、动人，带着深沉浑厚的宇宙咒音，深达美瓷国亘古相传的纳音的境界，仿佛她就是最根本的乐器，发出轰鸣于一切宇宙万有的纳音："我爱你，我爱你，我爱你，我爱你，我爱你，我爱你，我爱你！我……"

巨大的慈悲

她已经越来越懂得怎样操作 Ω 手杖，随着她的念叨，所有人都融入了永恒雕塑似的沉睡。世界沉入完全的寂静当中，一动不动。

魔神跟天神，本身一体，从来一体，所以也需要更多的爱来超度，丽塔一直念了九十九声"我爱你"。

是的！她有一天晚上梦到盬石女神与芙图一起来到她面前，告诉她这个咒语。

当她清清楚楚记好了这一切的时候，就醒了过来。在梦中的时候，她知道她在做梦，据说知道自己在做梦而做的梦是做不得准的，这有太多的自我暗示在，但是丽塔仍然选择相信，所以她用了这个咒语。

因为除了这种暗示也没有更肯定的征兆能够探寻到她自己

心底的秘密。

她宁愿相信这是鹽石女神和芙图在遥远的未来向她艰难传来的讯息，无论如何她要试一试，拯救刘飞飞。

在她自己看来，念一声"我爱你"跟念九十九声"我爱你"有什么差别吗？世界同样一动不动。

这就好像关灯一样，关一次跟关九十九次其实是一样的，但是，总有偶然。这世界的一切不都决定于偶然的基础吗？所以当她轻缓流畅地念了九十九声"我爱你"的时候，真的期待奇迹发生，而奇迹，也真的发生了。

当所有人都在这无穷无尽的沉寂当中一动不动的时候，丽塔来到那幅画面前。她看到画里边融入了一个阴影，那个阴影接近那个背影，然后二者就相牵相伴，能量交汇交荡，无有止境。

丽塔把手放在画上，她的能量也跟背影和阴影的能量渐渐融为了一体，她的心里突然升起了一股巨大的慈悲之感，那么多的"我爱你"带给她的，只是一种深沉的慈悲，这倒让她始料未及。

她很快明白这是为什么了。因为她看到那个阴影在拼命地吞噬着画面当中背影的能量，也从她的手掌当中汲取源源不断的能量，而那股能量又通天彻地，透过她的手掌进入那个阴影的身体当中。

丽塔深感自己只不过是一个管道而已，放任着宇宙能量流通，去滋养那个阴影，那，就是魔神吗？他看起来好像很孱弱的样子，居然还需要她这个普通的地球人补充能量，这不是很滑稽的事情吗？当这种滑稽感越来越强大的时候，丽塔感觉那能量流动也差不多了，她内心开始有一种说不出的痒痒的感觉，好像被挠到了痒痒肉。终于，丽塔再一次抚摸着 Ω 手杖尾巴上的那抹云，念着"爱我吧"，房间霎时间如同有生命的巨物般"动"起来，房间有如一个巨人的胸膛胀大、缩小，一次深呼吸，房间里的一切又都似乎刚刚"活"了过来。

对身体宇宙的悬置判断：德里达棋盘

魔神变成的阴影的活动加剧，开始在画面里左冲右突了，但是不论他怎么左冲右突，始终突破不了画面，而是被困在画里面。

剩下的四个人互望着，然后也来到了画布面前，跟丽塔一起看着画面中的阴影，觉得非常奇怪。

"这里怎么凭空多了一块呀？"虞美儿问。

杨骄抢着给她解释："可不要小看这一块小小的阴影，这是整整一个平行宇宙的投影，假如整个世界是邪恶的，那么就有另外一个正义的世界。无论怎么说，这一块阴影就代表了另一个完完全全的世界，我相信，它现在代表的是一个邪恶的世界——魔神的世界。"

丽塔盯着这看起来越缩越小，小到简直有点像是手机屏幕大小的投影，颔首赞许："你说得对。"她把时空凝滞后发生的事情给他们从头到尾讲了一遍。

洪范沉思着说："照我的估计，当你说出'爱我吧'，就启动了神秘的锁定魔神能量的宇宙能，于是魔神的能量无法回撤，于是被锁闭在那画面当中挣扎不休。"

他的声音忽然变得尖利："我看到了，看到了，我看到了空中飘荡着无穷无尽的文字，那是魔神写给刘飞飞的一封信，我想我可以得到这封信的内容。"

所有人都看着他，连丽塔都迷惑了，向他说："我们都知道，你从霍拉沙漠回来之后就得到了一种异能，透视的能力，你可以一眼看到这个世界最深沉的秘密，凡是能够视觉化的一切，都会化为形象出现在你面前。这可能跟你曾经被那么多的艺术品统治、左右、捉弄有关，但是，你能够把魔神也看成一个艺术家吗？你能够看到他创作的艺术品吗？"

洪范发出悠悠的声音："任何源自盬石的统治，归根结底背后都站立着一件艺术品，因为世界全是由艺术统治的啊！好的，现在让我得到这封信吧！"

洪范的手向虚空中伸去，就好像他要凭空把这封信抓到一样。但是他试了几下，毫无反应，于是转向林动："你动手才行。"

林动苦笑："我也没有办法，就算我一瞬间就能去到河外星系，也无法去到魔神的疆域，更无法得到这封信。"

"你的瞬移能力还需要提升哦！"

"就算翘曲空间转换也不行。"

"那这真是一封最难得到的信了。"

杨骄则道："那是你没有达到这样的能力。因为任何事物都在时空当中，这封信也是。只要你有瞬移到任何时空的能力，自然就能得到这封信。这封信所在的地方，是一个德里达式的无底漂泊的棋盘，游戏规则你都不懂，怎么下棋呢？"

零点穿越

林动苦笑："我举个例子。做时空转换时所经历的空间，一张纸上的两个点之间的距离记作 a。如果你把纸弯曲使这两个点重合，那么现在这两个点的距离就是 0，而不是刚开始的纸面上的距离 a。这就是空间翘曲了，可以进行瞬间移动。这样使之扭曲的空间就是翘曲空间。但是魔神这封信字数不多，却同处于多个平行宇宙时空，有些字甚至浮动在两三个平行宇宙时空当中，这是一个看起来简简单单，却又穿梭、包罗了万有秘密的文本。它处身的地方是一个许多平行宇宙交汇的位置，没有人能够抵达这个位置，就算抵达了，也受着薛定谔观察法则的影响，受着海森堡测不准原理的左右，无法定位这个位置。"

"但是你何必定位这个位置，就让它是那样就好了啊！我们只需要看到这封信。任何人都不重要，甚至天神、魔神也不重要，重要的是文本。"虞美儿插话。

"有了定位位置才能得到这封信，但是，这个位置又无法定位。"林动眉间紧皱。

"与此同时，偏偏这封信又是存在的。"洪范苦笑着。

丽塔笑吟吟看着他们："那就只好做零点穿越了。信任并臣服宇宙源头的源动力，然后与它进行连接。我们每个人都可以是召唤星球燃料场能量的管道，我们联手引导这种能量，让其从宇宙零点投射讯息，就会自然生成这封信的内容。"

在丽塔的引导下，五位美瓷英雄重新坐地排列成五角星的形状……终于，丽塔再一次念起"咒语"，这不是从盬石女神或者芙图那里学来的，而是他们共同发现、连接、创造发生的。当她开口，她也不知道她为什么要这样开口，但是她喃喃不息着，就如和风、流水、鸟鸣、无法想象的同频共振事物的轰鸣，直至她终于取出 Ω 手杖，再一次说出了"我爱你"！

那一刻，当下宇宙中的"宇宙项"（指爱因斯坦所说的"真空的能量"）归零。

当下坍缩了，又无限度地丰富了——在没有物质的空间中，能量也同样存在于当下的内部，当下、静穆。

丽塔自己也一动不动，每一个人在无边的静止当中，回到了宇宙初期的膨胀宇宙，宇宙项的真空能量颤动有如即将到来的夏季蜻蜓翅膀颤动一样轻微，自然呈现，但是颤动着、颤动着，无尽宇宙的宇宙项变为零。

然后他们每一个人都看到了虫洞。

　　由于宇宙项的大小为零，所以连接着很多宇宙的虫洞迂回进入了一个个柏拉图山洞，可以从光华棱照的视角看到由一个宇宙可能产生的另一个宇宙。由于宇宙中还有无数个这种微细的洞穴（它们可通往一个宇宙的过去及未来，或其他的宇宙），所以他们总算是可以从另一个无从定义的宇宙看到这个当下宇宙发生的事情了。

到了另一个无余的世界

　　宇宙黑暗越来越深去，他们深不可测的眼眸中看到，反物质和物质发生碰撞而彼此"湮灭"（并以光子的形式放出能量），物质和反物质同时减少。他们置身于一个巨大的"之间"宇宙，由于宇宙不服从 T（时间）对称，于是存在不服从 T 对称的力，当宇宙热膨胀时，电子变成反夸克，反电子变成夸克，循环无尽。

　　而当宇宙冷却下来，反夸克和夸克彼此湮灭，而少量过剩的夸克就留了下来，构成了他们置身的物质世界（反夸克和夸克是相对而言的，如果反夸克剩余构成我们的世界，则我们会称反夸克为夸克，而将现在意义上的夸克称为反夸克）。

　　那是一趟微妙而令人销魂的时间旅行，他们就像看电影，却无法改变发生的事情，因为时间是线性的，事件就是一个个珠子已经穿好，他们无法改变珠子也无法调动顺序，即使他们越来越深沉浩渺的凝视，也无从改变。

唉！看见始终是看见！

但是，他们终于到了另一个无余的世界，这里他们感受不到自己的位置，甚至也无法确认自己占有一个位置，但是他们总算可以行动了，他们唯一的行动就是可以看到这穿越茫茫宇宙的语言，由魔神发出的一封信。

在这个凝滞的宇宙中，除了丽塔之外，唯有林动还能有略微的动作，这跟他拥有瞬移的能力有关，他的整个身体就是一个比地堡更复杂的密室，不为普通物理规律所拘囿。

林动缓缓伸手，真的就从空中抓出了一封信。一封写满了同时连接无穷无尽宇宙空间 a 点的密码信。

那封信，就是一封信，说它是一封信，是太过简单的表达，但是实在没有什么好表达的，因为它就是普通的信纸、普通的字迹、普通的封口。拆开来，他们就看到了魔神书信的内容。

信的内容大致是说，魔神想跟刘飞飞做一笔生意，就是拿走他一半的灵魂，然后给他创作灵感。

魔神这样做跟它在地球上待得时间太久了，很想早日离开有关。

魔神早就汲取了很多地球人的能量充实自己，希望有一天能做集中能量爆破，突破宇宙，进入另外一个平行宇宙空间，从此，再也不在地球上存留。

人都是容易严于责人宽于律己的，魔神虽然不是人，这一点倒跟人类很像，所以其动机只能从字里行间推测出来：

魔神那个取走刘飞飞一半灵魂的诡异要求里边，蕴含着对刘飞飞的其他要求，譬如，他的艺术、家庭、家族，所有这一切蕴含的能量，都可能被魔神攫为己用。

所以慢慢地到后来，刘飞飞后悔了，但是魔神的契约还有效力。

刘飞飞不知怎么就把他所有的能量都集中到了一幅画当中，忽隐忽现地打开了魔神需要的能量通道。于是，魔神不得不来查看，结果进入了画中，并被困在画中。魔神遭受了诸多能量交困的困境，也深深地感到了刘飞飞输入能量的强大。

背影与哀悼

魔神原本只是被画困住，后来却慢慢地感受到了画作蕴藏的魅力。原来刘飞飞的艺术当中真的蕴藏着无穷无尽的力量与救赎，这深深地滋养着魔神。于是魔神最后居然在短暂的时间里遗忘了自己的使命，即他在地球上千百年来无尽漫游的目的所在，几乎要完全享受刘飞飞画作中深度散发的光与气带给他的召唤能量了，尽管他不知道，这种能量会召唤他到什么样的地方。

魔神感到他活动的时空好像被一种神秘的力量所控制而凝

滞了、变形了、转换了，好像是超现实主义画家那里扭曲过的时空，谵妄的时空，既显出纷乱情欲，又显出整合精神。

终于，魔神好不容易逃出了那幅画，同时他看到真的有足够的能量聚集，可以使他逃离地球，逃离这个规范了既有物理规律的宇宙，进入另外一个平行宇宙，他会作为另外一个背影离开。

也许这世界上所有的人都是一个个无可把握真实面貌的背影吧，也许真的有一天，我们可以走到背影的前面，与其面面相对，看到面孔，然后明确，那是魔鬼还是神灵？这样的面对想必要么是平淡无奇，要么是化为盐柱或被烧为灰烬，甚至没有一点点意义吧！所以，魔神决定作为一个背影永远地离开？

所有人醒过来了，似乎他们从未睡去。

他们七嘴八舌祝贺刘飞飞重获新生。

丽塔清了清嗓子，用手势让大家先静下来，仿佛她要代表四位英雄向他宣谕："你已经自由了，你已经安全了，魔神已经离我们而去，我们从此可以快快乐乐地生活了，在我们眼目可见的文化艺术和地球生命所蕴含的精神当中，一切的一切，都因为你的艺术而得到了救赎。"

刘飞飞只是苦笑，魔神真的离去了吗？真的吗？他无法回答。

就算是吧！很奇怪的是，当魔神离开之后，一天天过去，所有人心中都充满了哀悼感。

艺术永远带来的是 —— 健康

丽塔也想追究这份哀悼之感的来源，却回首怅惘，一无所获。

但她越来越感觉到一种不可见的光与气笼罩着所有，她希望画下哀悼之感的来源。

她相信这来源与一幅画有关，就像洪范早就用切身经历验证了，世界不就是在一幅幅画的统治之下吗？

很奇怪，经验过这些如梦似幻的怪事后，她的身体一天天健康起来，曾经纠缠她很久的阑尾炎、扁桃体炎、胆囊疼痛、花粉热过敏，所有这些病症都好了。

她曾经常常大汗淋漓地从噩梦中惊醒、不明原因地消瘦发热……所有那些生活上的不适也都消失了。

有一晚，丽塔梦到一个个背影从一个巨大的身体里远走，那是她身体的轮廓。

她相信这一定预兆着什么，于是去医院检查，先是吓了一大跳，本来查胆囊情况的，后来发现她的胆囊区压根儿没有什么胆囊，吓死个人。

进一步检查发现，原来她已经成了一个镜像人，她体内的五脏六腑已经全部移位，移位情况一如她站在镜子前想象镜中人的五脏六腑情况，那是完全镜照的另一种存在。但是，她还是活在这个看起来与以往没有任何不同的世界上。

丽塔在极度的惊骇后平静下来，却又只是高兴，毕竟她最后赢得的，只是健康，就像艺术永远带来的是 ——健康！

丽塔时而会打坐冥想，时而会冥想到一只大蜘蛛。慢慢地她知道了，那是吴远天最早看到的那个散发着苹果派、草莓派、柠檬派、蛋黄派、南瓜派等派的味道的大蜘蛛状宫殿。

这蜘蛛身体，看起来就像一个巨大的"派"，散发着浪漫馨香的气息，随着她靠近，味道也随之改变。她一次次地看清了那宫殿门楣上刻着的怪异的符号，红底白圆心中间嵌着黑色的钩十字，那是一个大大的卐字符，周围还有一圈圈小的卐字符。远处的饕餮纹、云雷纹、龙凤纹……它们时而反过来，铭刻在一个无名的父亲身上，化为冥冥渺渺的幻入远天的背影。

那是西铭神宫，丽塔从没有进去过，只知道它不东不西、不中不外、不美不丑、不左不右、不是不非、不一不二、不大不小、不好不坏……它深踞在一个巨大的阴影中，随着一个巨大的身体背影远去着，永恒远去着。

到处都有卡夫卡笔下的乡村医生

丽塔觉得这只蜘蛛对她的静坐冥想有所打扰，于是咨询了一位当世有名的大禅师如何应对。大禅师告知她："法如是，如是法，下次入坐冥想前你预先准备好一支毛笔在侧，冥想期间如果再看到这只蜘蛛，你就拿毛笔在蜘蛛身体上画个圈吧！等你清醒过来，就可以看明白它是何方妖怪。"

那时候时间又过了两个月，已是炎夏了，她在静室轻衣薄裤做冥想，真的依计而行，预先准备好了毛笔画圈，她也真的深深地冥想了、画了，待她冥想结束后一个咯噔反应过来，去看——只见那个圈画在自己美妙的脐孔上。哈哈哈哈！她笑了，一时间脑中闪过的是《金刚经》的偈语，菩萨"应如是住，如是降伏其心……"如如是，如是如，如是如是，如是亦只如是，如是而已。

但是，但是总有但是，就像《安东尼与克利奥佩特拉》里所说，"但是"就像一个狱卒，在所有的好消息背后戴上一个铿锵作响的镣铐。

但是啊但是，谁又不是戴着镣铐在生活呢？

丽塔推开窗，看着窗外盛大辉煌照亮大地的夕阳，只觉美不胜收，那是传说中的羲和驾着太阳马车走到了西方的尽头吧！那里真有个名叫虞泉的天宫吧！日"薄于虞泉，是谓黄昏"，那是远去的浪漫派的夕阳。

有再多的"但是"又如何？大地上尽有许多卡夫卡笔下的乡村医生、刘飞飞、洪范、杨骄、虞美儿……还有许许多多人，都是！

卡夫卡抱怨在风雪夜的一次夜诊出行，就将遭遇如吴远天那样的创痛："在这最不幸时代的严寒里……受骗了！受骗了！只要有一次听信深夜急诊的骗人的铃声——这就永远无法挽回。"就会堕入比永昼更漫长的无尽黑夜，比刚刚去世的苏拉热笔下六十年如一日图绘的黑色更黑，那是深达文明肌体内部的黑，人类精神废墟中的黑，远去的浪漫乌托邦的夕阳中炽热光华中的黑，而一切新的叙说，从盐石/言石的神秘纵深处开始的叙说，将揭示新的虚托邦/嘘托邦的存在。

丽塔知道，一切可以挽回。何况，最差的情况下当成根本没有什么需要挽回，不也可以混一辈子吗？

她准备择日再去余让镇，那里，一定与虚托邦有什么秘密关系，她要找到那个秘密出入口。

丽塔有太多的不肯定，可以肯定的是，那与诗有关，她，诗-丽-塔，将找到诗的秘密，公之于世，一如博尔赫斯谈诗，《诗艺》说：

> 要看到在日子或年份里有着
>
> 人类的往日与岁月的一个象征，
>
> 要把岁月的侮辱改造成
>
> 一曲音乐，一声细语和一个象征。
>
> 要在死亡中看到梦境，在日落中
>
> 看到痛苦的黄金，这就是诗
>
> 它不朽又贫穷，诗歌
>
> 循环往复，就像那黎明和日落。

有的时候，在暮色里一张脸
从镜子的深处向我们凝望；
艺术应当像那面镜子
显示出我们自己的脸相。

……它是自己
又是别的，像河水一样长流不息。

但是终归来说，一切的一切，都伴随着隆隆的背影离去，有如宇宙熵增法则，崩裂、死亡、毁坏、逝去、涅槃、重生……一切趋于无序，一切又都永恒回归。

甚至没有一幅画能够留下。譬如，谁能凝视卡夫卡的《乡村医生》呢？虽然也有山村浩二把它拍成了动画片，但是谁在另一个平行宇宙当中凝视着《乡村医生》？那看出去又是怎样一幅幅流动的画？无人可知。

何况，热力学第二定律决定了，一切将重归洪荒，何况图像。天若有情天亦老，月若有情月常圆。

可知的是 ——

你若回眸，我必相守。

后　记

　　该书的创作曾从吴琼教授的拉康哲学理论、夏可君教授的艺术批评理论等，得到种种开启，如书中"a与A的死亡与新生"是对拉康派精神分析的核心概念——对象a、大他者（A）的挪用，书中虚托邦、余让镇借自夏老师从杜尚"次薄"概念重新出发的"虚薄"艺术批评理论，书中霍拉沙漠里吴远天挣扎在"眼皮"上、丽塔说英雄们的零点穿越要召唤星球燃料场的能量等情节灵感衍生自戴潍娜《眼皮上的世界》《星球燃料场》等诗……这些象喻都在一种文本互文中生发了新的意义。此外如引用赵振江、姜丹丹等老师的译诗，涉及种种东西方文化资源等，都使这本游走在诗、散文、散文诗、小说、艺术批评、诗学论说等的杂糅式实验文本欠了太多文化债务，不及一一感谢。

　　差堪自慰的是，这本书虽然有种种文体属性，但基本还是讲述了一个完整的故事，文体形式也较为统一，至于尊敬的读者您是把它当成一首漫长的诗还是一部小说、一个总体性的视觉艺术批评……甚至只是一个借着生拉硬扯艺术史名画、现实画作连缀人们无意识视觉线索的"四不像"，这也只好由人评说了。就像物理学人择原理常说的"世界是为我们而存在的"，如果悬搁这原理的意识形态纷争，这是一个迷人的想法，如电影《黑客帝国》里的尼奥在短短几分钟内两次拉开同一道门，每次都看到储藏室和地下停车场变幻出不同的风景，揭示着自由选择的幻美——我们看一个思想情感密致且寄寓遥深的作品，或许也是如此吧！看到是怎样的文体，乃至风格，取决于一种人择原理的眼光，如书中夸张探讨的现代性视觉。总之，尽管这本书可以轻松"悦"读，却也是一部有实验性的作品，但愿这样的创作也会有些筚路蓝缕之功，不至于贻笑方家。

本书由于姜丹丹教授的无私发现与热心推荐而终得以顺利出版，在此尤其要感谢姜教授。

特此对所有促成这本书得以顺利面世的友人致以由衷的感谢。